新訳 真田三代記 上

堀内 泰／訳
Yasushi Horiuchi

ほおずき書籍

まえがき

『真田三代記』の成立は元禄以降とも、江戸中期以降幕末とも言われており、講談師によって語り継がれてきた、いわゆる軍記物語である。真田幸隆と、その血を受け継ぐ真田昌幸・幸村・大助の活躍を描く物語なので、江戸時代には徳川家に憚（はばか）り出版されることなく筆写され語り継がれてきたと言われているが、明治時代になると出版が相次いで行われた。

訳者は和綴じの『真田三代記』の存在は早くから知っていたが、余り関心もなく令和元年（二〇一九）八月、明治二十一年（一八八八）に鈴木金輔氏によって刊行された『真田三代記』と初めて出合いを果たした。たまたまインターネット検索をしていて、国立国会図書館のデジタルコレクションの中から『真田三代記』を見つけたのである。尾形月耕氏の挿絵が入っていることから『絵本真田三代記』というのが正式な書名である。当時の印刷でもあり読みにくいので翌年三月までかかって、句読点を付け加えながら全文をパソコンに入力した。そして更に数年かけて、若干の訂正を加えながら現代語訳を試みた。

その過程で、『絵本真田三代記』は明治十七年（一八八四）と十九年に森仙吉氏によって鶴声社から出版され、同二十年には鈴木源四郎氏によっても出版されている事実を知った。二十年版・二十一年版は、上編が一三八項・下編が二一項であるが、十七年版・十九年版は上編は一三八項で同じであるが・下編が一五四項と大きく違っている。どうして二十年版・二十一年版で内容の整理が大々的に行われたのかははっきりしない。あるいは、『難波戦記』や『大坂軍記』・『関ヶ原記』等、他の軍記物語との重複を避けたのかとも推測されるが、そのことについては今後の研究に待ちたい。

なお、一般的には真田幸隆・昌幸・幸村を真田三代と言うが、『真田三代記』では、豊臣家に仕え忠義を尽くしたことから昌幸・幸村・大助を真田三代としている。

歴史を学ばれた方や歴史研究者の方からは、『真田三代記』は全くのフィクションだと言われてしまうかもしれないが、示唆されることも多々あり、物語として楽しく読むにはもってこいの書物のように思われる。

訳者　堀内　泰

新訳　真田三代記〈上巻〉＊目次

一　真田家系の事並びに甲州石和合戦の事　1
二　真田徳王丸元服の事並びに武田・加賀美確執の事　9
三　真田幸隆智計の事並びに加賀美四郎夜討ち敗軍の事　15
四　原大隅守・小幡日浄敗軍の事並びに相木森之助勇力の事　20
五　真田幸隆、相木を生け捕る事並びに真田幸義病死の事　25
六　平賀成頼塩川合戦の事並びに飯室右京亮討死の事　30
七　後柏原天皇御即位の事並びに真田一計を施す事　34
八　武田勢勇戦の事並びに福島・山縣討死の事　39
九　武田勝千代誕生の事並びに勝千代幼稚妙才の事　43
十　武田勝千代、父信虎と不和の事並びに勝千代元服の事　49
十一　武田信虎海ノ口城攻めの事並びに平賀妻女白絹勇力の事　54
十二　武田晴信智計の事並びに海野四郎武勇の事　58
十三　今井貞国切腹の事並びに真田信綱出生の事　63
十四　信虎、晴信を廃去しようとする事並びに晴信今川家へ密使を送る事　67

十五　板垣・甘利、信虎を謀る事並びに晴信父を廃する事　72
十六　真田幸隆、晴信を難ずる事並びに幸隆、古市頼母に対面の事　77
十七　武田晴信、幸隆を憎む事並びに石原小六死刑の事　82
十八　真田幸隆村上勢を破る事並びに相木森之助武勇の事　87
十九　山本勘助生い立ちの事並びに真田・山本対面の事　92
二十　海尻次村討死の事並びに鵜野相模房夜討ちの事　98
二十一　長尾猿松丸武勇の事並びに晴信、山本勘助に対面の事　102
二十二　山本勘助、真田を勧むる事並びに山本、真田を説く事　109
二十三　真田幸隆甲府へ赴く事並びに筧十兵衛、真田に仕える事　115
二十四　信州小田井の城合戦の事並びに真田幸隆妙計の事　120
二十五　武田・諏訪両家和睦の事並びに頼重主従誅戮の事　125
二十六　跡部左馬之助自害の事並びに塩尻峠合戦の事　130
二十七　板垣信方敵の謀計に乗る事並びに真田信綱初陣の事　135
二十八　戸倉合戦山本妙策の事並びに真田勝敗を計る事　141
二十九　板垣饗応黒白を分かつ事並びに村上義清、景虎を頼む事　145
三十　須野原兄弟、村上を謀る事並びに真田、村上勢を鏖しになす事　151

三十一　筧十兵衛虎秀怪力の事並びに幸隆村上勢を破る事　157
三十二　楽岩寺・佐栗の両士戦死の事並びに村上義清上田原合戦の事　163
三十三　村上義清大敗軍の事並びに義清、景虎を頼む事　169
三十四　幸隆智計景虎を苦しめる事並びに真田信綱武勇の事　173
三十五　長尾景虎難戦の事並びに弾正忠幸隆薙髪の事　179
三十六　幸隆苅谷原の城を攻め落とす事並びに真田昌幸初陣高名の事　183
三十七　武田信玄、木曽を討つ事並びに真田昌幸勇戦の事　190
三十八　真田昌幸、伊奈九郎兵衛を討つ事並びに木曽義昌、武田家と和睦の事　195
三十九　一徳齊、信玄に諫言の事並びに武田勢大敗軍の事　200
四十　真田一徳齊、上杉謙信を破る事並びに昌幸宿砂筒にて謙信を撃つ事　205
四十一　謙信甲府へ和睦を乞う事並びに上杉相州攻めの事　211
四十二　北條氏康出馬催促の事並びに山本・真田諫言の事　217
四十三　川中島合戦軍議の事並びに真田遠計符合の事　222
四十四　武田信繁・諸角・山本討死の事並びに謙信、信玄の旗本へ切り入る事　228
四十五　真田昌幸雨宮を渡すの事並びに穴山入道源覚討死の事　234
四十六　真田昌幸、宇佐美を討つ事並びに真田一徳齊病死遺言の事　238

四十七　昌幸父の遺言を受け先君に諷する事並びに布下弥四郎武勇の事　245
四十八　信玄、嫡子義信と不和の事並びに真田昌幸忠諫の事　248
四十九　武田義信逆心今川家合戦の事並びに陰謀露顕方人召し捕られる事　254
五十　飯富兵部少輔切腹の事並びに織田信長、勝頼を婿にする事　259
五十一　武田信玄上州厩橋を攻る事並びに真田信綱夜討ちの事　265
五十二　真田信綱後殿を望む事並びに木辻別右衛門勇戦の事　271
五十三　今川・北條合戦塩止めの事並びに上杉謙信武田へ義使を送る事　276
五十四　武田信玄駿府へ乱入の事並び真田昌幸斥候の事　282
五十五　真田昌幸妙計今川方敗軍の事並びに岡部忠兵衛討死の事　287
五十六　徳川家康公、信玄へ使者を送る事並びに真田智計演説の事　293
五十七　徳川家掛川城攻の事並びに山縣三郎兵衛勇戦の事　300
五十八　真田昌幸智謀北條を破る事並びに荒川・多目両将戦死の事　304
五十九　木下秀吉遠計を以て信玄を欺く事並びに真田昌幸、木下が遠計を砕く事　311
六十　真田一計秀吉を欺く事並びに昌幸、信玄へ諫言の事　316
六十一　小山田信茂軍議の事並びに信玄小田原へ進発の事　322
六十二　真田勢名倉城攻めの事並びに名倉下野守戦死の事　328

六十三　小山田信茂敗軍の事並びに真田昌幸万全の謀を述べる事　333
六十四　信玄再度小田原へ発向の事並びに相模川合戦の事　339
六十五　松田尾張守敗北の事並びに石弓箭之助が事　346
六十六　相州（相模）酒匂川合戦の事並びに真田昌幸奇計の事　349
六十七　北條氏忠敗軍の事並びに大道寺地雷火を伏せる事　355
六十八　北條方謀計相違の事並びに真田・馬場・山縣手分けの事　359
六十九　真田昌幸、松田を破る事並びに謙信川中島へ出陣催しの事　365
七十　武田勢小田原退き口の事並びに山縣・馬場後殿の事　369
七十一　富永四郎左衛門謀計の事並びに北條方諸将手分けの事　373
七十二　武田・北條三増合戦の事並びに真田即智手分けの事　377
七十三　御湯見薩摩守勇戦の事並びに諸将接戦の事　382
七十四　浅利信音勇戦の事並びに甘利・浅利戦死の事　385
七十五　御湯見薩摩守戦死の事並びに武田勢帰陣の事　390
七十六　客星出現昌幸諌言の事並びに信玄客星の事を陰陽師に尋ねる事　393
七十七　信玄自己の像を造る事並びに真田昌幸明智の事　398

新訳　真田三代記〈上巻〉

本文中には適宜（　）書きで注釈を加えています。

また、原則として原本の記述を尊重しているため、現在では差別的とされる表現も一部含まれていることをご了承ください。

一　真田家系の事並びに甲州石和合戦の事

能々考えてみれば、兵法と言うものは道理に反することを治める大切な方法であって、凶悪な賊徒を罰する機械でもある。我が国九十五代（註①）、後醍醐天皇の治世に当たって、「井出の左大臣　橘　諸兄公（註②）の末裔、楠河内判官正成は知恵と謀に於いては、中国の子房（註③）・孔明（註④）にも引けを取らない程、才智に優れている」との聞こえが高かった。そこで帝は正成を信頼し、「当面の逆臣相模入道（鎌倉幕府十四代執権北條高時）を亡ぼそう」と計られた。正成は元より智・勇・仁の三徳を備えた名士なので、帝に仕えて強勇の賊徒を滅ぼし、一旦は天下を治めることとなった。けれども足利尊氏が北朝の勅命（註⑤）を受けて軍を起こし、後醍醐天皇の御心を悩ますこととなった。正成は「是を征伐しよう」と計ったが、惜しくもことが成就せず摂津湊川で戦死した。その子帯刀正行は父の志を継ぎ、「再び帝位を回復しよう」と残党を語らって藤井寺の合戦に勝利した。しかし、功半ばで四条縄手に於いて戦死した。さらに弟の正儀は、「父や兄に続いて南朝を守護し逆徒を討とう」と計ったが、天の時至らず終に南朝は悉く亡びて、天下は足利氏のものと成ってしまった。とは言え、正成・正行・正儀三代の高く尊い志は国家に尽すことを以て己の任となし、忠義を天皇家に尽し、正義を全軍に唱え、身は墓の下に朽ち果てはしたが、誉れある名を後世に輝かすこととなった。此のことは、人々の能く知る処である。

さて真田弾正忠幸隆の三男安房守昌幸が豊臣秀吉に仕えてから、二男左衛門佐幸村、その子大助幸昌（註⑥）に至る三代の間、豊臣家に忠義を尽したのは、古の楠公に少しも劣らない。真田の姓氏を尋ねるに、清和源氏の庶流海野小太郎幸氏の末裔で、幸氏は木曽冠者義仲の家臣である。義仲の嫡男清水冠者義高が人質となって鎌倉へ送られた時、是に従って海野幸氏も鎌倉に行った。けれども義仲に逆心の噂が立ったことから、頼朝は範頼と義経に命じて義仲を討たせた。その際、清水冠者も頼朝によって成敗された。海野幸氏は無念に思ったが為すべきようもなく、その後は武田清光（註⑦）に匿われていた。清光は海野の文武に優れていることを知り、客分として処遇した。その後幸氏の子孫は武田家に仕え、苗字を真田と改めて寵臣（お気に入りの家臣）に列することとなった。

武田清光より十七代、伊豆守信守（註⑧）の嫡子太郎信昌が三歳の時に父信守は死去し、家老の跡部上野介信豊（註⑨）が後見となった。そして、

「信昌が十五歳になったら、武田の家督を継がせよう」

と約束した。時が流れて、十五歳になった信昌は跡部信豊に家督相続について催促した。

是を聞いた跡部は、

「信昌は元々暗愚で気力が弱く、大将の器ではない」

と言って相続を許さないばかりか、武田家の祖新羅三郎義光より伝わる重宝を悉く取って返さなかった。信昌は大いに怒って、「跡部を成敗しよう」と家臣小幡入道・今福権右衛門・飯富帯刀（註⑩）・原大次郎を始め八百余騎を率いて押し寄せた。此の時跡部は石和の辺りに砦を構え、双方合戦に及んだ。信昌の弓勢（弓を引く力）は古今並ぶ者がない程なので、楯の陰から射出す矢に軍勢が怯むのを上野介は怒り、自らは身に楯なしの鎧・諏訪法性の兜を着し、朱の采配を採って、

「方々、信昌の弓勢が仮令古の源為朝に優るとも、敵は一人である。何で恐れることがあろう。唯一駆けに揉み破れ」

と下知した。此の言葉に励まされ、岩井五郎・河野伝八・幾田三郎兵衛を始め皆々が鎗で突き崩したので、剛勇として知られる笠間喜蔵は討死した。是を見て武田方より初鹿野次郎が名乗りを揚げ、一丈（約三メートル）ばかりの棒を打ち振り、敵兵を十六人迄薙ぎ倒し、なおも敵中へ駆け入った。河野伝八は遥かに是を見て、「天晴の敵。遁してなるものか」と鎗を捻って馳せ来たり、真一文字に突いて掛かった。初鹿野は、「得たり（心得た）」と棒で受け止め暫く戦ったが、伝八を弄ぶように一打ちに薙ぎ伏せた。幾田三郎兵衛は是

を見て、同じく馬を交えて戦った。初鹿野は少しも躊躇(ためら)わず彼(か)の棒を真っ向に差し翳(かざ)し、幾田の冑(かぶと)の頂上を強(したた)かに打ったので、どうして堪(こら)えることが出来ようか。幾田は馬から落ち、血を吐いて死んでしまった。跡部方(がた)は是を見て色めき立った。そこで信昌は勇んで、

「最早軍(もはやいくさ)には勝ったぞ。進めや。進め」

と励まし、初鹿野・小幡・原・飯富を始め一同に打って出ると、跡部方は一支えもせず散々(さんざん)に逃げ走った。それを見た大将信豊は大いに怒り自ら鎗で叩き立て、敵を五騎迄突いて落としなおも勇を振るった。そこで武田方は射手(いて)を揃えて八方より射立てたが、元より楯なしの鎧なので矢の立つこともなく唯飛び返り、信豊一人に駆け立てられて、既に敗軍の色が濃くなった。海野の末孫真田次郎三郎幸義(ゆきよし)（註⑪）は此の体(てい)を見て、「我が忠義の矢(や)先(さき)、たとえ鉄石であっても通らないことがあろうか」と、三人張りの弓に十五束三伏(じゅうごそくみつぶせ)（註⑫）の矢を番(つが)い楯の陰より引き絞り、「南無八幡大菩薩・南無新羅(しんら)大明神、此の一矢(ひとや)にて彼を射倒させ給え」と暫(しば)し祈念(きねん)して、ヒョウと放てば過(あやま)たずに信豊の胸板(むないた)を射通した。どうして堪(こら)えることが出来よう、信豊はアッと言い様(ざま)馬から落ちて死んでしまった。幸義は急いで駆け寄り首を掻き落とし、大声を揚げ、

「真田次郎三郎幸義、跡部信豊を討ち取ったぞ」

と呼ばわった。大将を討たれた諸卒はどうして堪(こら)えることが出来よう、皆散々に敗軍して

しまった。そこで太郎信昌は勝ち鬨を揚げ、帰途についた。それから甲府を全て治め、又上野介の嫡子豊次を生け捕って首を刎ね、父と共に梟首（さらし首）にした。

さて此の度跡部を討ち取ったのは幸義なので、「きっと恩賞のことが有るだろう」と誰もが思っていた。それなのに、信昌は何の沙汰もせず唯不興気に打ち萎れていた。そこで家老の山縣左衛門清元が信昌の前へ出て、

「君、既に跡部を討って国中が治まり、御満足でございましょう。就いては、此の度の真田の武功に対してお誉めも有るべき処なのに、御不興気なのは如何したことでしょう」

と言った。是を聞いて信昌は、

「不審は尤もである。自分が心から悦べないでいるのは、此の度逆臣信豊が着していたのは正しく先祖新羅三郎公より伝わる楯なしの鎧である。仮令唐土の養由（註⑬）の弓勢であっても射貫くことの出来ない重宝なのに、此の度真田は一矢で射通してしまった。世も末となって、楯なしの鎧の威力が衰えたに違いない。何とも、それが歎かわしい。就いては我が一命を捨てて、楯なしの鎧を改めて試して見ようと思う」

と言った。清元は、

「とてもお詞とも思われません。仮に信豊が鉄の楯の内にいたとしても、主人に背く逆臣、どうして忠義の矢の通らないことがありましょうか。少しも怪しむに足りません」

と諌めた。信昌は全く聞き入れずに、武田五郎七郎・武田十郎・三枝式部の三人を呼び出し、

「其の方等、出来る限り精進して我を射よ。主人であることを理由に厭うならば、罪を与える積もりである。ともかくも、彼の楯なしの鎧を試そうと思うのだ」

と言って、是を着し床机に腰を下ろした。しかし三人は主人を射ることに心後れて、

「如何しようか」と躊躇った。信昌は「尤も」と思いはしたが、

「若し我を射ないならば、直ちに自害せよ」

と態と怒りを顕わにして言った。三人は仕方なく弓を取り密かに矢を抜き、「お許しあれ」と念じつつ次々に射たが、その矢は悉く飛び散ってしまった。是によって信昌は大いに悦び、「やはり楯なしの鎧の威力は衰えていなかった」と安堵した。そして幸義の忠義の弓勢を感じて、当座の恩賞として左文字の太刀（註⑭）を与えたので、幸義はすっかり面目を施した。

　その後、将軍家より信昌を大膳大夫兼甲斐守に任命があった。又幸義を右京亮に任命があり、信州佐久郡岩尾の城を預けられた。是は古今稀な英雄の上に、智謀が自然と備わった勇士の為であった。則ち、真田幸村より四代前の祖に当たる。幸義が未だに妻もなく暮らしていたので、信昌は曲淵庄左衛門の娘を彼に嫁がせた。やがて男子が出生し、

幸義は名を徳王丸と名付けた。是が後の弾正忠幸隆（註⑮）である。

言い伝えによれば、海野幸氏は木曽義仲滅亡の後は武田氏の下にいたが、「忠臣は二君に仕えず」とて、嫡子幸国を武田清光に預けて、自身は処々を廻り歩いていたとのことである。そのようなことから、海野の家系は別にもあると言う。

（註）

① 『真田三代記』（以下『三代記』）の天皇の代であるが、壬申の乱で大海人皇子（後の天武天皇）と争い敗死した大友皇子が明治時代になってから「三十九代弘文天皇」とされたので一代のずれがある。そのため、後醍醐天皇は現在では「第九十六代」ということになる（以下、天皇の代については同じ）。

② 橘諸兄が「井出の左大臣」と呼ばれるのは、京都南部の井出町に屋敷があったことによる。

③ 子房こと「張良」は、中国秦末期から前漢初期にかけての政治家・軍師。前漢の劉邦の覇業を大きく助けた。

④ 孔明こと「諸葛亮」は、中国後漢末期から三国時代にかけての政治家・軍師。蜀漢の劉備に軍師として仕えて活躍した。「三顧の礼」の故事でも知られる。

⑤ 「北朝の勅命」は、北朝第二代の光明（こうみょう）天皇より出されたものである。しかし、実質は光厳院（こうごんいん）（北朝初代天皇光厳天皇は後醍醐天皇に退位させられたが、上皇の地位にあり、光明天皇は実の弟）が出したものかと推測される。

⑥ 『三代記』には「大助幸安」あるいは「大助治幸」とあるが、訳者が「大助幸昌」に訂正統一した。

⑦ 武田清光は武田家の第三代当主で、平安時代末期の人であり、時代が合わない。正しくは四代目「信義（のぶよし）」かと思われる。

⑧ 『三代記』には「武田清光より十七代、伊豆守信盛（のぶもり）の」とあるが、ここは「新羅三郎義光より十五代、伊豆守信守（のぶもり）の」かと思われる。なお、信盛については訳者が信守に訂正した。

⑨ 『三代記』に跡部信豊（上野介）が出てくるが、正しくは「跡部景家（かげいえ）」かと思われる。

⑩ 『三代記』には武田家の家臣である飯富氏について、「いいとみ」とふりがなされているが、訳者が「おぶ」に訂正統一した。

⑪ 『三代記』には幸義が「真田」を名乗ったことになっているが、彼は海野棟綱（むねつな）の嫡子であり、真田を名乗った事実はない。

⑫ 「十五束三伏の矢」とは、拳（こぶし）十五握りの幅に、指三本の幅を加えた長さの矢をいう。なお、普通の矢は十二束三伏である。

⑬「唐土の養由」とは、中国の春秋時代、楚の弓の名人である。氏は養、諱（実名）は由基である。

⑭「左文字の太刀」は、筑前国（現福岡県西部）博多の刀工集団、左文字派の手に成る太刀の意である。

⑮『三代記』には、海野幸義の子「徳王丸」が「後の弾正忠幸隆」であると書かれているが、真田幸隆は幸義の姉あるいは妹の子とするのが通説。

二　真田徳王丸元服の事並びに武田・加賀美確執の事

武田大膳大夫信昌は跡部上野介を討ち亡ぼし、威を近国に振るい仁徳を以て人の和を大事にしたので、諸民は慈父（註①）の如くに慕った。しかし、信昌の天命の尽きる処であろうか、二十五歳の若さで亡くなってしまった。執権山縣左衛門清元の計らいによって信昌の弟、竹王丸（註②）十三歳が元服し、武田信綱と名乗り家督を相続した。此の時真田幸義の嫡子徳王丸も元服し、次郎三郎幸隆と名乗ることとなった。未だ幼年ではあったが、兵書を暗誦し、軍学・武術に達し、父の弓勢にも劣らず、昔から今にわたって並ぶ者のない英士（傑出した人物）として父幸義は大いに悦び、末頼もしく思っていた。

処が何としたことか、甲斐守信綱も久しからずして亡くなってしまった。そこで子息の松寿丸が家督を継いで、武田左京大夫信虎（註③）と名乗った。彼は短慮で、幼年の頃から些細なことで近習を手討ちにするなど、我侭放題に暮らしていた。武田家の一族には、安田・浅利・逸見・一条・南部・秋山・板垣・下山・加賀美・勝沼・桜井・小左手・曽根・於曽・牧山を始め歴々とあった。下山は、その頃穴山と言った。此の穴山左衛門佐信行は姉を信虎の室に入れたので、人々は皆「御館」と呼び敬っていた。

信虎は山縣河内守信清・馬場伊豆守虎貞・工藤下総守虎豊・内藤相模守虎堅の四人を老臣とし、原能登守友胤・小幡山城守虎盛・小山田備中守等一騎当千の勇士を従えていた。そして自らの居間の屏風や唐紙などに竹林を画かせ、

「我は猛虎である」

と言って、近臣には「虎」の字を名乗らせた。信虎は自らの威光に誇り一族の安田・浅利・逸見・勝沼・桜井・小左手を始め大方を攻め亡ぼし、所領を奪い取って我がものとし、勢いを遠近に振った。真田幸義は心の中で大いに悲しみ、幸隆を呼んで、

「悪を積む家には、必ず報いの災禍があると言う。信虎公の振舞を見ていると、自らの一

族を亡ぼし所領を奪い、近臣を手討ちにするなど、大将たる人の所行とは思われない。抑々武田家は、新羅三郎義光公より数代に渡り続いて来た名家である。それにも関わらず、今まさに亡びようとしている。応仁（註④）以来、天下は一日も穏やかではない。英雄が蜂の如くに起こり、豪傑が蟻の如くに集まり、国を奪い境を侵し合戦の止む時なく、或る者は亡び、或る者は起こり、近隣の木曽・諏訪・村上等は当武田家の領地を押領しようと謀っている。信虎公は是に気付かずに我侭に身を処し、人の恨むことをも憚らず、実に悲しむべき有様である。自分も既に老衰の身となり、武田家の滅亡を見ることは残念である」

と老眼に涙を浮かべて申し聞かせた。幸隆も共に落涙して主家の成り行きを悲しみつつ、両人は静かに行く末を語り合った。其処へ甲府よりの使者として音田弥六左衛門がやって来て、

「此の度一族の加賀美四郎に逆心の噂が有るので、小幡入道日浄・原大隅守を両大将として攻め滅ぼそうと考えています。就いては真田幸義殿には幸隆殿共々加勢を願いたい」

と委細に述べた。幸義は、

「畏まりました」

と言って使者を返し、その後で、「加賀美が逆心するとは思いも寄らないことだ」と家臣

別府治部（註⑤）に密かに探らせた。しかし全く加賀美に逆意はなく、実際には加賀美四郎の家臣である石原小六郎と言う者が己の武勇に誇って、四郎の寵愛する磯田磯松と言う美男の小姓を度々口説いたが、磯田は少しも聞き入れようとしなかった。その上主人の寵愛を好しとし、小六郎に辛く当たった。その為元々高慢な小六郎は耐えられず、「磯田を一討ちにしよう」と切り付けた。すると磯田も抜き合わせ、暫く戦ったが小六郎にどうして及ぶであろうか、磯田は終に切り伏せられてしまった。斯くして小六郎は磯田に対する執心を散らしたが主人の怒りを恐れて、その侭逐電し甲府にやって来て信虎を頼った。信虎は小六郎の武勇を聞いていたので、早速召し抱えることにした。加賀美四郎は是を聞いて大いに怒り、信虎方へ使者を遣わし、

「某の家来石原小六郎は不義あって逐電しましたが、其方にいるとのこと。是非とも此方へお返し願いたい」

と申し入れた。信虎は大いに怒り、

「石原に仮令不義があったとしても、此方を頼って来た者を何で返すことが出来ようか」

と威丈高に返答した。四郎は是を聞いて大いに怒ったが、流石に一門の棟梁の言うことなので胸をさすって我慢していた。ところが石原は己が不義を押し隠し、却って信虎に、

「加賀美四郎は内々葛尾の城主村上頼平（註⑥）と心を合わせ、隠謀を企てています」

と偽りを告げた。元々思慮の足りない信虎は、その実否をも糺さずに森山九郎太夫を加賀美への使者として立て、

「此の度四郎殿には累代の恩を忘れ、骨肉の好みを捨てて頼平と心を合わせ信虎を亡ぼそうと巧んでいるとのこと、此の意趣は何事であるか。その理由を聞きたい。若し不審がないのならば、速やかに甲府へ来て誤りなき旨を申し開くように」

と申し述べた。そこで四郎は、

「何の意趣あって、今更村上へ一味することがありましょうか。全く身に覚えのないことです。察するに御館様の御前に奸曲の族がいて某を讒言するものか、又は先頃石原小六郎が御館様のお救いを嬉しく思う余り軽薄の心を以て讒言し、且つは別心にこと寄せ断絶せしめ、某の所領を押領しようとする企みと思われます。某に毛頭偽りはないので、甲府に参る気はありません。此方へお越しあれば、偽りのないことを申し述べましょう。それとも某を亡ぼそうとお思いならば、軍勢を差し向けられるには及びません。腹を切って所領を差し上げましょう」

と返答した。使者の森山が立ち帰って此の旨を伝えると、信虎はなおお怒って、「此の機会に四郎を誅伐しよう」と企んだのだった。

以上のように、別府治部から委しく話を聞いた幸義は、

「さてさて某の推量の通り、果たして信虎公の我侭なこと。武田家の滅亡の日は近い」と言って、それから自身は「病気」と称して此の度の加勢にも出ず、嫡子幸隆と次男幸綱の両人に穴山小左衛門（こざえもん）・伊勢崎五郎兵衛（ごろべえ）を差し添え、三百余騎を小熊谷（おぐまだに）の陣に遣わした。

（註）

①『三代記』には「慈母（じぼ）」とあるが、武田信昌は男性なので訳者が「慈父（じふ）」に訂正した。

②『三代記』には「信昌の弟、竹王丸十三歳が元服し、武田信綱と名乗り家督を相続」とあるが、実際に信昌の後を継いだのは嫡男の「信縄（のぶつな）」で、彼の幼名は「五郎」である。

③『三代記』には「松寿丸が家督を継ぎ、武田左京大夫信虎と名乗った」とあるが、この時には「左京大夫」にはまだ任官していない。また、信虎の幼名については実際にははっきりとしていない。七の註⑤（38ページ）を参照されたい。

④応仁以来とは、応仁元年（一四六七）に室町幕府八代将軍足利義政（あしかがよしまさ）の後継を巡って起こったいわゆる「応仁の乱」を指している。この乱がきっかけとなり戦国時代へと入っていくことになる。

⑤『三代記』には「別府治部」について、この後「治部右衛門」とあったり、「治郎右衛門」「治

部左衛門」とあったりするが、同一人物と考えられるので訳者が「治部右衛門」に統一した。

⑥ 村上頼平は、村上義清の父である。別名は顕国。

三　真田幸隆智計の事並びに加賀美四郎夜討ち敗軍の事

小幡日浄と原大隅守の両人は信虎の命を受けて、「加賀美を攻め討とう」と総勢五百余騎で、永正十六年（一五一九）三月下旬、加賀美の城（註①）より二里程北の小熊谷（註②）へ陣を張った。其処へ真田次郎三郎幸隆と弟海野四郎幸綱が、穴山・伊勢崎の両人を従え三百余人でやって来た。小幡は大いに悦び、共にあれこれと知恵を出し合い軍議を行った。幸隆が、

「合戦はきっと明日と誰もが考えるでしょう。とすれば、今宵こそ敵からの夜討ちが有るに相違ありません。皆で用心することが肝要です」

と言った。そこで、それぞれ防戦の用意をしっかりと整えて待つことになった。幸隆は自

らの陣へ帰り穴山を呼び、

「若(も)し本陣に火の手が見えたなら、敵の後ろへ廻(まわ)って突き崩せ」

と謀(はかりごと)を教え、百五十人を差し添えて小熊谷より一里ばかりを経て右に伏せ置いた。また海野・伊勢崎には百人を添えて左に伏せさせ、自身は五十人を従えて本陣に残った。

それと丁度(ちょうど)同じ頃、加賀美四郎益晴(ますはる)は家臣日根野源兵衛(ひねのげんべえ)・落合弥次兵衛(やじひょうえ)・相木森之助(あいきもりのすけ)を始め一騎当千の勇士を集め、

「さて、此(こ)の度(たび)武田勢は小熊谷に陣を取ったと言う。とすれば、明日当城へ攻めて来るに違いない。敵は、それ程大勢とも聞いていない。先(さき)んずる時は人を制し、後(おく)れる時は人に制せられると言う。軍(いくさ)は明日と考え油断している処へ、夜討ちを掛けようと思う。早々に用意せよ。敵は地の利を知らない。その上行軍(こうぐん)の労(つか)れも有ろうから、深夜に打ち入り一人も残さず打ち取ってしまえ」

と言い聞かせた。そして、馬には枚(ばい)を含ませる（註③）と共に、皆冑(かぶと)の天辺(てっぺん)に白い鳥の羽を挿(さ)させ、「天」と「地」を合言葉(あいことば)として小熊谷の陣へと押し寄せた。

武田方は予(かね)て用意をしていたので少しも騒がずに、鬨(とき)を合わせて馳せ向かった。武田方の多賀左近将監(たがさこんしょうげん)は名乗りを揚げ、加賀美方の田村卯兵衛(うひょうえ)と一番鎗(いちばんやり)を合わせたが、大剛(だいごう)の者なので終(つい)に田村を討ち取った。続いて武田勢の曽根甚内(じんない)や木戸将監(しょうげん)を始めとする者達

が鎗を捻って突き掛かり、此処に顕れ彼処に走り防ぎ戦った。すると、加賀美勢の中から相木森之助と言う大剛の者が、洗い皮の鎧に鹿の角の前立打った冑を着し、四尺（約一・二メートル）ばかりの大長刀（註④）を打ち振って多賀左近と渡り合った。双方共劣らぬ勇士なので暫し勝負も見えなかったが、相木は長刀を打ち下ろし左近の鎗を切り折った。左近が鎗を捨てて刀に手を掛ける処を、森之助はすかさず切って落としたので、左近は真っ二つに成って死んでしまった。又武田方で武勇の名の高い岩村助三郎も名乗りを揚げ、大太刀を打ち振り切り入って来た。加賀美方の落合源兵衛は是を見て、「天晴の敵である」と渡り合っていたが、

「イザ。組もう」

と両人は太刀を投げ捨て組み合った。けれども、互いに劣らぬ大力なので上に成り下に成り暫く捻り合う内に、落合の力が勝っていたのであろう、終に岩村を引き敷き首を掻こうとした。其処へ助三郎の弟助十郎が馳せ寄って落合の冑の内に手を入れて引き仰むけ、終に首を取ってしまった。斯かる処に加賀美方の一手の勢が左の横合いから村中へ打ち出たので、さしもの武田勢も大いに周章て既に敗北しようとした。真田幸隆は予て期したることなので少しも動ぜず、相図の狼煙をあげた。すると、右に穴山小左衛門、左に伊勢崎五郎兵衛・海野四郎幸綱が鎗襖を作って打って出た。中央からは真田幸隆が紅裾濃の鎧

に大半月の前立を打った冑（註⑤）を着し、采配を取って下知しながら真一文字に駆け破った。是に力を得て武田勢が我も我もと進撃したので、加賀美勢は不意を打たれ大いに敗軍し、我先にと逃げ走った。是を見た小幡入道日浄は、

「一人も残さず打ち取れ」

と厳しく下知を伝え進んだので、加賀美勢の中より西久保左京が取って返し大いに戦った。此の時真田は、

「味方は地の利を知らない。難所へ誘き、敵が大返しに返したなら味方は難儀となろう」

と言って、程よく軍勢を引き上げた。その内に加賀美四郎は夜討ちを仕損じ、夥多の郎等を討たれ無念遣る方はないけれ共、余儀なく居城に引き退いた。小幡入道と原大隅守は勢いに乗じて、敵城を十重二十重に取り巻き攻め立てた。小幡入道は、

「昨夜は真田の奇計がなければ、我々は大いに敗軍する処であった。年若の真田に助けられたのは、何とも残念である。再び彼に先陣させたならば、又もや謀を以て攻め落とすであろう。そうすれば功は真田一人のものとなって、我々は将たる甲斐がない」

と言って、幸隆を後陣に残した。そして「今度こそは己一人で高名を立てよう」と思い、一向に軍議の様子を知らせなかった。けれども真田は是を少しも怒らず、唯冷ややかに笑って後陣に控えていた。

（註）

①「加賀美の城」は、現南アルプス市加賀美の法善寺付近にあったという。

②「小熊谷」は調べてみたが、はっきりしない。

③「馬には枚を含ませる」とは、夜討ちなどの時に馬が声を出さないように紐の付いた箸状の「馬銜」をかませることである。

④『三代記』には「大太刀」とあるが、四の項以降では相木森之助は長刀の名人であり「大長刀」を振るって活躍する様子が描かれているので、訳者が「大長刀」「長刀」に訂正統一した。

⑤「大半月の前立を打った冑」とは、三日月型をした前立の付いた冑のことである。

四　原大隅守・小幡日浄敗軍の事並びに相木森之助勇力の事

小幡入道と原大隅守は小熊谷の合戦に打ち勝つことは出来たが全て幸隆の智計によってであるのが気に掛かり、「何としても自分たちで加賀美の城を攻め落とそう」と考えた。先ず、先陣の高木主水・川島佐次兵衛・猪股九八の率いる八百余騎は、城際に着くや否や鬨を作ってドッと一時に攻め寄せた。しかし、城中は待ち受けていた処なので同じく鬨を合わせ、精兵共が矢倉を押し開いて散々に射立てた。その為武田勢は勇猛とは言え是に射縮められ、互いに人を楯にして色めき立った。是を見て城将四郎益晴の舎弟幡之助晴成と相木森之助が共に大手の門を押し開いて無二無三に切って出ると、武田勢はすっかり周章て我先にと敗走した。川島佐次兵衛は大音揚げて、

「汚い味方の振る舞いである。我と共に討死して名を後代に止めよ」

と踏み堪え踏み堪え加賀美方へ切り入ったが、大勢に取り籠められ五十余人の者と共に討死した。原大隅守は是を見て、

「惜しむべき武士を見殺しにするとは奇っ怪である。一人も引くな。引くな」

と下知して、射れ共突け共ことともせずに三百余騎で駆け入った。すると、城兵共の中か

ら島原帯刀と中根多門が二百余人で切って出、鯰江頼母之助・浮田五郎の勢百五十余人と火花を散らして戦った。元より必死を極めた城兵なので、武田方は攻め倦んで見えた。そのような中、鯰江頼母之助と相木森之助は互いに渡り合い暫く戦っていたが、森之助は長刀の名人なので終に頼母之助を馬より切って落とした。是に気を得て城兵共が寄せ手を切り崩したので、原と小幡は防ぐ力もなく小熊谷の陣へ引き取った。此の時幸隆は後陣にいたが静々と勢を纏め、味方の陣へと引き退いた。是を見ていた多くの人々が、「天晴、真田の退き口かな」と感じ合った。

その頃甲府へは、小幡・原の両将が加賀美の城を攻め倦んでいることが聞こえて来た。信虎は大いに怒り、

「四郎の武略何程のことがあろうか。察するに、是は村上を後詰に頼んで気を屈せずに戦うものと見える。此の侭にして置けば、村上が後詰して難義に及ぶに違いない。一時に踏み破り、城中一人も残さず撫で切りにして呉れよう」

と言って、山縣河内守虎清・内藤相模守虎堅・原能登守・横田備中守・鎌田織部・多田三八以下三百五十人を引率して、先祖新羅三郎義光より伝わる旗を写した黒地に朱の丸・中に横筋・裾へ朱にて武田菱の紋を付けた大旗を真っ先に押し立てて攻め寄せた。城将の四郎は是を見て、

「何と方々、此の度は大将信虎自身がやって来たと見える。此の大将は極めて心が荒く、一時に揉み落とそうとするに違いない。仮令敵が攻め掛かって来ても、我が下知のない内は一人も打ち出てはならない。唯射手を選んで、矢種を惜しまず射出せ。万一敵兵が　謀を以て誘くとも、それに乗ってはならない」

と言って、家々の紋の付いた楯を羽重ねに立て並べ敵の寄せるのを待っていた。大将の信虎は強勇の若大将なので、真っ先に下知して駆け出した。そして、城際に到ると直ちに埋草（註①）を堀へ投げ込み投げ込み揉み潰そうとした。城兵は、「時分はよし」と矢倉の迫間をサッと押し開き、差し詰め引き詰め拳下りに散々に射立てたので、甲州勢はどうして堪えることが出来よう。先鋒の五十余人は矢庭に射縮められて色めく処を、大将信虎は少しも恐れず、

「敵は数日の籠城に力労れ、射る矢と雖も鎧の裏までは通らない。幾筋なりとも鎧で受け止め冑を傾け一足も引いてはならない。我は此処から能く見ているぞ。後難を思い義を守り、一寸も攻め口を弛めてはならぬ」

と無体に下知した。多田三八や鎌田織部を始めとする軍勢は、埋草を堀へ投げ入れ投げ入れ、我も我もと進んで行った。中でも黒糸縅の鎧を着し、朱の半月の二尺（約〇・六メートル）ばかりの大指物（註②）に紅の母衣を懸けた多田は、

「多田三八正虎、今日の一番乗りなり」

と城中へ切り入った。城兵正木多治見が三八を切り落とそうと内冑に鎗を突き入れるのを、三八は無双の勇士なのでことともせずに、乗り越えるはずみに鎗の柄に取り付き、難なく塀を乗り越えて正木を討ち取った。是に続いて跡部勝五郎が城中へ乗り込もうとすると、相木森之助が衝と走り寄り跡部を切り伏せ首を掻き落とした。此の時信虎は、

「あれを見よ、方々。半月の指物は多田三八である。早くも一番乗りを遂げた。二番は跡部であるぞ。彼等を討たすな」

と大音に下知したので、内藤相模守・山縣河内守・小幡・原・横田・鎌田等が一同に乗り込んだ。城兵共は防ぐ術が尽きてしまい、皆々二の丸に引き籠り射手を揃えて懸命に防いでいた。


　一方、原大隅守は自分の働きによって落城しないことを無念に思い、足軽の筧十兵衛（註③）と言う大力の者を呼んで、

「其の方、何とかして此の門を破れ」

と言いつけた。十兵衛は大きく頷いて矢面に立ち出た。その時の筧が着けた物の具は、自身が縅した厚金の鎧に五尺（約一・五メートル）ばかりの太刀であった。筧が周りを見廻した処、材木が数多ある中に二丈（約六メートル）ばかりの松の丸太を見つけた。それを

取って担ぎ上げて、門の関貫の辺りを「エイヤ。エイヤ」と五・六度も突くと、扉は砕けて門は左右に開いてしまった。筧は打ち笑って、

「イザ。お入りあれ」

と言ったので大隅守は大いに悦び一番に押し入った。是を見て、小幡・内藤・横田・鎌田も我も我もと打ち入った。城将の四郎は心は弥猛に逸れども、防ぐべき術が尽きてしまった。そこで将に切腹しようとする処へ、相木森之助が矢を十筋ばかり鎧に打ち懸けたまま馳せ来たって大いに驚き、刀をもぎ取って、

「死は一旦にして易しいが、生は得難いものです。先ず此処を落ち延びお命を全うし、重ねて本意をお達し下さい」

と諫めた。四郎は漸く承服して本丸へ火を掛け、舎弟の幡之助を伴い落ち延びて行った。森之助は、「今は心安い。是が最期」と志して、件の大長刀を振り廻し、真っ先立って敵の中へ唯一騎切って入った。その体は実に勇ましく見えた。

（註）

① 「埋草」は城攻めの際に堀などを埋めるのに用いる草のことであり、実際には農民などを人

夫として動員して運ばせ投げ入れさせたという。

②「指物」は鎧の背の受筒（うけづつ）に目印としてさす小旗のことであり、その大きな物が「大指物」である。

③『三代記』には、「筧十兵衛」「筧重兵衛」と二通りの表現が出てくるが、訳者が「筧十兵衛」に統一した。

五　真田幸隆（ゆきたか）、相木を生け捕る事並びに真田幸義（ゆきよし）病死の事

真田幸隆は後陣（こうじん）で見物していたが、家臣穴山小左衛門（こざえもん）を呼んで、「筧（かけい）十兵衛の今日の合戦に於ける働きは、実に勇ましく天晴（あっぱれ）に思う。原大隅守（はらおおすみのかみ）は人を見ずに、斯様（かよう）に優れた者を足軽として召し使うのは愚かである。手立てを廻（めぐ）らし、是非とも筧を我が家来にしたいものだ」と言った。

丁度その頃、落城と見えて本城に火が掛けられた。炎々と燃え上がる煙の中から一人の壮士が現れ、

「遠からん者は音にも聞け、城方に於いて鬼神と呼ばれる相木森之助とは我がことなり」

と大音揚げて名乗り掛け、大長刀を打ち振り矢庭に十八騎迄切って落とした。寄手は此の勢いに怖れて、近寄る者は一人もなかった。真田幸隆は遙かに是を見て、「よし、此の者を生け捕って郎等にしよう」と自身鎗をとって立ち向かった。すると、穴山小左衛門・伊勢崎五郎兵衛を始め十三人が後を追った。此の時、原の家人である筧十兵衛が相木に近より既に戦おうとする処を、幸隆は真一文字に馳せ来たって、

「筧、其処を退け。真田幸隆、是にあり」

と十兵衛を追い退け鎗を捻って突いて掛かった。相木は莞爾と笑い、

「真田と聞くからは、我が相手に不足はない」

と人を交えず二人で暫く戦っていたが、真田が偽って逃げ始めたのを相木は「遁さないぞ」と追いかけ、

「汚いぞ。返せ。返せ」

と呼ばわると真田は一足・二足踏み止まり、戦っては退き、又戦っては退き、七・八度も操っている間に、伊勢崎・穴山の両人が相木の後ろへ廻り熊手を打ち懸けて馬から引き

落とそうとした。しかし、少しも屈せずに穴山の熊手を振り払い真田を目掛け追い掛ける処を、草尾長蔵（くさおちょうぞう）が走り寄って相木の馬の前足を薙（な）ぎ払った。森之助が勇とは言っても鞍（くら）坪（つぼ）に堪（たま）り兼ねドウと落ちるのを「得たり」と、皆々が手取り足取りして搦（から）め取ろうとした。すると、相木は足をあげて三人迄蹴殺（けころ）した。しかし、大勢で折り重なって終（つい）に縄を掛けて生け捕った。幸隆は大いに悦び、早々に我が陣へ引いて行かせた。此の間に加賀美（かがみ）四郎兄弟は落ち失せたので、先（ま）ず城中の火を消させて、大将信虎（のぶとら）は諸軍に命じて勝鬨（かちどき）を揚げ、それから加賀美の一族である桜井兵部之丞（ひょうぶのじょう）の城をも攻め落とし、勇んで甲府へ帰陣した。

真田幸隆は我が陣へ帰ると自ら森之助の縄を解いて、賓客（ひんかく）の座を譲り恭々（うやうや）しく扱（あつか）い、

「さて、貴殿の主人加賀美殿は、此の度無実の罪によって家を亡ぼすことに成ってしまった。是（これ）は、信虎公の側近くに佞臣（ねいしん）がいるためである。月が曇るのと同じで、どうして再び晴れないことがあろうか。暫（しばら）く時節を待っていれば、四郎殿の家を再興する手立てもあるに相違ない。それ迄は我が館に客分としておられよ」

と色々説得した。森之助は真田の情（なさけ）に泪（なみだ）を流し、

「良禽（りょうきん）は木を撰（えら）んで棲（す）み、勇士は主（あるじ）を撰んで仕（つか）うと承（うけたまわ）る。某（それがし）勇士でもないのに、如何（いかが）して助命（じょめい）の恩（おん）に謝（しゃ）したら良いか分からない。しかし、犬馬の労を取らせて戴く」

と言った。幸隆は大いに悦び、主従の盃盞（さかずき）を交わした。斯（か）くして相木は後に、真田家随一

の臣と呼ばれることとなった。

　幸隆は相木を伴い領国へ帰ったが、此の頃父幸義は老いの病が次第に重くなって、療治が叶わない状況となっていた。幸隆が早々に父の病床を訪ねると、幸義は枕辺に呼び近づけて、

「此の度の合戦は如何であったか」

と尋ねた。幸隆は詳しく城攻めの様子を話すと共に、相木森之助を召し抱えるに到った始末を語った。すると幸義は大いに驚き、

「実に其の方は我が及ばざる英才。後世頼もしく思うぞ。それなのに信虎公は日々悪行増長し、一族をも亡ぼしている。遂に滅亡の時が来てしまった。我思うに其の方の智計を妬み、佞臣等が信虎公へ讒言するであろうことは間違いない。よって、此の後は一計をも施してはならない。唯々常人となって高みより眺めていて、若し国に一大事があったなら、その時こそ其の方が全ての知恵を振るって国をお助け申せ。此のこと呉々も我が意に逆らってはならない」

と遺言し、永正十六年（一五一九）八月二十六日行年六十九歳で病死（註①）した。法名は、龍岳院義樹大禅定門と言う。幸隆は父の家督を継ぎ、家臣には穴山小左衛門・伊勢崎五郎兵衛・別府治部右衛門・遠山又六・相木森之助・近藤愛之助・由井屯を始め一騎当千の

者を従え、仁義五常（註②）を守り諸民を撫育（ぶいく）したので、人々は大いに悦んだ。戦国の世ではあったが、岩尾（いわお）の民は太平を楽しんでいた。

（註）

①『三代記』には、幸義は「永正十六年（一五一九）八月二十六日行年六十九歳で病死」と書かれているが、天文（てんぶん）十年（一五四一）の武田・諏訪・村上の連合軍との海野平（うんのだいら）合戦で戦死というのが通説である。上田市の日輪寺（にちりんじ）の寺伝によると、寺の名前は幸義の法名「日輪寺殿」に因んでいるというので、「龍岳院義樹大禅定門」の法名も違っていると考えられる。

②「仁義五常」とは、人の行うべき仁・義・礼・智・真の五つの道のことである。

六　平賀成頼塩川合戦の事並びに飯室右京亮討死の事

真田次郎三郎幸隆は父の家督を継ぎ、此の趣きを甲府へ伝えた。一方、信虎は一族の加賀美・桜井を亡ぼして所領を奪ったり、恩顧の老臣を縛り首や手討ちなどにしたり、傍若無人の振る舞いをしていたので恨み憤る者が多かった。年来武田家と領地を争う平賀修理亮成頼（註①）は是を聞いて、「今こそ良い機会だ」と家臣井田伝兵衛・福井多八・島木工助・荒井大学を始め屈強の兵四千五百余騎を率いて、若神子（註②）を越して駒井（註③）迄出張した。その噂が聞こえて来たので、武田方は大いに驚いて、早々に是を亡ぼそうと甲府へ注進した。信虎は少しも驚かず、

「平賀の弱兵ども、何程のことが有ろうか」

と言って、馬場伊豆守・板垣駿河守・工藤下総守・萩原常陸之助（註④）・跡部尾張守・原大隅守・横田備中守・小幡入道・安間三右衛門・多田三八・白畑助之丞を始め、その勢三千余騎で甲府を出て塩川（註⑤）を前に当て陣を取った。そして双方、「此の川を越して戦おう」と睨み合った。その内に武田方の血気の若者が我も我もと塩川を打ち渡り、一斉に敵陣に押し掛けて鬨を作ると同時に、横田備中守と多田三八が一番に鎗を突き入れ

た。是に続いて武田方は入り乱れて四方八方で戦った。未だ勝負も見えない処に敵方より、朱の具足を着した者が、

「我こそは松山小太郎なり」

と名乗って打て出、多田三八を目掛け鎗を合わせた。三八は少しも騒がず渡り合ったが、三八の突き出す鎗に小太郎は胸板を貫かれ二言と言わず死んでしまった。続いて木田権右衛門が三八に突いて掛かるのを横田は、

「三八、此の敵は我に任せよ」

と声を掛けて横から権右衛門を突き伏せた。勇敢とは言っても、此の両人に駆け立てられて平賀方が色めくのを見て、「さて、軍には勝ったぞ」と跡部尾張守・安間三右衛門等が驀地に切って入った。平賀成頼は逃げる味方を励まし、

「其の方等、此処から一寸も退いてはならぬ。討死すれば、我は黄泉（よみの国）に於いて褒美を与えよう。退くな。退くな」

と下知した。井田伝兵衛・福井多八・島木工助・荒井大学が、我も我もと取って返し火花を散らして戦った。その中で武田方の白畑助之丞は五尺（約一・五メートル）ばかりの大太刀を引っ提げ敵を七・八騎切って落とし、

「鎌倉権五郎景政が末孫、白畑助之丞景明とは我がことなり。我と思わん者は進み寄って

勝負せよ」

と大声を揚げて呼ばわった。信濃勢の内から一名が、

「我こそは、飯室右京亮国定なり」

と名乗って白畑と渡り合った。双方、何れ劣らぬ勇士であった。白畑は、

「如何に国定、太刀打ちはまだるい。組み討ちしよう」

と声を掛けた。両人は馬を寄せて無手と組み、両馬の間にドウと落ち上を下へと揉み合った。けれども国定の力が勝っていたのであろう、終に白畑を取って押え首を掻こうと腰を探ったが、最前馬より落ちた時に差し添えの身は抜けて鞘ばかりだった。飯室国定が「如何しよう」と躊躇う中に、白畑は「得たり」と下より刎ね返えし、終に国定を討ち取った。飯室の郎等二十余人は此の体を見て、

「主人の敵、遁すものか」

と白畑を目掛け切って掛かった。助之丞は最前からの合戦で身体が労れていたので、既に危うく見えた。そこで初鹿野伝右衛門が、

「景明が危うく見えるぞ。助けよ。助けよ」

と諸卒を下知して追い立てたので、飯室の郎等らは右往左往に敗走した。此の間に、白畑は漸々にして後陣へ引き退いた。武田・平賀の合戦が今を盛りと見える処に板垣駿河守・

馬場伊豆守が百余騎で敵の横合いより馳せ入り、攻め太鼓を打ち立て打ち立て突き崩した。その為、平賀勢は後陣より崩れ立ち多胡川指して敗走した。此の時一人の勇士が南蛮流の半弓を腰につけ大身の鎗を引っ提げ、

「平賀修理亮成頼が家臣、由利市兵衛国早なり」

と呼ばわって突いて入った。武田方からは三枝安清と言う者が四尺五寸（約一・三五メートル）の大太刀を抜いて市兵衛と渡り合った。しかし、由利は大力の持主として知られる者なので三枝を掴んで五丈（約一五メートル）余り投げ付けた。武田方は是を見て大いに恐れたが、板垣・馬場の横槍によって平賀方は総敗軍と成った。由利は「最早是迄」と駆け破り駆け破り、何処ともなく落ちて行った。


（註）

① 『三代記』の見出しや本文に「平賀成瀬」「平賀修理亮成瀬」とあるが、訳者が「成頼」に訂正した。成頼は平賀源心（源信・玄信）の名で、広く知られている。信濃源氏小笠原氏の庶流佐久大井氏の、そのまた庶流で佐久郡平賀の城主である。

② 「若神子」は、現北杜市須玉にあった村の名前である。

③　駒井は、現韮崎市藤井町にあった村の名前である。
④　『三代記』には「萩原常陸介」とあるが、訳者が「常陸之助」に訂正した。萩原常陸之助は、名を昌勝と言い、武田信虎の甲斐統一を助けた軍師である。
⑤　塩川は、富士川の支流の一つである。

七　後柏原天皇御即位の事並びに真田一計を施す事

百二代の天皇、後土御門天皇は去る明応九年（一五〇〇）九月二十八日に、御年五十九歳で黒戸（註①）に於いて崩御された。泉涌寺（註②）に葬り奉って、御法名は正果院と号されることとなった。十月十五日には皇子の勝仁親王が即位され、百三代をお継ぎになられた。御母は准三后幼子蒼玉門院と申すお方で、此の君は寛正五年（一四六四）甲申十月二十日に御誕生になった。文明十二年（一四八一）十二月三日に親王の宣下を受けられ、同月二十日に前左大臣小河の亭に於いて元服された。明応二年（一四九三）正月六日に三品に叙せられ、同じく明応九年（一五〇〇）十月に御即位（註③）あって後柏原天皇と申され、年号を元亀と改元が有った。斯うして今年大永元年（一五二一）迄、既に二十一年に成ると言うのに、御即位の大礼は行われていない。応仁の乱以来、天下は一日も穏やかに成らず、日本六十余州に軍の止む時はなく、皇威は衰微して御即位の大礼をお助けする者もなかったからである。三条内大臣実隆公は、此のことを歎き、「何とかして御即位の大礼を行おう」と、当時裕福に暮らしていた本願寺の顕如上人（註④）に密かに相談した処、御即位料として砂金十万両を用立て下さった。是により御即位の大礼を行うことが出来たので、帝は此の度の顕如上人の計らいをお悦びの余り永代二品親王に宣下された。此のことが甲府へ聞こえて来たので、「お祝い申し上げよう」と左京大夫信虎は真田次郎三郎幸隆を使者として京都へ上らせた。幸隆は上京し禁廷（宮中）へ、

「此の度のお祝いとして、砂金四千両・巻物百本・甲州絹二百反献上奉る」

との旨を奏上すると、帝は御感斜めならず。伝奏を以て勅命が下され、

「斯かる戦国の時節に、祝いとして砂金・その外種々献上することは神妙の至りである」

と言って、信虎を従五位下左衛門尉（註⑤）に任ずると共に、使者幸隆を弾正忠に為された。幸隆は面目を施し甲府へ帰った。

此の頃、今川義元の幕下で遠州高天神の城主福島上総介と言う者が、己が威勢に誇り、

「計略を以て甲府を亡ぼし所領を奪おう」と伯父山縣淡路守を先陣として、嫡子常陸介と共に駿河と遠江の勢を率いて、下山筋（註⑥）を押し通り甲府へ攻め入ろうとした。それにも関わらず、信虎の悪逆が日々に増長するので諸人は大いに恨んで、一門の人々を始め家の子郎等さえも、それぞれに身構えて世の有様を眺めていて、誰一人此の敵を押さえようとせず、皆々自分の居城を守っているばかりで、馳せ来る兵がなかった。大将の信虎は大いに憤ってはみたが、仕方なく唯惘れているばかりであった。此のような時に、「敵の先陣山縣淡路守が既に十日市場（註⑦）迄押し寄せ、近日中に甲府へ押し寄せて来るだろう」と聞こえて来た。信虎は、「今は小勢であっても打って出て、戦場に屍を曝そう」と覚悟を極めて出陣した。その勢は僅かに二千余人、千早の辺に打ち出て、飯田川を前に当てて対陣すること数日に及んだ。けれども敵は地の利を知らないので、その場しのぎで打っても来ず足軽の迫り合いだけで数日を過ごした。折りから、軍慮に賢しい武田方の萩原常陸之助が一つの謀を廻らし、甲府の町人や国中の百姓を集め色々に染め上げた旗を拵えて館の後ろの長禅寺山や和田山などに立て、夜は篝火を焼き後詰が来たように見せ掛けた。そして、翌日に萩原は飯田川原に出張り、

「今日こそ、山縣の首を申し受けるぞ」

と下知した処、多田と横田が我も我もと川へ打って入った。山縣は是を見て射手に下知

し、五百余人鏃を揃え引き詰め引き詰め射させた。しかし、甲州勢は少も屈せず、鎧の袖をさし翳し難なく川向こうに打ち上り、山縣勢の中へ面も振らずに突いて入り、四角八面に薙ぎ立てた。中でも多田・横田は敵を十三人迄切って落とした。大将信虎は是れを見て、

「あれに見えるは多田と横田である。敵に討たせてはならぬ」

と下知した。それに従って、馬場・山縣・跡部・穴山・工藤・内藤・萩原等が我も我もと打ち入り打ち入り、双方大合戦となった。山縣淡路守は大剛の者なので、自身鎗を引っ提げ近付く敵を突き払った。武田方にて一騎当千と呼ばれる小幡入道は是を見て、大長刀を引っ提げ淡路守に切って掛かった。山縣は騒がず渡り合っていたが、終に小幡の長刀を巻き落とし胸板をグサッと突き通した。其処へ小幡の郎等守山小兵衛と牛窪大六が駆け寄って、「主人の敵」と打って掛かった。山縣は両人を相手に右と左へと突き落とし大いに勇を振ったが、必死を究めた武田勢なので山縣も終に敗れて二丁（約二二〇メートル）余り引き退いた。日も暮れたので、武田方も軍を収めた。此の日武田方の討死二十八人・手負百十余人に及んだので、信虎もすっかり力を落として見えた。


（註）

①「黒戸」は、京都御所清涼殿の北側にあった細長い部屋のこと。

②泉涌寺は、京都東山にある真言宗の寺院。

③『三代記』には「明応二年正月六日三品に叙せられ、同じく十月御即位あって後柏原院と申奉る」とあるが、後柏原天皇が即位されたのは明応九年（一五〇〇）のことなので、訳者が訂正加筆した。それによって、その後の「大永元年迄既に二十一年」の記述とも合致するようになった。なお、三品の「品」は親王（男性）や内親王（女性）の位階のことで、一品から四品まであった。

④顕如上人は、浄土真宗大谷派の十一世門主。

⑤『三代記』には、大永元年（一五二一）に武田信虎が「従五位下左衛門尉」に任じられたと書かれているが、信虎には「左衛門尉」に任官した事実はない。実際には、この時「従五位下左京大夫」に任官したものと考えられる。

⑥「下山筋」というのは、駿河方面から身延を経て甲府へと向かう道。

⑦十日市場は、現在の都留市十日市場。

八　武田勢勇戦の事並びに福島・山縣討死の事

武田信虎は福島・山縣と飯田川に於いて合戦に及び、少し勝ったとは言え余り悦べないでいる処へ、京都より帰って来た幸隆が、

「朝廷は信虎公を従五位下左衛門尉に任ずる」

との宣下が有ったことを告げると、信虎は限りなく悦び天恩を拝した後、此の度の合戦の次第を一々語った。幸隆は陣中を立ち出て敵の備えを眺め、それから軍師萩原常陸之助の陣に行って、

「此の度某に一計があります。貴殿が是を用いられるならば、お話し致しましょう」

と言うと、萩原は、

「その謀とは如何なるものか」

と問うた。すると幸隆は、

「今宵此方から和議を申し入れるならば、敵はきっと承知するでしょう。その訳は遠征の労れの上に、昨日の一戦に敗れたこと、且つ又永陣の中若しも自国に変あることを恐れるからです。そして、敵の油断を見済まして討てば、一戦に破ることが出来ましょう」

と述べた。萩原は大いに悦び、

「此の謀(はかりごと)は必(かな)らず上手(うま)く行くだろう。早々実行に移そう」

と応じた。すると真田は声を密(ひそ)め、

「此のこと、某(それがし)が申したとは誰にも告げてはなりません」

と口止めして、自身は陣所へ帰って行った。一方常陸之助は使者を以(もっ)て山縣淡路守(あわじのかみ)の陣所へ、

「此の度互いに一戦に及んだが、元より貴殿と当方には何の意趣(いしゅ)もない。とは言え、武門の習いとして人数を出したからには、勝負を決することは論を俟(また)ない処である。しかし、既に十月になり寒気も甚(はなは)だしい。徒(いたず)らに諸卒へ霜雪(そうせつ)の苦しみをさせるより、双方一旦和議を結んで明年暖かく成るのを待ち、快(こころ)よく一戦を遂げようではないか。此のことに付いて御承知あるか、否(いな)か」

と申し送った。山縣は是を聞いて元より自国も気遣(きづか)わしいので、「明年改めての合戦に付いては願う処である」と考え、先(ま)ず本陣に行って福島に対面し、

「此の度、信虎が和議を乞うて参ったが如何(いかが)しょうか」

と問うた。すると、上総介(かずさのすけ)も同心したので、

「此の趣(おもむ)き承知した」

と返答した。使者は立ち帰って常陸之助に、「斯く」と達した。萩原は「仕済ましたぞ」と悦び、それぞれ準備をし翌朝東雲（註①）の頃多田・白畑・横田・鎌田などを率い密かに押し寄せた。山縣は昨日の和議を実と思い何の備えもない処へ、武田勢二千余人がドッと喚いて突き入ったので、大いに驚いて、

「さては敵の謀に落ちたぞ。打って出て駆け破れ」

と自身鎗を取って突いて掛かった。けれども不意を討たれたので、諸卒は周章ふためき為す術もなかった。山縣は怒って、

「恥知らずの振る舞いである。我に続け」

と無二無三に突いて廻ると、奈川郡次郎・土肥弥三郎・佐田甚兵衛・神原頼母等二十騎ばかりが我も我もと引き返して戦った。其処へ、武田方の相木森之助・海野六郎等五・六十人が横槍を入れた。相木森之助が例の大長刀で淡路守に切って掛かるのを見て、神原頼母は主人の馬前を遮って森之助に馳せ向かった。すると森之助は唯一刀に頼母を薙ぎ落とし、淡路守に打って掛かった。山縣は暫く戦ったが相木の勇力に叶わず退こうとするのを、奈川郡次郎・佐田甚兵衛等は主人を助けて駆け隔てた。此の両人が森之助と戦う中に、山縣は落ち行く味方に誘われ心にもなく引いて行くと、先達て隠岐守に討たれた小幡日浄の嫡子山城守友貞（註②）が是を見て、「父の敵遁すものか」と追って来て、山縣の冑

をチョウと打った。けれども、鍛えが善いので疵は付かなかった。山縣が打たれながら引き廻そうとする処を、チョウ・チョウ・チョウと打ち据えたので、山縣は眼が暗み鞍の前輪に俯向いた。すると、小幡は馬を寄せて無手と組み両馬の間に落ち重なり、山城守は山縣を組み敷き終に首をあげた。山縣勢は大将が討たれたのを見て散々に敗走した。此の時真田幸隆は数多の首を討ち取って、なおも進んで「大将福島を討とう」と馳せ廻った。福島の勢は、その幸隆を中に包んで揉み立てたので大将信虎は大いにあせり、

「真田を討たすな。駆け合わせて救え。救え」

と下知したので、我も我もと駆け寄った。又相木森之助は福島と渡り合い火花を散らして戦う中、原の足軽筧十兵衛が福島の乗った馬の後足を掴んで引き倒そうとした。そして、上総介が振り向く処を森之助は彼の大長刀で切って落とした。此の勢いに乗って、武田方は大波の寄せる如く追い討ち、八方に切り散らし、勝鬨を揚げて静々と引き取った。福島・山縣両将の首を得、信虎は大いに悦んだ。

　折から、甲府より、「男子誕生」との注進を聞き、信虎は弥々勇み立ち早速甲府へ帰陣した。

（註）

① 東雲は、夜明けの空が東から徐々に明るくなって行く頃のこと。

② 「小幡日浄の嫡子山城守友貞」とあるが、小幡虎盛のことかと思われる。虎盛は高坂弾正の補佐役として、海津城に在城していたことでも知られている。

九　武田勝千代誕生の事並びに勝千代幼稚妙才の事

此の度の合戦に打ち勝った左衛門尉信虎は諸将を率いて凱陣し、早々出生した我が子を見ると玉のような男の子であった。

「我合戦に勝利を得た時に誕生するとは、さてさて吉兆である」

と言って幼名を勝千代と名付けた。是が後に、武田大膳大夫晴信入道信玄と名乗り、その名を四海に轟かし、実に奇代の名将となるのである。

その頃、京都の将軍義稙公（註①）は没落し、故法住院義澄将軍の一子義晴公が因幡国

（鳥取県東部）に隠れ住んでいたのを管領の細川高国が呼び帰して、足利十三代の将軍とした。此のようなことから、細川氏の威勢は百倍にもなったと言う。

時に大永六年（一五二六）四月七日後柏原天皇が崩御され、第一の親王が皇位に就き、後奈良天皇と申し奉った。

さて、西国の浪人井上新左衛門（註②）と言う者が異国より鉄砲の伝習を受け、是を製造して信虎に差し出した。信虎は未だ見たことのない物なので新左衛門に命じ是を撃たせた処、その音は雷の如くで、その玉が的を貫くのは実に烈しかった。信虎は、

「さても、是は軍には最上の利器である」

と言って、井上を師として家中の者達に習わせた。是より、信虎の軍威は今迄に百倍し四隣皆が怖れるようになった。幸隆も此のことを聞いて、家臣別府治部右衛門に命じ、その術を井上に習わせた。軍の備え立てが一変して、鉄砲を先に進ませ、その後に弓・鎗と段々に組み合わせるようになった。その為信虎の向かう処敵なく、何事も心に任せないことがないと、その勇に誇り我意増長し、

「我、未だ懐妊の様子を見たことがないので是を試み見よう」

と言って女の腹を裂かせ、それを見て快しとし、既に十三人迄腹を切り裂いた。そこで、老臣の山縣河内守・馬場伊豆守等が種々諫めたが、信虎は却って両人を手討ちにした。そ

れを聞いて、真田幸隆は大いに歎き、「是は武田家滅亡の時節である」と断念して、その身は「病気」と申し立て出勤せずに、舎弟海野四郎幸綱を甲府へ出し置いたと言う。

一方、武田勝千代は幼少より才智衆に勝れ、八歳の時には師の僧長禅寺（註③）が一巻の書を出し、

「是は玄恵法師の作り置かれた『庭訓往来』と言う書物です。是を読み習い給わるよう」

と言うと、勝千代は暫く見て師の僧に対して、

「文字を知るには此の書は良いかも知れないが、武将の必要とする物ではない。何としても軍慮（戦の謀）に達する書を教え下され」

と言った。師の僧は大いに驚き、

「さてさて、梅檀は双葉より芳し（註④）。流石は信虎公の若君である。それならば教導致そう」

と言って、七書（註⑤）を出し読ませた処、勝千代は嬉しげに、

「是こそ我が望む書である」

と悦び、昼夜怠りなく読んだと言う。

光陰は矢の如く、勝千代十二歳の時の或る夕暮れに広縁に出た処、日頃立てて置く木馬が、

「勝千代。勝千代」

と呼んだ。勝千代は不審に思い彼(か)の木馬の側(かたわ)らに行き、

「何用であるか」

と尋ねた。すると、木馬は、

「軍術(ぐんじゅつ)と剣術とは何(いず)れか是(ぜ)（道理に叶うこと）なるか」

と言った。勝千代は、

「軍術・剣術何れも良し。是こそ剣術の妙(みょう)なり」

と言(い)い様(ざま)、抜き打ちにチョウと切りつけると手応(てごた)えがして、何やら縁の下へドウと落ちた。勝千代は、

「怪物(かいぶつ)を討ち止めたぞ。出合え。出合え」

と呼ばわった。小姓の今井市郎が、手燭(てしょく)を以(もっ)て能々(よくよく)見ると大きな狸であった。


さて又、或時(あるとき)信虎が勝千代と次郎の両人を伴い、下屋敷で罪人をためし切りすると言うことで、先一番(まずいちばん)に自ら左文字の刀で二つ胴（註⑥）を切り、その後勝千代に、

「切れ」

と命じた処、勝千代は辞退して脇へ控えた。信虎が、

「次郎、切れ」

と言うと、次郎は少しも辞退せず手際よく切り落とした。信虎は勝千代に向かって、

「弟は能くやったぞ。其の方も早く切れ」

と再び命じると勝千代は漸々立ち上がり、土壇に向うや否や面体俄に変わり、手は慄え足は戦いたので、諸人如何と見物する内に果して切り損じてしまった。信虎は大いに怒って、拳を固め勝千代を散々に打ち据えた。近臣が抱え止めると信虎は以ての外に怒り、次郎の手を引いて奥へ入ってしまった。その後勝千代は起き上がって砂を払ったが、顔色は元の如く少しも恐れる気色はなかった。此のことを聞いた真田幸隆は、

「是こそ俗に言う、能ある鷹は爪を隠すである」

と大いに悦び、只管勝千代の成長を待っていた。此のことは凡人の知る処ではなく、勝千代が智勇の優れた持主にほかならないことを知る者は真田幸隆而已であった。古今の名将と言うべきであろう。


（註）

① 足利義稙は十代将軍の義材が十一代義澄の後十二代として再任したものであり、『三代記』では義晴を十三代としているが、十二代とする数え方もある。

② 『三代記』には「西国の浪人井上新左衛門と言う者が異国より鉄砲の伝習を受け云々」とあるが、我が国への鉄砲伝来は「天文十二年（一五四三）、種子島へ」というのが通説であり、ズレがあるように思われる。

③ 長禅寺は甲府五山の筆頭の寺で、武田信玄の母・大井夫人の菩提寺である。時の住職、岐秀元伯は信玄の幼少期からの学問や政道の師であった。

④ 「梅檀は双葉より芳し」は、梅檀は発芽の頃から香気があるように、大成する人は子どもの頃から優れていることの例え。

⑤ 『七書』とは、中国の古典的な兵法書の『孫子』『呉子』『尉繚子』『六韜』『三略』『司馬法』『李衛公問対』を指す。

⑥ 「二つ胴」とは試し切りの用語で、土を盛った壇（土壇場）に二人分の遺体を重ねて乗せ切ったことを意味する。しかし、ここでは生きた罪人を重ね切りしたように受け取れる。

十　武田勝千代、父信虎と不和の事並びに勝千代元服の事

虎は三歳にして牛を喰らうとか言うが、武田勝千代は未だ幼年であるとは言え天下に英名を轟かす良将と成る人なので、既に行跡は他と異なっていた。真田幸隆は是を見て、

「此の君は必ず四海に名を留められるだろう」と確信した。


ところが、勝千代と父信虎との間に不快のことが出来した。その原因は、信虎が予てより持つ鬼鹿毛と言う名馬にあった。此の馬の丈は八寸八分（約一・四七メートル）（註①）、一度鞭を打ったならば十丈（約三〇メートル）の堀をも飛び越える程の駿馬であった。勝千代は此の馬をどうしても欲しく思い、父信虎の許へ小姓の田村金弥を遣わして、

「何卒鬼鹿毛を給わりたい」

とお願いした。処が信虎は是を承知せず、

「勝千代は当年僅十三歳なのに、何で斯かる荒馬に乗ることが出来ようか。来年元服したならば、当家重代の御旗・楯なしの鎧・義弘の太刀・左文字の刀・同じく短刀、悉く重宝（註②）を譲り与えよう。此の旨を伝えよ」

と言って田村金弥を返した。勝千代は再度金弥を使いとして、

「当家重代の宝物を皆々お譲り下される由は、有り難く存じます。しかし、私は御旗・楯なしの鎧は先祖新羅三郎公より相伝の品だと承知しています。その外太刀等も家重代の宝ですので、御家督を譲られる時にこそ頂戴致します。仮令来年元服をしたとしても、部屋住みの中はどうして重宝を頂くことが出来ましょう。ですからお返事には及びません。鬼鹿毛に付いては唯今より乗り習い、若年ではありますが後備えなど快よくしたり、初陣の術にしたりしたいと考え所望したのです。よって何卒鬼鹿毛を下されますように」

と申し述べた。素より短慮の信虎は大いに怒り、

「家の重宝を譲ろうと言うに、是を不足に思い家督を譲るの譲らんのとは何事であるか。そのことは、父の心にあることである。勝千代がいなければ、家督は二男次郎に譲る積もりである。子の身として親の意を侮る憎き奴め。追い出して呉れよう」

と使者に立った田村金弥を引き掴んで、備前兼光（註③）の刀を抜くより早く大袈裟懸けに切り殺してしまった。そして、なおも怒りの余り内藤大学を呼び、

「勝千代に切腹させよ」

と申し付けた。此の時勝千代は少しも騒がず、

「子として親から切腹を命ぜられたのに、どうして辞退出来ようか」

と言って将に自害と見えた時に、小山田備中守が駆け寄って刀をもぎ取り、

「父君は一旦のお怒りによって死を命ぜられましたが、自害するのは却って孝道（親に仕える道）ではありません。先は此処から信州岩尾の城主真田幸隆の許へお立ち退き下さい。その後は如何様にもお詫びを申し上げ、御不和でなきように為さって下さい」

と諌めた。勝千代は、

「それならば、其の方に任せよう」

と今井市郎一人を召し連れ、岩尾の城へと退いた。幸隆は此の次第を聞いて、

「勝千代君は、我が智に迷って父君を軽んじられましたな。仮令我に理があっても、馬一疋の為に人倫の道を失われるとは何事ですか。合戦の勝敗は大将の一心にあります。どうして馬や鎧に拘るのですか。器が小さいですぞ。此の後は能々お慎み下さい」

と諌め、勝千代を一間に籠め置いて、津賀山斉宮と浅見次郎を召し連れて甲府へ行った。そして、先ず信虎が常に帰依している春巴和尚と言う曹洞宗の僧を頼み、同道して登城した。信虎は此の度勝千代が甲府を逃げ去ったのを幸いとして、「二男次郎に家督を譲ろう」と思っていた。其処へ真田幸隆と春巴和尚の両人がやって来て、

「勝千代君と和順下さい」

と理を尽して歎願したので信虎も、渋々ながら聞き入れた。真田は大いに悦び、急ぎ岩尾に立ち帰って勝千代の前に出、

「以後決して御自分の智を人に見せられますな。愚鈍の体を見せて、何事も次郎殿よりお劣り下され。御成長後については、某に考えがあります」

と呉々も諫言し、それより甲府へと帰した。しかし、信虎は少しも心を解かず、軽々しく勝千代には憂き目を見せ、「次郎に家督を譲ろう」と思っていた。勝千代は真田の諫言を守って、さも気抜けのように振る舞っていたので郎等に至る迄、「所詮、此の君には御家督の相続は叶わないだろう」と次郎へ心を寄せる者が多かった。けれども勝千代には、是を恨む様子もなかった。

そのような中、信虎の婿である今川義元の取り持ちで勝千代は元服した。時に天文五年（一五三六）三月五日のことであった。その頃京都の将軍は義晴公で、上野中務大輔清晴を甲州へ遣し、将軍家の諱の一字を給わり、武田太郎晴信と名乗らせた。暫くして勅使転法輪三條右大臣公頼が甲州に下って来て、晴信を大膳大夫兼信濃守に任じて、自らの息女を勅掟（天皇の命令）で晴信の正室（註④）とした。

（註）

① 馬の丈は、肩の高さ四尺（約一・二メートル）を標準とし、それより一寸・二寸と「寸丈」

で表す。鬼鹿毛が「丈八寸八分」とあるのは、実際には四尺八寸八分（約一・四八メートル）と言うことになる。

② 武田家の重宝と言うと、一般的には「御旗」と「楯なしの鎧」が挙げられる。元々は平安時代の中期に、後冷泉天皇から源頼義に下賜された物で、それが甲斐の武田家に伝えられ家宝となった。御旗は日本最古と言われる日の丸の旗で、現在甲州市塩山雲峰寺所蔵、楯なしの鎧は同市の菅田天神社の所蔵となっている。なお、「義弘の太刀」は南北朝時代の越中の刀工郷義弘作の太刀、「左文字の刀・同じく短刀」の「左文字」については一の註⑭（9ページ）で既に述べたとおりである。

③「備前兼光」は南北朝時代頃からに備前国に住した長船派の刀工であり、兼光を名乗った者が四名いる。中でも、南北朝時代に活躍した刀工を指すことが多いと言う。

④ 武田晴信の正室は、三条公頼の次女であることから「三条夫人」と呼ばれた。

十一　武田信虎海ノ口城攻めの事並びに平賀妻女白絹勇力の事

此のような折柄、武田左衛門尉信虎は海ノ口城（註①）を攻め落とそうと出発した。付き従う人々には嫡子大膳大夫晴信・二男次郎信繁・穴山伊豆守・板垣駿河守・跡部尾張守・飯富兵部少輔・原能登守・甘利備前守・加藤駿河守・教来石民部・真田幸隆の代りとして海野四郎幸綱・穴山小左衛門等都合八千余騎であった。頃は天文五年（一五三六）十一月十一日、海ノ口に押し寄せた。此の海ノ口の城主は、先達て敗軍した平賀修理亮である。入道して源心と言う。力量は七十人力、勇猛の大将なので武田勢が押し寄せても少も動ぜず、家臣平賀刑部左衛門・安田玄蕃を始め持ち口・持ち口を固め射手を揃え待ち構えていた。武田勢は厳重に備え、足軽を以て操り一時に乗り破ろうとした。しかし、城中は静まり返って音もなく、十分に敵を引き寄せ、迫間を一斉に押し開き差し詰め引き詰め散々に射掛けたので、武田勢は色めき立った。其処へ敵城より女が一人で現れ出て、

「我は平賀入道が妻女、白絹と申す者なり。此処へ押し寄せられたのは武田殿とお見受けする。遠路遙々のお出でに付き、聊か馳走致そう」

と言いながら、二十人で持って来た大石を軽々と抱えあげ投げ出した。その有様は、古の

樊額女（はんがくじょ）（註②）もどうして及ぶことが出来よう。武田勢は矢庭（やにわ）に五十人ばかり圧（お）し打たれ、血を吐いて死んでしまった。大いに備えの乱れる処に、城門を押し開き大将の平賀入道が百余騎を従え打って出たので、武田勢は散々に成って引き退（の）いた。その後、再び攻めたがはかばかしく行かず、目立った軍（いくさ）はなかった。その上に大雪が降ったので、三十余日の間城を徒（いたず）らに眺めていた。萩原常陸之助（ひたちのすけ）が信虎の前に出て、

「此の間よりの大雪が例年に増して降り続き、馬の足すら自由になりません。此の城の大将平賀入道は大剛（だいごう）の者で、妻女白絹の怪力は実（まこと）に恐るべきものです。まして城兵が三千余人楯籠（たてこも）っており、味方は八千余人あるとは言え皆遠路の労（つか）れもあります。此の間から攻め倦（あぐ）んでいるので、中々落城させるのは難しいでしょう。急襲すれば攻め落とすことも出来ましょうが、味方も大いに損害を蒙（こうむ）るでしょう。然（さ）すれば勝利しても益なしです。年内最（も）早（はや）日もなく一先（ひとま）ず帰陣あって、来春再び攻められるのが宜しいでしょう」

と申し上げた。すると信虎は、

「其（そ）の方（ほう）が諫（いさ）めは尤（もっと）もだが、我若年の時より此のように取り巻いた城を、その侭（まま）にして引き返したことがない。若（も）し今帰陣すれば、城中より追い打ちを掛けて来るであろう。その時になって悔いても甲斐がない」

と言った。そこで萩原と教来石が重ねて、

「そのことですが、軍慮に賢しい城兵ですので却って追い打ちは掛けないでしょう。又追い打ちを掛けたとしても、何の恐れが有りましょう。大返しに返して打ち取りましょう」

と申し述べた。信虎は、

「それならば、そのように決め明朝未明に引き取ろう」

と用意することにした。此の時に晴信は父の前へ出て、

「明日の後殿は某に仰せ付け下され」

と申し述べた。信虎は、大いに笑って、

「晴信は臆病なことを言うぞ。追い打ちを掛けないだろうと言うのを聞いて、後殿を願う可笑さよ。仮令父が申すとも、此の義は次郎にと申してこそ武田家の総領。次郎信繁は斯様な馬鹿なことは言わぬぞ」

と言った。しかし、晴信が強て願うので、信虎は、

「此の上は望みに任そう」

と許した。晴信は後殿の用意をし、海野四郎方へ使者を遣わし、

「其許も我と共に後殿をして呉れ」

と依頼した。海野は是を聞き、

「さてさて、晴信公は臆病な人である。追い討ちを掛けられることを恐れ、我に加勢を乞

うて来られた。我が兄幸隆が常々晴信公を後世の英雄と言われるのは、大い成るめがね違いだ」

と打ち笑い晴信の陣へ行った。時は天文五年（一五三六）十二月二十七日の暁、武田信虎は軍勢を率いて海ノ口から甲州へ引き返した。嫡子大膳大夫晴信・海野四郎幸綱は、三百余騎で後殿として残り備えた。然るに晴信は、その前夜幸綱に向かい、

「其許は手勢に武具・馬具を能く整えさせ、兵粮を一人に付き三人前用意して、且つ又極寒の時節なので打ち立つ前に上戸・下戸に拘らず酒を少々呑ませ斯様に下知せよ」

と申し付けた。海野は承知して、手勢に用意をさせた。幸綱は密かに、

「晴信公は愚かなことを言う人である。此の大雪に中々戦いようもないので、敵の追い打ちは思いも寄らない。それなのに用意とは、何とも臆病な人である」

と呟きつつ、用意を調えさせた。然るに城中では、「甲州勢が引き退く」と聞いて大いに悦び、「虎口を寛げ此の度の軍労を休めよう」と、皆々甲冑を脱いで打ち寄り酒宴を催した。そして、

「どうして武田勢に此の城を攻め落とすことが出来ようか。然れば此方より甲州へ赴いて、先敗の恥辱を雪ごうではないか」

と言い合いつつ大に酔い、寝所へ入って休んだのは平賀の運の極まりであったと後になっ

て思い知らされた。

（註）

① 海ノ口の城は、現南佐久郡南牧村（みなみまきむら）にあった山城。

② 「樊額女」は平安時代末期から鎌倉時代初期に活躍した女性武将で、「板額御前（はんがくごぜん）」とも呼ばれる。越後の平家方の武将城資国（じょうすけくに）の娘で、鎌倉方の討伐軍と戦った。平賀入道の妻白絹は、樊額女にも勝ると言うのである。

十二　武田晴信（はるのぶ）智計（ちけい）の事並びに海野（うんの）四郎武勇の事

天文（てんぶん）五年（一五三六）十二月二十七日、武田左衛門尉（さえもんのじょう）信虎（のぶとら）は海ノ口（うみのくち）を引き退き甲府へ帰陣した。嫡子晴信が、

「幸綱と共に、是より海ノ口へ攻め寄せるぞ」

と下知すると、海野四郎は大いに驚くと共に晴信の智計を感じた。晴信は幸綱等に向かい、

「敵の城を取り巻きながら、さしたる功もなく引き退くのは武門の恥辱である。仮令此処で討死し屍は海ノ口の土となっても、名を後世に残したいものだ。晴信が初陣の功を立てるのは、今此の時である。進めや。進め」

と采配を取って下知した。海野四郎・穴山小左衛門・今井市郎・飯富三左衛門・跡部大八郎を始めとして、我も我もと無二無三に攻め寄せたのでどうして堪えることが出来よう。

一方平賀入道を始め皆々は、「敵は甲府へ帰陣した」と聞き熟睡していたので周章ふためき、ものの用に立つ者は一人もなく、大将平賀入道は鎧を急いで引っ懸け、切っては出たものの、甲州勢は大軍と思って気後れして進むことが出来ないでいた。その他の者に至っては、戦わぬ侭に妻子を引き連れ逃げ去った。其処へ海野四郎と穴山小左衛門が、

「当城の一番乗り」

と叫んで塀に取り付き乗り入った。すると、平賀刑部左衛門・安田玄蕃を始め皆落ち失せてしまった。大将平賀入道は大いに怒り、「今は是迄」と黒糸縅の鎧に白綾の布で鉢巻し、四尺三寸（約一・三メートル）の太刀を真っ向に翳し、「平賀修理亮入道源心、今こそ最期の手並を見せようぞ。我と思わん者は近寄って来い」と大音に名乗って仁王立ちに

突っ立った。田坂治郎は是を見て、五尺（約一・五メートル）ばかりの太刀を打ち振り入道に切って掛かった。源心は少しも動ぜずに二・三合戦ったが、田坂を真っ向より胸板迄割り付けてしまった。続いて鳥飼宗蔵と磯山九八の両人が鎗を以て源心に突いて掛かると、鳥飼の鎗を潜り磯山の鎗の千段巻（註①）を掴んで引き寄せ刀で薙ぎ伏せて、返えす刀で鳥飼の冑の真っ向に切り付けた。その早きこと、電光の如くであった。是を見て、海野四郎幸綱が真一文字に馳せ来たって切って掛かった。源心も聞こえる勇士なので受けつ流しつ暫く戦っていたが、勝負が付かず互いに太刀を投げ捨てて引き組んだ。源心は、「此の上は討死するより仕方がない。此の者は今死なすには惜しい勇士である。就いては是を助け、我が首を与えよう」と覚悟して、態と海野に組み敷かれた。幸綱が源心の首を打ち落とし立ち上がろうとすると、源心の妻女が小桜縅の鎧を着て長刀を水車に廻し、

「平賀の妻、白絹なるぞ。夫の首を返せ」

と海野に切って掛かった。幸綱は源心の首を投げ捨て、落とした太刀を取り直して切り結んだ。しかし、さしもの海野も支え兼ね既に危うくなったのを見て、晴信が下知して一同に討って掛かり海野を救い、跡部大八郎を以て白絹を討とうとした。とは言え、女ながらも白絹は乗馬の達人なので中々手に負えず、一人の為に甲州勢は駆け立てられ攻め倦んで見えた。時に幸綱の郎等で鉄砲の名人の望月鉄之助が白絹の有様を見て、楯の陰より狙い

澄まし撃ち放つと、玉は過たずに白絹の胸元へ命中した。どうして堪えることが出来よう。白絹は血煙を立て、馬から真っ逆様に落ちてしまった。その後は支える者もなく、終に城は武田勢に乗っ取られた。晴信は悦んで跡部大八郎を遣わして甲府へ注進すると共に、諸勢を率いて凱陣した。諸大将は是を聞いて大いに驚き、「晴信公の初陣の功名、末頼もしい」と一同は信虎へ嘉儀を申し述べた。しかし、元来信虎は晴信を忌む心が有るので少しも悦ぶ景色なく、

「此の度晴信が海ノ口の城を取ったことは、さして高名とするに足らない。是は皆幸綱の功績である。海野がいなければ、どうして平賀を討つことが出来ようか。その上に、己は海ノ口に止まり先ずは使者を遣わすべきなのに、平賀を討ち取るより直ちに逃げ帰って来たのは、晴信が臆病の故である」

と言って、此の度の初陣の功を賞さなかった。その為、日頃に十倍して父子の中は不和となり、諸将は皆苦々しく感じていた。

一方武田晴信は初陣の誉れなので、彼の源心を石の地蔵に刻ませ大門峠（註②）に安置すると共に、同人の太刀を、常に弓の番所（註③）に飾って置いたと言う。

なお、此の度の海ノ口の働きは天晴と言うことで、信虎・晴信の両将より幸綱に感状を給わった。晴信からの感状の文は次の如くである。

今二十七日午の刻（昼十二時頃）、海ノ口の城主平賀入道源心が首討ち取り候段神妙に候。弥々忠勤を抽んず可き者也。

晴信判

天文五年（一五三六）十二月二十七日

海野四郎殿

斯うして四郎幸綱は面目を施し、岩尾へと帰陣した。

（註）

① 「千段巻」は、鎗や長刀などの茎の入る部分を籐や麻苧ですき間なく巻き、漆で塗り固めたもの。

② 晴信が源心を石の地蔵に刻ませて安置したとされる大門峠は、現在の平沢峠（南佐久郡南牧村平沢）で、茅野市・小県郡長和町・北佐久郡立科町の境に位置する大門峠ではないという。

③ 源信の弓の太刀を飾ったという「弓の番所」については、調べてみたがはっきりとしない。常に番人のいる弓の保管庫であろうか。

十三　今井貞国切腹の事並びに真田信綱出生の事

武田左衛門尉信虎は武勇万人に勝れた猛将なので、自分一人の勇に誇り、忠臣の諫めを用いず、屡々人を害することがあった。信虎が日頃から寵愛する白山という猿が、それを見習って、或時信虎の脇差しを引っ提げて走り出たのを誰も知る者がいなかった。偶々今井杢之助貞国が、鷹の間で唯一人当番をしていた。天文六年（一五三七）六月十一日、暑気甚だしい日であった。杢之助が日長に疲れで眠っている処へ、此の猿がやって来て脇差しを引き抜き、貞国の後ろから肩先に切り付けた。暑気の時分でもあり、白い帷子はたちまち血に染まった。猿は血を見て驚き、鳴き叫んだ。貞国は大いに怒り、抜く手も見せずに猿を一刀に切り殺した。此の音を聞いて鎌田織部・小山彦四郎・安間三右衛門等が立ち出たので、貞国は怒りながら右の次第を述べる中に、早くも信虎は是を聞いて大いに怒り、

「猿は獣であるから、どうして分別があろうか。然るに我が秘蔵の猿を殺したのは、我を切ったも同然である」

と言って、その侭杢之助を追放してしまった。此の時杢之助の嫡子弥四郎は未だ三歳であったが、家臣の布下文吾と言う者が密かに抱いて立ち退き、岩尾の城主幸隆を頼った。幸隆は、不便に思って是を匿まい育てた。後に布下弥四郎定家と名乗り古今の勇士と成り、末は幸村に仕え入道して鉄山と号した。


　信虎は今井の家を没収すると共に、一旦追放した貞国を、

「捕縛し首を打て」

と命じた。是を聞いた寵臣の甘利備前守が、

「貞国の科は軽くないとは言え、所詮相手は獣です。獣の為に人の一命を断つべきではありません。又今井は数度の合戦に軍功を顕した者ですので、どうか御勘弁下さい」

と諫めた。信虎は聞き入れず、

「我は猿の代りに今井の命を取るのではない。上（主君）を軽んずるが故に此のように申すのだ。けれども其の方が諫める旨も分かるので、貞国には切腹を申し付ける」

と言って、日向左兵衛と栗原免蔵の両人を貞国の元へと遣わした。貞国は予て覚悟のことなので、見事に切腹した。又今井の妹で美人の聞こえが高く、信虎が側室にして格別に

も寵愛していた小沢と言う者がいた。その小沢が此のことを聞いて大いに歎き悲しんでいるのを、同じ側室のおさきと言う女が見て、常々小沢が殿に愛されているのを妬んでいたので、此れ幸いと信虎に、

「小沢は此の度の貞国の切腹を恨み、密かに君を害そうと謀っています。御用心下さい」

と告げた。心の荒い信虎は実否をも糺さず、小沢を呼び出して、

「其方を可愛がり贅沢をもさせて来たのに、此の度其方の兄貞国を縛り首にも申し付くべき処、慈悲を以て切腹させたのを有難いとも思わず、密かに我に危害を加えようと謀るとは何事か。何と心の悪い女め」

と大音を揚げ大いに怒った。小沢は全く身に覚えのないことなので、唯驚くばかり、一言も言うことが出来ずにさし俯向いていると、信虎は衝と立ち寄って小沢の黒髪を引っ掴み、左文字の刀を抜くより早く提げ切りにしてしまった。その有様は、無慙と言うも余りあった。その夜から、小沢の怨念が信虎の寝間の傍らに立つとは言え信虎の勇気に恐れてか、さして災いも為さなかった。しかし、おさきは怨霊に付きまとわれ、終に七日の内に狂い死にしてしまったと言う。

さて又幸隆の妻女が男子を産んだので、幸隆は大いに悦んで徳太郎と名付けた。是が後の源太左衛門信綱である。同じ頃海野幸綱が病死したので、幸隆は大いに歎き菩提寺に葬

り、法名を大道院法円定門と諡し、穴山小左衛門の一子六郎に器量あるのを知って、此の者を海野の名跡として相続させた。

一方甲府では信虎が今井兄妹を殺害したので、一家中の者が主人を恨み疎んじ、思い思いに他国へ立ち退く者が数知れないほどであった。よって信州埴科（註①）の城主村上義清・同国深志の城主小笠原左馬助長村（註②）、その外近国の諸侯は武田家の浪人を抱え入れ、「甲府を攻め亡ぼそう」と窺うので、甲府の危きこと風前の灯火の如くであった。

（註）

① 『三代記』には「信州更科の城主村上義清」とあるが、村上氏の本城「葛尾城」は埴科郡坂城町にあるので「埴科」に訂正統一した。

② 『三代記』には「同国深志の城主小笠原左馬助長村」とあるが、時代的には「長棟」あるいは、その子の「長時」かと考えられる。しかし、長棟も長時も「左馬助」ではない。

十四　信虎、晴信を廃去しようとする事並びに晴信今川家へ密使を送る事

武田信虎は己が豪気に任せ人を軽んじ、纔の科でも是を罰し、数代忠勤の家をも分け隔てなく我侭な取り計らいをするので、人々は是を嫌って敵地へ逃げ去る者もあった。又晴信の人柄は穏やかで大将の器が備わっていると気持ちが傾むき、「此の君に仕えよう」と望む者もあった。臣下の心は次第に区々と成って行ったが、信虎はとかく嫡子を疎んじ、「二男次郎に家を譲ろう」と考えていた。しかし、世間の聞こえを憚って、「何か罪を拵え、晴信を追い退けよう」と思っていた。

時に天文七年（一五三八）正月元日、新年の慶賀の宴を催した。信虎を始め、嫡子晴信・二男信繁・三男信連、その外臣下の穴山伊豆守・馬場民部少輔・教来石民部少輔・萩原常陸之助・山縣・跡部・浅利・小山田を始め皆々が列座していた。信虎は自ら中央に座って盃盞を取り上げスッとほし、晴信へさすべき処を、そうではなく二男信繁にさし、それより三男信連にさし、その後臣下へ与えたので晴信は大いに面目を失って退出した。それを見て、臣下の面々は互いに顔を見合わせて退出した。

その月の二十日に信虎は板垣駿河守を呼んで、

「晴信は今川治部大輔義元の推挙によって大膳大夫兼信濃守に任ぜられたのに、その成長ぶりを見ると全くの愚かとは言えないが、辺鄙に育ちあか抜けしていない。そこで、是から姉婿である今川義元が（註①）方へ行き、同家の家風を見習い万事上品の作法をも稽古するように申せ」

と命じた。板垣は承知して晴信へ「斯く」と告げると、晴信は聞いて何の答えもなく顔色を変え手を拱いていたが良有って、板垣に向かい、

「さてさて父君には斯く迄我を疎んじ、目に見えない処へ追い退けようとされるのか。其の方には定めて内意も有ったであろう。包み隠さずに申せ」

と言った。信方（註②）は晴信の側近く進み寄り、

「申し上げるも恐れ多いことですが、君を追い退け御家督を信繁君に譲ろうとのお考えです」

と述べた。それを聞いた晴信は、差し添えを抜いて直ちに自害と見えた。板垣は押し止め、

「何故の御自害ですか」

と言った。晴信は歎息して、

「我が孝行の至らず父に見放され、嫡男に生まれながら弟に家督を取られるのは恥辱の至り。所詮生きている甲斐のない身、潔く自害するに越したことはない」

と涙を落としながら言った。そこで板垣は、

「それは御短慮と言うものです。恐れながら某が申し上げることを能くお聞き下さい。父君の是迄の行跡を見させて頂きますと、女の腹を割り、馬場・山縣を手打ちにし、今井貞国には切腹させ、小沢を殺害し、御一族を亡ぼされること古今の大悪狂人に同じです。どうかお心を鎮められて、甘利備前守・飯富兵部少輔の両人を召され御相談下さい」

と言った。晴信は涙を払い、

「我は其の方の考えに従おう」

と応じた。板垣は大いに悦び、

「決して御短慮有ってはなりません」

と共に涙を流して退出した。その後晴信は甘利・飯富を密かに呼んで、

「此の度の父の仰せを如何すべきであろう」

と問うた。飯富は眉を顰め、

「将にお家の一大事が出来しました。今諏訪・村上・小笠原を始め近国の強敵が当家を倒そうと計る最中なのに、智勇兼備の御嫡男を追い退けられれば家臣の中も弥々父君を恨む者も多くなりましょう。その虚に乗じて一戦に及べば、当家の滅亡も間近となってしまいます」

と言った。甘利は飯富と顔を見合わせ、

「予て其許が斯かることも考えねばと言ったのを、今こそ君に申し上げようと思う。如何か」

と言った。飯富は、「道理」と同意し、晴信の耳に口を近づけて
「斯様斯様に為し給え」

と勧めた。晴信は大いに驚き、

「其の方等は我を天下の悪逆人にしようと計らうのか。そのようなことならば寧ろ我は自害して死のう」

と言った。両人は口を揃え、

「新羅三郎義光公より数代続く武田家が滅亡に及ぼうとする時ですから、此の企ては全く不孝なことではありません。御先祖への大孝行です。又万民の苦しみを救うことでもあります」

と、両人が種々に諫めた。晴信は良心が落ちついた様子であったが何も答えずに、その侭奥へ入ってしまった。

　そこで、飯富・板垣の両人は信虎の前に出て、

「今度晴信公へ仰せの趣きに付いて、何様にも父君の御意にお任せすると仰せられました」

と申し述べると信虎は打ち笑って、

「我が申すのに従うと申すか。それは晴信の能き分別である。若し背くに於いては首を刎ねても、我が存念を晴らす積もりだった」

と言った。

　一方、晴信は甘利・飯富の申し述べたことに付いて何とも言わなかったが、穴山伊豆守・甘利備前守・小山田備中守・板垣駿河守・飯富兵部少輔等は種々和談を遂げ、なお又晴信の前に出、

「父の信虎公を今川義元方へ廃去して、晴信公を家督に立てることは臣下一同の望みです」

と詞を尽して諫めたが、晴信は子の身として父を廃することを中々聞き入れようとしなかった。しかし、老臣の面々が誓文（註③）を捧げて晴信に勧めたので、

「先ずは、今川へ密使を遣わそう」

と言って、今井一郎保春を駿河へ赴かせた。


（註）
①　今川義元の正室は武田信虎の長女であり、晴信の姉にあたる。つまり晴信にとって、今川義

元は「姉婿」である。

②『三代記』では板垣駿河守の名を「信形」としているが、訳者が「信方」に訂正統一した。

③「誓文」は「起請文」のことで、神に誓って違背しないことを書き記した文書である。

十五　板垣・甘利、信虎を謀る事並びに晴信父を廃する事

さて此処で、今川家の先祖を尋ねてみる。先ずは清和天皇六代の後胤八幡太郎義家公より五世の孫、左馬頭義氏朝臣が足利の元祖である。次男の四郎国氏は、父の吉良長氏の所領を相続した。是が吉良今川の先祖である。国氏より三代の嫡孫従四位下上総介範氏は足利将軍尊氏に従い、元弘・建武の合戦（註①）に軍功があったので、駿河国を給わり府中に居城した。それより七代の今川上総介氏照は、父修理大夫氏親の家督を継いだが不幸にして早世した。そこで同腹で善得寺（註②）と言う禅寺に出家していた弟を還俗させ、今川の家督を継がせた。是が従四位下治部大輔兼駿河守義元である。正室は武田信虎の長女で、

晴信の姉である。義元は仏門を出て父の跡を受けてから、文武兼備の良将であるとの聞こえが高かった。義元が、「何とかして三河・尾張の両国を切り取って、上洛を遂げよう」と思い立ち、只管軍略を廻らしている処へ、武田晴信の使者である今井一郎保春がやって来て密書を渡した。見れば、晴信が父信虎を廃去することを申し送って来たのである。そこで義元が熟々思慮を廻らすに、「我既に天下統一を成し遂げようと思い立ったが、甲州の舅武田信虎は勇猛の将で我が幕下に屈すべき者ではない。とすれば今晴信の密計に与し彼を家督にすれば、我が幕下同然にして心の侭である。然る時は、天下統一のことも速やかに成就するだろう」と思って、今井に承知の由の密書を渡して帰した。今井は立ち帰って義元が承知の由であることを告げると、晴信は先ず板垣・甘利の両人に相談した。予て両人が巧んだことなので、両人は信虎の前に出、

「此の度晴信公を廃そうとの企ては、恐れながら君の誤りと存じます。その訳は、信州に木曽・村上・小笠原・諏訪、相州に北條、上州に上杉等皆々当家を倒そうと計る族がいます。然れ共君の威風に当たり難く手を束ね時を窺っている処なので、今晴信公を今川家へ行くよう頻りに催促すれば、孝心が深いとは言え若しや害心を起こさぬとも限りません。万一然ある時は信州の諏訪頼重は姉聟（註③）ですので此の人の方などへ逃げて行けば、晴信公の手の者は勿論、心を通わせる者は皆随従するでしょう。臣下が二つに別かれ騒動と

なったら、諏訪頼重は時を得て村上・小笠原等に諜し合わせ当国へ乱入すると思われます。然ある時は君が勇み立たれても、是を防ぐ術が有りません。遠き慮りのない時は必ず近き愁い有りと申します。能々思慮された上、晴信公を今川家へ遣わされる計略をお考え下さい」

と詞巧みに述べたので、元々浅智の信虎は是を聞いて大息つぎ、唯黙然として言葉もなかった。甘利備前・板垣駿河も差し俯き思案に暮れている体を為して、暫くしてから、

「君の御賢慮を承まわって、安堵し度く思います」

と言ったので、信虎は困った様子で、

「其の方等が申したので気付いたが、然ある時は一大事である。如何して晴信を廃すべきか。其の方等に思案があるなら申し聞かせよ」

と言った。両人は、「為て遣ったぞ」と心中に悦び、

「お尋ねなので申し上げます。君が先に駿府へお入りあって、彼方から使者を以て招かれれば辞まれることは決してないでしょう。晴信公が駿府へ赴かれた処を捕え、押し籠められるのに何の差し支えがあるでしょうか。その節は少人数で参るように我々が策略致しましょう。留守の間所領は臣等が守りますので、お気遣いは為さらないで下さい」

と言うと、

「如何様、此の儀道理である」

と甘利・板垣の弁舌に謀られ、

「然らば我先ず駿府へ行き、その当日中にも一報を致そう」

と申し含めて、晴信を穴山伊豆守に預け、留守居には次郎信繁を残し、天文七年（一五三八）三月九日に信虎は甲府を立ち出でた。穴山伊豆守の「お供多人数は却って宜しくない」との指揮によって、近習・小姓・下々に至るまで百人に過ぎなかった。お供は、石原小六・安田主膳・松井太郎兵衛・穴山権太郎・跡部国右衛門・鯉川帯刀・溝口源之助・堀九郎兵衛等であった。


　さて、此の時晴信は現職にある父を廃することなので、唯黙然としていた。そこで、穴山・板垣・甘利等は詞を揃え、

「それ程までに思い切ることがお出来にならないのならば、御家の御宝の楯なしの鎧・御旗の前にて鬮を引いてみられるのが宜しいでしょう」

と勧めた。それを聞いた晴信は、

「如何様其の方共の言葉、理に当ると覚える。我が先祖新羅三郎義光公の御宝の御罰を蒙むるのならば、どうして吉の鬮に当たることがあろうか。早々に用意せよ」

と穴山伊豆守に命じた。時に諸臣相談して、「万一凶という鬮が出たならば、晴信公は父

君をお呼び返しになられるだろう。その時はお家の禍いとなる」とて「吉」の字の鬮而已を拵え晴信へ渡したので、晴信が三度まで鬮を取ったのに「吉」の字而已が出た。

「さては神々もお許し下さる処か」

と言って、同月十七日に御館へ移った。斯かることとは夢にも知らず、信虎は駿府へ到着した。義元は計り設けたことなので、厚く饗応ながらも一間へ押し籠め置いた。信虎は案に相違し怒ってはみたが、為すべきようなく月日を送っていると、義元の正室が男子を産んだ。信虎にとっては初孫なので、是を寵愛している内に甲府のこともすっかり忘れ、却って安楽に暮らすようになった。此の男子は、成長の後に今川氏真（註④）と名乗った。

（註）

① 「元弘・建武の合戦」は、一般的には「元弘の乱・建武の乱」として知られる。元弘の乱は、鎌倉時代末の元徳三年（一三三一）から元弘三年（一三三三）にかけて鎌倉幕府を倒そうとする後醍醐天皇の勢力と幕府の執権北條高時の勢力との戦いで、結果として鎌倉幕府が滅亡し建武の親政が始まった。また建武の乱は建武二年（一三三五）から翌年にかけて後醍醐天皇の政権と足利尊氏らの間で行われた合戦の総称である。足利方が勝利し、建武政権は崩壊した。

② 『三代記』には、「善倖寺」とあるが、訳者が「善得寺」に訂正した。現富士市今泉にあった曹洞宗寺院であると言う。

③ 諏訪頼重の正妻は武田信虎の三女であるから、晴信に取っては「姉婿」である。『三代記』に「諏訪頼重は伯母聟」とあるのは誤りなので、訳者が「姉聟」に訂正した。以下、同じ。なお、『三代記』には「頼重」「頼茂」の二通りの表記があるが、全て「頼重」に統一した。

④ 『三代記』には、「氏実」とあるが、以下、訳者が「氏真」に訂正した。

十六　真田幸隆、晴信を難する事並びに幸隆、古市頼母に対面の事

武田大膳大夫晴信は、甘利・飯富等の計いによって父信虎を駿府へ廃去した。しかし、板垣・甘利・飯富・小山田・穴山を始め老臣等が晴信を補佐し、国中の政事を良くしたので、誰も小言を言わなかった。又舎弟左馬介信繁・同孫六郎信連を始め、小幡山城守・浅利式部少輔・諸角豊後守・教来石民部少輔・小山田弥五郎・長崎左右衛門・安間三左衛

門・鎌田五郎左衛門・横田備中守・多田三八・白畑助之丞が我も我もと晴信に目見えして、仕えない者がなかった。しかし、信州岩尾の城主真田弾正忠幸隆は、此の度晴信が父信虎を廃去したことを聞いて大いに驚き、

「子の身として父を廃することは、古昔より未だその例しを聞かない。我は晴信公を是こそ武田家を興すべき人と成長を指を折って見守って来たが、その甲斐もなく晴信公は人倫の道を失ってしまわれた。仮令悪人にもせよ我が親を廃するとは、天下を治める大将の器ではない。嗚呼天下に、その悪名を曝すような大将に従うのは武門の本意ではない。兎角敵にも付かず味方にも付かずに、安否（無事）を計ろう」

と是より、「病気」と披露し一向に出仕しなかった。此の度の祝儀には使者も送らずに、

「父を廃する不孝者に、目出度いなどと言って祝儀を為すとは何事か。一国を治める者が斯様の振る舞いをし、若し下々の者が斯かる不孝をした時に、如何して是を制することが出来ようか。仮令我が首を切られるとも、此の君に仕えるのは武門の本意でない。跡部・飯富・甘利・小山田・穴山などの歴々が揃いながら、此の悪逆を勧めるとは何事か」

と殊の外に怒り、是よりは武田の下知に従わなかった。

　時に信州の村上・諏訪・小笠原の面々は、再三武田と戦っても利を失うばかりだった。そこでジッと時節を待っている処に、「此の度、晴信が父を廃去した」と聞こえて来たの

で皆々大いに悦び、「此の虚に乗って攻め入ろう」と小笠原長時（註①）・諏訪頼重両家の軍勢都合九千五百余騎は、天文七年（一五三八）七月上旬に信州諏訪筋を押し出し甲斐八幡・城山鎌山（註②）を右手に見ながら、釜無川原から韮崎まで攻め入った。その為、甲府の騒動は大方でなかった。是によって晴信が軍勢を催促すると、我も我もと馳せ集まる中に、真田幸隆一人は一向に何の音沙汰もなかった。そこで小山田備中守が晴信の前に出て、

「此の度諏訪・小笠原の両勢が韮崎まで攻め入って来たので、幕下の諸侯が我も我もと馳せ集まる中に、真田幸隆は此の度の祝儀に使者も寄こさず、出陣の催促にも応ぜず、言語道断に存じます。急ぎ此の罪を糺されるのが良いでしょう」

と言った。晴信は、「如何にも」と思って古市頼母を岩尾へ差し向けた。命を受けた頼母が岩尾の城に到って案内を乞うと、幸隆は直ちに彼を迎え入れた。しかし、頼母が本丸へ入って見ると中央には真田幸隆、傍らには相木森之助・穴山小左衛門・海野六郎・伊勢崎五郎兵衛・別府治部右衛門・望月玄蕃を始めとして、真田家の一騎当千の勇士が星の如く列座していた。頼母は甲府よりの使者なので、「定めて、それ成りの饗応をするに違いない」と思いの外、座席をも下の方へ設けてあった。古市が甚だ不平に思いながら座に着くと、幸隆は是を見て、

「我、君命を軽んずるのではない。晴信公は人倫の道に背いて父君を廃去し、己が栄華を

思いの侭にされている。是は一国を治める君の所行ではない。武門の掟に背き、上にありながら斯様な道に外れた振る舞いをするのであれば、何を以て下の不義を制することが出来ようか。其許等も近臣の身として是を諫めないとは何事か」

と以ての外の憤怒顔なので、頼母は口を開くこともできず唯呆れていた。暫くして頼母は、

「此の度諏訪頼重・小笠原長時が既に釜無川原から韮崎まで出張て来ているので、加勢が有って当然である。なお又、今度主人晴信公が家督を継がれ万民を撫育されるので、是まで叛いていた諸侯も皆お祝いのため目見えしている。それなのに、数代恩を受けた其許は何故あって祝いの使者さえも送らないのか。その趣旨を承れとの晴信公の仰せである」

と申し述べた。幸隆は大いに怒り、

「信虎公が目出度く御隠居あって、晴信公が御家督の相続をしたのなら、仮令某重病であっても杖に縋ってでも祝儀に行くべき処である。如何して我意に任せ父を欺し今川義元方へ遣わし押し込め置いて、その留守の間に館へ押し入って家督の相続などとは馬鹿馬鹿しい振る舞いである。外の人はイザ知らず、某は聞く訳にはいかない」

と言った。古市頼母は此の言葉を聞いて、

「幸隆殿には皮相を見て、その実をお知りにならない。信虎公は既に晴信公を甚だ悪まれ、廃してしまえと小山田備中守に申し付けた。そして、晴信公を今川家へ押し込め、次

男左馬之助信繁殿に家督を相続させようと企てた。よって晴信公が自害しようとしたのを備中守が押し止め、飯富・甘利・穴山の面々が晴信公に勧めて父を廃すことを計ったのである。けれども晴信公は聞き入れず、再三辞退された。それを無理に勧めて、飯富・甘利等が信虎公を今川家へ行かせた。それ故此のことは晴信公の仕業ではない。然れ共晴信公は一向に得心しないので老臣方の勧めによって、御旗・楯なしの鎧の前で吉凶の鬮を引かせた。すると、三度まで吉に当たった。是は将に、御先祖新羅公が勧められる処に違いないのではなかろうか。とは言え、飯富・甘利が悪とも言えない。是迄信虎公の行跡を見ていなっかったのか。是は天罰である。如何して、晴信公を不孝と言うことが出来よう。篤と怒りを止められよ」

と弁舌に任せて言った。幸隆はカラカラと打ち笑い、

「新羅三郎義光公より伝わる楯なしの鎧の前で鬮を引いたことを、此の幸隆が知らないでいたと思うか。是は小児を欺き賺す所存であろう。何ぞ取るに足らんや。然様なる言葉は聞くも忌わしい。早々帰られよ」

と苦々しく申し捨てて、奥に入ってしまった。古市頼母は為すべきようなく傍らを見ると相木・穴山・海野・望月・別府等を始め何れも勇猛の臣が眼を配り控えているので、大いに恐れて早々岩尾を出て甲府へと帰った。

（註）

①　小笠原長時が父長棟から家督を継いだのは、天文十年（一五四一）と言われている。諏訪頼重と共に「釜無川原から韮崎まで攻め入って来た」のは父長棟の代理と考えられる。

②　「甲斐八幡・城山鎌山を右手に見ながら」とあるが、「城山鎌山」は「城山鍋山」の誤りかと思われる。つまり、「武田八幡宮・白山城のある鍋山を右手に見ながら」と考えられる。

十七　武田晴信、幸隆を憎む事並びに石原小六死刑の事

大膳大夫晴信は、小笠原長時・諏訪頼重の勢を防ごうと軍勢を催促していた。其処へ古市頼母が岩尾より立ち帰って、

「幸隆の振る舞いは、君を軽んずる趣きでした」

と語った。すると、晴信は大いに怒り、

「彼奴は我が若年なるのを侮り、軽んずるものと見える。先ず我は此の賊を討たずには置かぬ」

と怒った。飯富兵部は、

「君必ず、幸隆を軽んずることなきよう。彼は若年より兵書を熟読し軍術に達すること張良・孔明にも勝っています。殊に彼は村上勢の押えでもあります。未だ小笠原・諏訪と一戦もしない内に、味方と合戦するのは不吉です。先ずは捨て置かれるのが宜しいでしょう」

と言葉を尽して諫めたので、晴信は漸々怒りを止め、

「真田がいないからと言って、何の問題があろうか。勝敗は時の運である。何で彼奴一人を頼むことがあろうか」

と言って、幸隆のことは捨て置いて六千百七十余騎を引率して打ち立った。敵軍は九千六百余騎で韮崎に陣取り、双方秘術を尽して戦った。しかし、飯富・板垣・原等一騎当千の勇将が千変万化して戦ったので、終に諏訪・小笠原の両軍は敗北して二千余人が討たれた。一方、甲府勢も今井一郎を始め千五百余人が討死したが、此の度の合戦に打ち勝って、晴信は甲府へ帰陣することが出来た。

さて、先主信虎の時讒者の為に甲府を立ち退いた加賀美四郎・同幡之助・桜井兵部少輔等は止事を得ず村上義清に従っていたが、此の度晴信家督相続のことを聞き密使を甲府へ送り、

「立ち帰って忠勤を励みたい」

との由を申し入れて来た。晴信は、「仁徳を施し我が悪名を遁れよう」と思い、早速承知の旨を伝えたので皆々帰参することが出来た。加賀美四郎は晴信に対面して、

「某思いも寄らぬ悪名を受け当家と合戦に及んだのは、偏に石原小六と言う者が己の罪を遁れる為に信虎公へ讒言したからです。それにも関わらず信虎公は実否をも糺さずに押し寄せたばかりか、桜井をも滅ぼしたのは全く石原の仕業なので恨みを晴らし度く思います。唯今は駿府にいる由なので、何卒小六を我々に賜りたい」

と言うと、晴信は是を聞いて、

「それは易きことであるが、彼奴は父の傍らに侫りいるので、如何して是を呼び寄せようか。我招くとも加賀美・桜井が此方にいると聞けば来はすまい」

と少し思案の体に見えた。小山田備中守が進み出て、

「それは容易なことです。先達て信虎公が駿府へ赴いたのは、暫くの間と言うことで付き従って行ったのですし、安田・松井・穴山・跡部・石原等の妻子は皆当処にいます。是を

人質として、皆に立ち帰れとの密書を遣わされるのが宜しいでしょう。然(しか)し加賀美・桜井の両人が此処(ここ)にいるのは拙(まず)いと思います」

と述べた。そこで、信虎に付き従って行った者共が立ち帰るまで加賀美・桜井は穴山左衛(さえ)門信行(もんのぶゆき)方に匿(かくま)われていた。斯(こ)うして、晴信公からの密書が駿府に到着した。それを皆が見ると、

「信虎公を捨て置いて立ち帰れば、是までの通り禄(ろく)を与えよう」

とのことなので、皆々大いに悦び急ぎ甲府へと立ち帰った。中でも小六は欲の深い者なので、今度甲府よりの密書の趣きには、

「石原小六は予(かね)て武勇の聞こえが有るので、帰参すれば八幡(やわた)（註①）に於いて五千貫の地を与えよう」

とあったので、大いに悦び、「我何で斯様(かよう)に押し込められた侭(まま)でいられようか。信虎公に仕えていても何の益が有ろうか」と、取る物も取り敢えず一番に抜け出し甲府へ帰って来た。予て諜(しめ)し合わせて置いたことなので、桜井兵部少輔の家臣根津新兵衛(しんべえ)は命(めい)を受けて、途中に待ち伏せして石原を何の苦もなく搦(からめ)め捕って、早々信宮山(のぶみややま)（註②）の麓へ連れて行った。加賀美四郎と同舎弟幡之助(はたのすけ)等が待ち受け、皆々集って中に取り籠めた。石原小六は大いに歎(なげ)き、

「是は何科有って……」

と全てを言わせず、四郎益晴は大いに怒り、

「何科とは卑怯である。日頃我が恩を受けながら、却って主人に讒言し、当家の類族を滅亡させるとは何事か。言語に絶した大悪人め。如何して腹を慰そうか」

と言って、小六の鬢を引っ掴み振り廻した。すると根津が、

「斯くの如き極悪人は某に致し方がございます」

と言って、太い荒縄で首を縊って士卒に持たせ、左右より縄を緩めては引き、締めては緩め八・九度もした処、石原は苦悶の言葉を言う間もなかった。見る人々は、「心地よし」と言い合った。斯くて加賀美・桜井両家の面々は存分に責め慰み、その後で首を刎ねた。是より後、加賀美・桜井の両家は無二の忠臣となった。

又真田弾正忠幸隆は甲府に従わないとは言え、元来忠臣なので敵にも付かず武田家の様子をのみ聞いていた。晴信は韮崎の合戦に打ち勝ってから、すっかり心が驕り京都より美婦を呼び集め、昼夜遊興に日を送るようになった。諸大将は此の体を見て大いに驚いた。そして、「苦々敷いことだ」と、小山田・甘利・飯富などが晴信を種々に諫めたけれども一向に用いなかった。すっかり行跡が不埒なので見る人は、「禍近きに有り。哀れ忠臣出て能く君を諫め、奢りを止めるようにしたいものだ」と私語きあったと言う。

（註）

① 石原小六に「帰参すれば八幡に於いて五千貫の地を与えよう」と約束した「八幡」は、笛吹(ふえふき)川(がわ)の右岸、現在の山梨市の北西部一帯と考えられる。

② 石原小六が連れて行かれたと言う「信宮山」の麓については、調べてみたがはっきりしない。

十八　真田幸隆(ゆきたか)村上勢を破る事並びに相木森之助(あいきもりのすけ)武勇の事

武田大膳大夫(だいぜんのだいぶ)晴信(はるのぶ)は韮崎(にらさき)の一戦に勝利を得て慢心(まんしん)し、京都より朧(おぼろ)と言う美女を呼び寄せ、昼夜酒宴を催した。且つ又禅学を好み、恵林寺(えりんじ)の雄高(ゆうこう)和尚・法性寺(ほっしょうじ)の策言(さくげん)和尚（註①）などの禅僧を集め日々詩作を為(な)し、戦(いくさ)の備えを怠っているので家臣等が諫(いさ)めたけれども聞き入れずに、兎角(とかく)酒宴遊興に日を送っていた。此(こ)のことを岩尾(いわお)で聞いた真田幸隆は、

「さてさて、父を廃するような行いをした化の皮が剥がれたのは笑止である。実に寵臣等の計いであって、自身は斯かる悪事を為さない君であるなら、どうして父を押し籠め置いて、美女を集め酒宴遊興に耽り、禅僧と詩を作るのを面白しとするであろうか。晴信公の化の皮がついに剥がれた」

と嘲っていた。

信州埴科の城主村上左馬頭義清（註②）は、晴信が遊興に日を送り、且つ真田幸隆と不和であることを聞くと同時に、「此の虚に乗じて攻め入ろう」と、寵臣金山隠岐守龍貞を大将として千七百余人を以て真田が籠る岩尾の城へ押し寄せた。是は村上義清が、

「今幸隆は甲府と不和なので、加勢をしないのは必定であろう。然る時は幸隆は降参するか、又は落城するかの二つに一つである。万一降参するならば、真田を案内者として甲府へ攻め入ろう」と思って、此のように計ったのである。斯くして村上勢は我も我もと押し寄せ、岩尾の此方にある成瀬川（註③）まで攻め寄せた。此の時、幸隆は城中で諸士と軍談していた。其処へ、斥候の者が追々注進して来た。幸隆は少しも動ぜずに、

「村上勢が押し寄せたとしても、何程のことが有ろう。敵は何処まで攻め寄せて来たか」

と尋ねた。斥候の浅見共蔵が進み出て、

「疾くも成瀬川の辺に旗の手が見えます。早々御出馬有って然るべきかと思います」

と言った。是を聞いた幸隆は、

「然らば、急ぎ準備をせよ」

と命じた。頃は天文（てんぶん）八年（一五三九）正月二十八日、相木森之助に百五十人を授け成瀬川へ向かわせると共に、穴山小左衛門（こざえもん）・海野（うんの）六郎に百五十人を授け謀（はかりごと）を示して遣わし、更に別府治部右衛門（べっぷじぶえもん）に百五十人を授け是へも謀（はかりごと）を教えて遣わした。そして、自身は伊勢崎五郎兵衛・望月玄蕃（もちづきげんば）・根津甚左衛門（ねづじんざえもん）を従え、二百余騎にて静々（しずしず）と押し出した。斯（か）くて金山隠岐守が成瀬川を前に当（あ）てて待つ処に、真田方の猛将相木森之助が百五・六十騎の勢（せい）を率（そっ）し川を隔てて陣を敷いた。けれども去年よりの雪が深く未だ早春なので寒風肌膚（はだえ）を透（とお）し敵味方共寒さに縮み合い、その日は暮れた。其処へ、村上方の先陣金山隠岐守と矢野伊豆守の両人が士卒に下知（げち）し、

「此の寒風では真田方も自然と心怠（おこた）り、よもや此の川を渡りはすまいと油断するに違いない。急ぎ川を渡って敵を打ち破れ」

と言いつつ、その勢五百余騎で水上の浅瀬へ一度にサッと打ち入った。そして、肌膚（はだえ）を貫く寒風を少しも厭（いと）わずに、エイ、エイと声を出しながら向こう岸へ打ち上（のぼ）った。然（しか）るに矢野伊豆守等が言うに違わず、敵兵は皆々焚火にあたり油断していた。その為大いに驚いて敗する処を矢野は真っ先に立って下知した。相木森之助は鎗（やり）を引っ提げ馳せ向かったが叶（かな）

わずに五丁（約五五〇メートル）ばかり引き退いた。伊豆守は、

「スハ、敵は色めくぞ。追い討ちにして生捕れ」

と下知して散々に追って行った。金山隠岐守は是を見て、

「伊豆守に後れるな。続け。続け」

と進み行き、更に下知して
「早軍には勝ったぞ。手柄は仕期である。進めや。進め」

と真一文字に追い崩し、伊豆守に続いて切り立て進んで行った。処が後陣に一声の砲音が聞こえたので怪しんで後方を見ると、村上勢の陣の此処彼処に火が燃え上ったので、金山と矢野の両人は大いに驚き、「是は如何したことか」と躊躇う処を真田勢が一同に取って返した。相木森之助は獅子の荒れた勢いで、村上勢を十二・三騎突いて落とし、猶も勇を振るい駆け廻ったので、何かは以て堪るであろうか。村上勢は散々に敗走した。其処へ、枯れ芦の茂った陰から鉄砲を列べ撃ちに放ち掛けて、穴山小左衛門・海野六郎が打って出て勇を振るって戦った。その為矢野伊豆守は「是は叶わないぞ」と覚悟を極め、真田方の騎馬武者二人と渡り合い火花を散らして戦った。そして遂に二騎共に切って落とし、一方を切り破り遁れ出ようとしたが、相木森之助にハタと出逢ってしまった。そして、共に暫く戦ったが、森之助が一声叫んで突く鎗に伊豆守は胸板を突かれ、二言と言わずに死んで

しまった。斯うして伊豆守が討死する間に隠岐守は危うい命を助かり、成瀬川を這々に渡って味方の陣に帰り着いた。そして辺りを見れば、真田方の伊勢崎五郎兵衛・望月玄蕃・根津甚左衛門が討って出て四角八面に切って廻る上に、更には別府治部右衛門が鬨を作り討って出て駆け廻った。その為村上勢は弥々敗走し、途方に暮れて散々になった。大将金山隠岐守は辛くも命を助かり、埴科指して逃げ延びて行った。真田幸隆は先ず軍を収め、敵兵の捨てた武具・馬具・兵粮に至るまで悉く分捕って静々と岩尾へ帰陣した。実に真田が深智の程を、恐れない者はなかった。

（註）

① 恵林寺は甲州市塩山小屋敷にある臨済宗寺院、法性寺は北杜市長坂町小荒間にある曹洞宗寺院。

② 『三代記』には村上義清について「左衛門督」とも「左馬頭」ともあるが、訳者が「左馬頭」に訂正統一した。

③ 岩尾城は千曲川と湯川の合流地点に位置する城であり、付近には成瀬川はない。岩尾城の所在地の地名が「鳴瀬」（現佐久市鳴瀬）のため、あるいは湯川を「成瀬川」と誤ったものかと思われる。

十九　山本勘助生い立ちの事並びに真田・山本対面の事

爰に山本勘助と言う者がいる。生国は三州（三河）牛窪で、山本伝次郎幸三と言う浪人の倅である。父伝次郎は生実御所（註①）の臣下であったが、生実家滅亡の後此の牛窪に住して空しく光陰を送っていた。一人の男子を得て大いに悦び、「何とかして、此の倅を天晴の武士に取り立てたいものだ」と思っていたので、蝶よ花よと可愛いがって育てた。しかし、疱瘡を病んで已に死のうとすることが度々であった。幸三は大いに悲しみ、種々と療治を尽し神仏に祈りもした。その甲斐も有って漸々本復したが、疱瘡が右の目に入って終に不自由となってしまった。けれども命に恙なかったので父母の悦びは限りなく、撫で摩って育てて来た。父伝次郎は武門に於いては城取り・陣取り悉く奥義に達し、孫子と呉子の秘術を極め、剣術は達人にして実に古今珍らしき武士と言ってよいであろう。然るに勘助が疾くも十五歳になったので文武の両道を教えた処、生得（生まれ付き）不器用にして何を教導しても、今日教えれば翌日忘れ、少しも取り得のない者なので父も余りに教え倦んで縁側から庭へ蹴落とした。勘助は何としたことか左の膝（註②）を石で打って、足が不自由に成ってしまった。勘助は、「我同じ人と生れながら、斯く浅ましくも何を習うと雖も悟ることが出来ない。さてさて、口惜しい」と無念が骨髄に徹した。実に、人の一念は金石をも徹すとの言葉の通り、それより父の教導の一を聞いて十を知る程になった。器用な人が習うのは心入れが薄く、不器用な人が習うのは一心固ければ却って、その奥義を知る。勘助の後々の活躍が頼母しく思われた。山本伝次郎幸三は自らが熟学した処の極意を悉く教え、勘助が十八歳の時に死去した。勘助は父の教えを守り切磋琢磨の功を積んで皆奥義を極め、今年二十一歳にして父にも優り、往古の張良・孔明にも恥じない程に至った。けれども、元来浪人なので言う迄もなく貧しく暮らしていた。

さて、今川義元の家臣に朝比奈兵衛と言い、元生実家の家臣であった者がいる。此の者が折節三州牛窪に来ては、勘助の父幸三方へも度々訪れていた。幸三の嫡子勘助は若年なれども文武両道に熟練している者なので主人の治部大輔義元に、

「某の古くからの朋輩で唯今三州牛窪に住す山本幸三と申す者の嫡子、勘助は未だ二十一歳の若輩ではありますが父の極意を熟練し、城取り・陣取り等は孫子や呉子の妙術に達し、実に希代の名士であります。君が召し抱えられるに於いては予て御大望の一方をも補ける者と存じます」

と申し上げた。義元は是を聞いて、

「然様（さよう）の者ならば召（め）し抱（かか）え度（た）く思うので、早々我に対面させよ」

と命じた。兵衛は直（す）ぐ様（さま）山本勘助を呼び寄せ、前庭に出して義元に対面させた。勘助が熟々（つらつら）義元の様子を見るに、仮初（かりそめ）に人を軽んじ己（おのれ）が勇猛を頼む振る舞いが見てとれた。そこで、「此の君は必ず国家を亡ぼす人である」と勘助は思った。義元も朝比奈兵衛の勧めによって勘助に対面しては見たが、右の目が悪く、足も悪く、顔には疱瘡の痕（あと）があり、丈は漸々（ようよう）四尺二寸（約一・三メートル（註③））と小柄であった。義元は、

「牛窪の民家に育った斯様（かよう）の者が、如何（いかが）して軍慮に達することが出来ようか。城取り・陣取りに熟達する程ならば、一生に一城をも持つ名士と言えようが未だ何（いず）れの大将を承（うけたまわ）ったとも聞かない。此のような者が何（な）んで貴重と言えようか。剣術も当世の流儀に優（まさ）ってもいない。斯（か）くの如き者が、此の義元の大業を助けようなどとは片腹痛（かたはらいた）き次第である」

と言って一向に用いようとしなかった。山本勘助も強（しい）て奉公を望まず、それより諸国に赴き地の利や要害まで悉く知り、当代の良将を残らず尋ね、九年の間修行をした。そして、天文（てんぶん）八年（一五三九）に信州岩尾（いわお）の城下に来たった。旅人が偶々（たまたま）、

「此（こ）の間（あいだ）、当処の領主真田幸隆（ゆきたか）は村上勢と合戦したが、箇様箇様（かようかよう）の智計を以（もっ）て勝軍（かちいくさ）をした」

と語った。それを聞いて山本勘助は大いに驚き、「真田が陣立て奇々妙々（きききみょうみょう）にして、我に

優っている」と心に感じ、「何とかして此の真田に対面したいものだ」と岩尾の城門までやって来た。そして、

「我は三州牛窪の住人、山本勘助と申す者である。何卒真田殿に対面仕り度く態々推参した」

と申し入れた。海野六郎は此の由を聞いて、

「然様なる者を城中に入れてはならない。先敗を雪がんとする村上方の廻し者に違いない。イザ生け捕って拷問して呉れよう」

と言って立ち上がった。折節幸隆が立ち出て此のことを聞き、大いに是を制して、

「必らず速まること勿れ。我は常々牛窪に山本勘助と言う豪傑のあることを聞き及んでいる。粗略なきよう是へ通せ」

と言ったので、早々勘助を本丸へ請じ入れた。真田の家臣等は、「定めて高名の勘助なれば、その風儀人に異なる処が有るだろう。如何なる人であろうか」と皆々挙って待っていた。処が案に相違して小兵で色黒く顔には疱瘡の痕がつき、右の眼が不自由で足も悪いので、見る人皆大いに驚かぬ者はなかった。勘助は幸隆に対面し、その人相を能く見るに、実に人を能く懐け謀を能くして百万騎の大将に為す共どうして過ちが有ろうか。自然と雄偉が備わっているので勘介は大いに敬して共に軍事を談じた処、孫子や呉子の秘書は勿

論、諸家の兵法一つとして知らないと言うことがなかった。幸隆も大いに勘助の人となりを尊み、それより互いに四方八方の物語りをし、諸国の大将の品格を評し合った。勘助が今川義元に対面し、遂に用いられなかった次第を語ると幸隆は大いに歎じて、

「さて、最早義元の家運は尽きたぞ。天性は常に堅いもので天然自然に発し、大身の家より産れ出て無芸なる者が世に多い。その儀を以て論ずる時は却って小身の家に生まれた勇士は苦しい思いをなし、一度大身の主人に奉公し身を立て家を興そうとの念願を持つので芸道に達し、臨機応変の妙は仮令孫子や呉子の書籍を手に取らず共、生まれ付きの優れた智恵を以て悟りに至らないと言うことがない。然るに義元は是を悟らず、実に魯鈍な大将である」

と言って、大いに勘助を賞した。勘助は甚だ謙遜して、

「某何ぞ大将の器に当たろうか。真田殿こそ天晴仲楽（註④）の奥義を極められている」

と双方徳を賞し合い、その日の興は終了した。是より山本勘助は岩尾の城に逗留すること十日余りにして幸隆に、

「某国にある頃より貴君の高名を聞いて、今度此の地に来ました。思わず数日を過ごしましたが、なお諸国巡遊の望みが有るので一度発足をし、御縁が有ったら重ねて貴顔を拝します」

と暇を告げた。幸隆も名残を惜しんで、

「我願わくは貴公と共に何時迄も軍事を語ろうと思ったが、今別れることは甚だ惜しくは思うが是非に及ばず。必ず再度お尋ね下され」

と互いに別れを惜しみつつ袖を分ち、国境まで望月玄蕃を付け添えて送らせた。勘助は幸隆の持て成しを感謝し、それより諸国を修行すること三年にして牛窪に帰った。山本勘助が後に甲府へ仕えた時、先ず第一に真田のことを発言したのは、此の時に幸隆の器量を計り知っていたからである。

（註）

① 現千葉市中央区生実には、生実城（小弓城）があった。室町時代の後期の武将足利義明は「生実公方」を名乗り、山本勘助の父伝次郎幸三は、その家臣であったという。

② 『三代記』には「左の股」とあるが、訳者が「左の膝」に訂正した。

③ 勘助の身長については「漸々四尺二寸」と原文のままにしたが、少し低すぎる様に思われる。

④ 「仲楽」についてははっきりしない。あるいは燕の武将、楽毅のことかと思われる。楽毅は中国の戦国時代の燕の名将として知られる。

二十　海尻次村討死の事並びに鵜野相模房夜討ちの事

武田大膳大夫晴信は、只管幸隆を憎み「誅伐しよう」と思っていた。しかし、村上義清・諏訪頼重・小笠原長時と合戦していて隙がなかったので、その侭に捨て置いた。又村上勢も「真田が籠る岩尾の城を攻め落とそう」と考えたが、幸隆の軍慮を恐れて手出しをしなかった。

さて、越後国高田の城に長尾為景入道道七（註①）と言う、近来無双の剛将がいた。又越中の海尻粂大夫（註②）と言う者は己が強勢に任せ越中一か国を討ち亡ぼし、海尻越中守次村と改名し、国中を横領しながら「越後の国をも従えよう」と、その勢八万余騎で国境に出張し、民屋を放火し押し寄せた。為景入道は是を聞いて大いに怒り、「海尻次村は己が勇に誇り、他国を従えようとは不届き至極である。イザヤ。此の賊を為景が向かって一戦に打ち破ってやろう」

と直江団右衛門・甘粕摂津守・柿崎源太郎を始めとして五千余騎で馳せ向かった。城中には、直江大之進兼定を残し置いた。頃は天文十一年（一五四二）六月のことなので折しも暑気が強かった。高田を立って坂輪川迄押し寄せて敵陣を見れば、越中勢八百余騎が鎧の袖を引き違え、冑の星を輝かし殺気凛々として控えていた。然れ共為景入道は強気の者なので少しも屈せず、直江・甘粕を左右に従え無二無三に敵中に切って入り、海尻も諸卒を下知して諸共に入り乱れ八・九度揉み合った。しかし、勝敗がつかないので為景入道は、

「国の存亡は此の一戦に有り。引くな。引くな」

と下知して自身敵中に馳せ入って縦横に戦った。何かは以て堪るであろうか。海尻の勢は大いに敗北し、一里（約四キロメートル）ばかり引き退いた。長尾入道は是を見て、

「スハ、敵は色めくぞ。進めや。進め」

と下知したので、長尾勢は追い討って皆々分捕り高名し、猶も備えを乱して追い掛けた。

海尻越中守は此の時唯一人馬を止めて、

「是に越中守あり。汚くも後ろを見せるとは何事ぞ。引き返して討死せよ」

と自身鎗を取って戦ったので、勝沼五郎・飯田三蔵・村上源次を始め取って返し大いに戦った。然れ共敗北した越中勢は、どうして堪られるであろうか。狼狽え乱れる処を越後勢に取り囲まれ、百余人が討死した。海尻次村も自身敵中を馳せ回ったが叶わず味方に引き立て

られ思わず引き退く処に、越後勢の中より
「我こそは、蒲原靭負なり」

と名乗って海尻勢を真一文字に駆け破り、

「それに引かれるのは、次村殿とお見受けする。蒲原靭負是にあり。引き返されよ」

と呼ばわった。元来強気の海尻なれば少しも動ぜず、莞爾と笑って駒の頭を引き返えした。蒲原が急に馬を駆け寄せ鎗を取り延べて海尻の大口の端ずれを突くと、次村は大いに怒り突かれながら、その鎗を手操り寄せようとした。そこを、蒲原の郎等臼井早太が太刀を抜いて海尻の馬の後足を切り付けた。その為海尻は馬上に堪り兼ね、真っ逆様に落ちる処を早太が押えて首を掻き落とした。さしも強気の海尻では有ったが一戦に討ち負け、剰さえ靭負の為に討たれて大将がいないので、残兵は思い思いに逃げ失せてしまった。為景入道道七は思いの侭に打ち勝ち軍を引こうと思ったが、「此の虚に乗って越中の国を切り従えよう」とて牟礼川と言う処に陣を取った。此の度海尻が討死し諸卒思い思いに逃げて行く中、鵜野相模房（註③）と言う山中を徘徊する大盗人の同類二百余人は、海尻の威勢が強かったので止むなく従って合戦に加わっていたが、敗北する侭に或る山に逃げ込み隠れていた。手下の瓜生大伝と言う者が、

「軍の勝負は、勢の多少に寄るべきではありません。此処に馳せ散らし、彼処に現われ攻

め回(ま)われれば、争(いか)でか破れないと言うことが有りましょうか」と勧めたので、大将鵜野相模房は瓜生大伝を始め手下の賊徒二百人で、我も我もと牟礼川へ押し寄せた。

一方、越後勢は今日の合戦に打ち勝ち、海尻を始め千五百余級の首を得て悦ぶこと限りなかった。是によって酒宴を催し、大将長尾為景入道は大いに酔って前後も知らず臥(ふ)せている処へ、夜半子(ね)の刻(こく)（十二時）頃八方より鬨(とき)を作って鵜野・瓜生を始めとして切り込んだので何かは以(もっ)て堪(たま)るであろうか、越後勢は上を下へと騒動した。此の時長尾入道が酔い臥していたのを郎等が助け起こし漸々(ようよう)馬に乗った処へ、瓜生大伝が馳せ来たって大太刀(おおだち)で切って掛かり傍(かたわ)らの郎等を切り倒し、為景入道を馬より引き落とし首掻き切って大音(だいおん)を揚げ、

「越後の太守為景を瓜生大伝が討ち取ったぞ」

と呼ばわった。是を聞いた越後勢が一支(ひとささ)えもなく敗走するのを散々(さんざん)に追い討ちした。すると、直江団右衛門・甘粕摂津守・柿崎源太郎等は、「主人と共に死のう」と、思い思いに取って返して華々しく討死した。賊将鵜野相模房・瓜生大伝は、長尾為景の首を取り大いに悦び、各々分捕って勝鬨(かちどき)をあげ徐々(しずしず)と住家(すみか)に引き取った。惜しい哉(かな)、越後勢は勝ち誇った為に賊徒に打ち取られたばかりか、大将の為景迄も討死してしまった。所謂冑(いわゆるかぶと)の緒を締める

ことを忘れた為であった。

（註）

① 長尾為景は越後国の守護代であり、上杉謙信の父である。『三代記』には、死因は「戦死」になっているが病死説もあり、どちらかと言うと病死説が有力である。

② 調べてみたが「海尻采太夫」あるいは「海尻越前守次村」の名前を見つけることができない。

③ 「鵜野相模房」についても、②の海尻と同様である。

二十一　長尾猿松丸武勇の事並びに晴信、山本勘助に対面の事

越後勢は思いも寄らぬ賊徒の為に強勇の長尾為景入道が討死したので、残った士卒は散々に敗走し這々高田に逃げ帰った。よって高田の留守居直江大之進兼定を始めとする者

達は、大将が討たれたことを聞いて上下の騒動は大方でなかった。皆々闇夜に灯火を失った如く、呆然として惘れ果てるばかりであった。此の時為景の嫡男猿松丸は僅かに十三歳であったが、此のことを聞くと斉しく小太刀を抱え持って、逃げ帰った人々に向かい、

「父を討たれて、おめおめと逃げ帰るとは何事であるか」

と大いに憤ったので、皆々は面目を失い赤面した。それを見て猿松丸が、

「其の方等が父を討たれてしまったことの罪は許し難い。しかし、暫く首を預けて置く。父の仇を晴らそうと思う者は我に従って軍功を立て、此の度の恥辱を雪げ。功有れば是を免そう。功無ければ軍終って後首を刎ねるぞ」

と言った。未だ幼年の猿松丸に諫められ、諸卒は一同に舌を巻いて屈服し、天文十三年（一五四四）六月下旬に軍勢漸々二千二百騎ばかりの小勢で打ち立った。此の猿松丸こそ後に武名を天下に轟かし、武田信玄と並び称せられた名将上杉弾正大弼輝虎入道謙信である。猿松丸は直江大之進を先陣として、甘粕主膳・柿崎与五郎・山吉三弥・神谷惣蔵を前後に従え直ちに牟礼川に打って出た。

一方、賊将の鵜野相模房は瓜生大伝を始め賊徒等二百余人を従え、勝ち軍を賀すと共に遂に越中全土を押領した。その為、海尻の残党は皆々相模房に従い仕えたので、その勢一万二千余騎と成り、兵粮・武具も山の如くに成った。そして、相模房は心驕り、瓜生大

伝を軍師と定めて諸卒を指揮させ、その身は遊女を集め日夜酒宴を催し、舞い謡って楽しんでいた。其処へ越後勢が「先敗の恥辱を雪ごう」と油断を見済まし喚き叫んで攻め入って来たので、賊将相模房を始め瓜生大伝は大いに周章てふためいた。「大将為景が討死しているので、越後勢は決して寄せて来ることはないだろう」と思っていたので、「是は何処からの敵だろう」と騒動すること一方でなかった。元より集まり勢のことなので、一支えも支え得ず右往左往に敗走した。猿松丸は是を見て、

「敵は色めくぞ。此の挙を遁さず駆け破れ」

と烈しく下知すると、我も我もと敵中に切って入り思い思いに高名した。瓜生大伝は踏み止まり踏み止まり勇を振い戦いながら、

「敵は小勢である。大返しに返し合わせよ」

と下知したが、耳にも入れず我先にと逃げ失せた。大伝は強勇と雖も唯一人大勢に取り巻かれ、遂に馬場金弥に生け捕られ、大将相模房は柿崎与五郎に討たれてしまった。是によって長尾猿松丸は思いの侭に打ち勝って、諸将を引き具して帰陣することが出来た。そして、先ず瓜生大伝は父の敵なので庭前に引き据え自ら首を打ち落とし、父の亡き霊に手向けた後、諸将を招いて、

「纔か一時にさしも手強き敵兵を切り靡かせ、父の仇を報じたのは我が為したことではな

い。是皆各々の武功に拠る処である」

と言って、それぞれに感状を与えると共に盃盞をあげ、その功を賞美したので皆々、その意を感じた。それから、猿松丸は父の家督を継ぎ元服して長尾太郎景虎と名乗った。


此の頃甲府には武田大膳大夫晴信があって、村上・小笠原・諏訪勢と日々の合戦止む時がなかった。然るに天文十三年（一五四四）の元日の朝、晴信は諸将の年賀を受け終ってから、老臣の板垣駿河守・飯富兵部少輔・甘利備前守を呼び出し、

「数年村上・諏訪・小笠原三家と戦い挑んで来たが、未だ一家をも亡ぼすことが出来ない。如何して此の敵を亡ぼし国家を安んじたら良いだろう。各々良策が有ったら我に教えよ」

と言った。板垣が進み出て、

「仰せの如く、屢々敵味方で戦いましたが勝負が付きません。是は味方に能き軍師がいないからです。三千の兵を以て守るべき城も軍師の智略によっては三百人にして能く保つことが出来ます。是皆天の時・地の利を知って、臨機の掛け引きをするからです。然れば何卒能き軍師を得られることが大切です」

と申し述べた。晴信は熟々と聞いて、

「実に此の儀は望むと雖も、その軍師を未だに得ることが出来ない」

と言うと、飯富兵部が席を進んで、

「此処（ここ）に一人、軍師がおります。願わくは此の人を用いられますように」

と言った。晴信が
「それは何と申す者であるか」

と尋ねた。すると兵部は、

「三河の国牛窪（うしくぼ）の住人山本勘助と申す者で、城取り・縄張りを始め、孫子（そんし）や呉子（ごし）の奥儀（おうぎ）に達した実（まこと）に希代の軍師です」

と答えた。晴信は、

「それは先達（せんだっ）て、我が姉婿である今川義元（よしもと）に対面したと言う身体の不自由な者か」

と問うた。飯富が、

「左様（さよう）です。伝え聞くに、楠正成（くすのきまさしげ）は五尺（約一・五〇メートル）に足らぬ小男との由（よし）です。強（あなが）ち身体の見かけに寄るべきではありません。此の勘助は未だ時に恵まれず、菴原安房守（いおはらあわのかみ）宅（註①）に寄食（きしょく）しています。是を用いられれば、必ず全てがうまく行くでしょう」

と勧めた。晴信は暫（しばら）く考えていたが、

「然（しか）らば、其の方よきに計らえ」

と言った。承知した飯富は、小山田備中守（おやまだびっちゅうのかみ）を使者として山本を招いた。時に勘助は心中で、「武田晴信は父の信虎（のぶとら）を廃去し既に色々と天下の噂にのぼる人なので、我が仕（つか）うべき

主君ではない」と思い、再三辞退した。しかし、備中守が種々言葉を尽し筋道を立てて勧めたので止むを得ず、

「然らば、先ず晴信公にお目見えの上にて奉公の約束を致しましょう」

と言って甲府へ赴いた。

　晴信が日と時を撰んで勘助に対面すると、勘助は態と我が器量を隠し古い麻上下を着て、短い脇差しを差し白洲より縁側に上った。一方、晴信は中央にあって殊更に足を延ばして、その振る舞いはとても大将の行跡ではなかった。しかし、勘助が晴信の体相を見ると、色白くして鼻高く、両眼藍にして星の如く光り、自然と智勇の備わった大将であった。勘助が謹んで頭を下げると、晴信は是を見て、

「其の方味方と成って我を助けよ」

と而已言った。勘助は謹んで

「そのお答えは追って申し上げます。今日は先ず、お目見え出来有り難く存じます」

と言って退出した。或る人が、

「軍師を得るのに、斯かる体裁をとったのは如何してですか」

と問うた。晴信は、

「彼の平親王将門が俵藤太秀郷（註②）を味方にしようと招いた時に、秀郷は将門の器量

を探る為に遣って来た。処が将門は余りの嬉しさに、髪を片手に持ちながら対面したとかや。秀郷は是を見て、斯かる周章てた大将に与しても詮がないと言って、是から貞盛に味方したとか言う。斯様の例しが有るので、態と斯かる体裁で山本に対面したのだ」

と答えた。実に遠計良智の大将と言わねばならない。

（註）

① 菴原安房守は名を「忠胤」と言い、今川家の重臣の一人である。山本勘助は修行のため諸国を廻った後、菴原宅に寄食していたとのことである。

② 俵藤太秀郷は平貞盛に味方し、関東地方で乱を起こした平将門の追討に力を尽くした人物として知られている。

二十二　山本勘助、真田を勧むる事並びに山本、真田を説く事

山本勘助は晴信に見参した後、小山田の屋敷へ帰った。備中守は、「何とかして勘助を晴信に随身させよう」と思い厚く持て成し、

「貴殿が晴信公に随身するならば、四海を切り従え万民を安んじ天下平定の大功が必ず成るであろう」

と言った。山本は、

「身分の低い某を斯くまで持て成し下さり、その上に軍師に為そうとのこと、未熟の某には思いも寄らない処です。また恐れながら晴信公のお顔に唯者ではない処があるとは言っても、とても四海を治める程の器とは思えません。なお又幕下に真田幸隆と言う名士がありながら、何故用いられないのでしょうか。厚く幸隆を用いられるならば、某も又晴信公の為に犬馬の労を尽しましょう。然すれば、天下を掌握されることが全くないとも言えないでしょう」

と答えた。是を聞いて備中守は益々感じ入って、

「然れば、幸隆のことは我等も然様に思っているので、貴殿と共に晴信公を説得しよう。

就いては、是非とも武田家に随身されよ」

と勧めた。勘助も今は止むことを得ず、承知の旨を述べた。是によって再び目見えのことを告げると、晴信は聞いて大いに悦び、此の度は威儀を糺し礼を尽して勘助に対面し種々饗応した。勘助は謹んで、

「某元より民家に育ち無才・無能ではありますが、幸いにお用い下されるならば君の為に力を尽させていただきます」

と言って主従の盃盞をなし、その後晴信に向かい、

「君は岩尾の城主真田幸隆を、定めて厚く用いられておられることと思います。合戦の時は如何成る奇計を廻らしているでしょうか」

と問うた。晴信は、

「その真田はとかく我が命に従わないばかりか、却って我を軽んずる言語道断の曲者である。故に罰しようと思っているが、隙がない侭に捨て置いてある。其の方を得たのを幸い、先ずは幸隆を征伐しよう」

と大いに怒って言った。山本は思いも寄らず、

「是は如何成ることでしょう。真田幸隆の大才、上は天文・下は地の利に通じ、謀は七書の奥義を明らかにし、秘術・計略皆是を業とする。斯かる軍師が有りながら是を用いない

で、身分の低い某に心を寄せられるとは何事でしょうか。是は近きを捨てて、遠きに走るに似ています。早々真田を迎え、軍慮を共に計らせて下さい。どうして然様に真田と不和に成られたのですか」

と言うと、さしもの晴信も此の返答に詰まって言葉もなく、赤面して指し俯向き暫く思案していた。漸々、

「実に軍師の言葉は理に当たっている。何とか再び幸隆が我が為に力を尽すように成るよう、其の方に頼む」

と言った。山本は、

「然らば某岩尾へ罷り越し、説諭して参りましょう」

と答えて急ぎ岩尾へ赴いた。

此の時、幸隆の正室と側室が共に懐妊していた。天文十二年（一五四三）六月正室は安産で男子を出生したので、幸隆を始め皆々大いに悦び名を徳次郎と名付けた。後に真田兵部丞昌輝と名乗るのは、此の人である。さて又、同年七月十一日には側室が出産した。是も男子で胎内に居ること十三か月、色飽く迄赤く他の子より大きかった。幸隆が悦んで取り上げ能く見れは、顔に七ツの黒痣が有った。眼の光は星の如くで、成長すれば古今の勇士とも成るべき人相であった。名を喜兵衛と名付けた。是が後の真田安房守昌幸で

あり、その名を四海に轟かし諸葛孔明とも仰がれた真田左衛門佐幸村の父である。

斯かる処へ、

「山本勘助が参りました」

と知らせが有ったので、幸隆は大いに悦び急いで対面した。勘助が下座に着いて挨拶を述べると、幸隆は、

「是へ」

と言った。山本は謹んで、

「身分の低い某では有りますが、尊席に上ることをお免し下さい。その訳は私事ではなく、主命で来たからです」

と応じた。幸隆は、

「貴殿、主命とは誰を主人とされたのか」

と聞いた。すると山本は、

「さて、未だ御存じではございませんでしたか。甲府の太守武田大膳大夫晴信公に随身しました」

と答えた。幸隆は心から悦び、「勘助が随身したならば武田は再び大功を成すであろう」と思うのを押し隠し、打ち笑って、

「山本氏の器量を持ちながら、晴信公に随身とは如何なることであろうか。父信虎公を廃去し、それを恥じないうつけ者である。貴殿も知られる通り、此の真田は武田家数代の配下ではあるが、すっかり見限って今は此の状況にある。定めて貴殿の来訪は晴信公に勧め、俄に軽々しく此の真田を呼び戻そうとのことと思われるが、不徳・不孝の主人の俸禄を食らう真田と思われるのか」

と言った。勘助も理に伏し、暫くは言葉もなく真田の顔を見守っていた。真田が両眼より涙をハラハラとこぼすのを見て勘助は心に悦び、

「御一言は理に当たるに似てはいるが、能くお考え下さい。貴殿の御先祖海野小太郎幸氏殿より数代に渡って武田家の旗下と成り、仮令晴信公が悪にもせよ、是を見限るのは臣たる者の道に背くことに成りましょう。古の唐土の臣下比干（註①）が、紂王のような道にはずれた君にも忠を尽したのは臣の道です。然りながら父を廃去されたのは子の道に非ずとは言え、是は板垣・甘利等の老臣が主家を大切と思ってさせたことなので何卒貴殿の怒りを止め晴信公に忠を尽し、君々たらず共臣々たるの道を尽されよ」

と言った。真田は大いに感じ、

「貴殿の諫言は骨髄に徹する。此の幸隆は、悉く晴信公を恨み憤っているのではなく、何とかして、天下に英名をあげさせたいと思う上でのこと。然し此の度の貴殿の勧めがな

かったら、真田も埋木と成ってしまったでしょう。盲亀が再び浮木（註②）に着いたような嬉しさです」

と大いに悦び、

「先程より申して来たことは、皆偽りです。常々晴信公の行跡を聞いて、涙を落とさない日はなかった。越後の太守長尾為景入道が賊徒の為に討たれたのを、その子猿松丸は纔か十三歳で父の仇を報じて家督を相続し、長尾太郎景虎と改名した。是こそ古今の強勇、天下に英名を轟かして、晴信公と張り合う相手に成るでしょう。後世が心配です。それに付けても、悲しいのは晴信公の行跡です」

と言って落涙した。しかし、幸隆が承知したので山本勘助は悦んで、

「どうか甲府へ来て晴信公を助け忠を尽して、名将に仕立てて下され」

と呉々も頼んでから甲府へ帰って行った。


（註）

①「紂王」は中国「殷王朝」最後の王で、酒池肉林の楽しみにふけり、諫言を退けたため、民心が離れ周の武王に亡ぼされた。この紂王を命をかけて諫めたのが臣下の「比干」で、紂王

の叔父でもあった。結果として、紂王に胸を裂かれて殺されたと言う。

② 「盲亀が再び浮木に云々」は、大海で盲目の亀が浮き木に出合い、その穴に入ることができたと言う説話から、めったに無い出合いの譬えとされる。

二十三　真田幸隆甲府へ赴く事並びに筧十兵衛、真田に仕える事

山本勘助は真田幸隆の心底を知って篤と説得して、甲府へ帰り此の趣きを晴信に申し述べた。晴信は大いに悦び、

「其の方の計いにより、我は図らずも二人の軍師を得ることが出来た。是は劉玄徳（註①）が臥龍と鳳雛の二人を得たのに似ている」

と言って「晴」の一字を山本に与えて、晴幸と名乗らせ百貫の地を宛がった。

此の時傍らに黙然としていた原加賀守昌俊が、晴信に向かい、

「勘助は未だ是と言う功労もないのに、斯様の高禄を与えるのは何事ですか。是は一家中

の不和の基と成りましょう。早々禄を取り上げ追い出し給え。その故は、今川家さえも用いない勘助を当家において高禄を与えたならば、世の人は甲府には武士がいないので斯様の者を抱えたなどと笑われます。口惜しくはございませんか」

と言った。晴信は莞爾と笑い、

「其の方が不審道理だが、我此の度勘助を抱えたのは、全く一朝一夕でそうしたのではない。我は勝千代と呼ばれていた頃から、成長の上は四海を掌握することを望み小山田備中守と心を合わせて、国々の英雄を招き我が旗下に従えようと思っていた。そこで三州牛窪に出向いて、山本勘助とは以前から主従の約束をしていた。勘助を争でか甲府に止まらせないことがあろうか」

と言った。それを聞いて原加賀守は大いに驚き、

「実に君の大才、某の及ぶ処では有りません」

と言って退出した。是は山本晴幸が予て中傷する者が有るであろうことを予測して晴信に、

「そのような者が有ったら斯様斯様に申して下さい」

と密かに申し置いた処だと言う。然れば山本の先見を以て原加賀守は晴信を大いに恐れ、

「鬼神も知らない謀略である」と感じたのも道理であった。

一方、真田弾正忠幸隆は山本の扱いによって甲府へ参勤し晴信に謁したので、晴信

は大いに悦び、真田を請じて、

「我愚昧にして忠臣を知らず。己が我意を以て良臣を失う処であった。幸いに我が過失を赦し、是より国家を補け四海を治むる為の籌策（謀）を巡らして呉れることを望んでいる。幸隆、宜しく晴幸と共に図って呉れ」

と言った。真田は熟々聞いて、

「言語は飾り易く、心実は飾り難いものです。君は実に天下を併呑して万民を安んじ、将軍職に昇ろうと思われますか」

と問うた。

晴信は點頭いて、

「今は其の方と山本の二人の軍師がある。何で向かう処破れないと言うことが有ろうか」

と言った。真田は是を聞いて、

「その器に勘助は当たるとしても、某は何ぞ当たりましょうか。君も聞かれたと思いますが、此の度越後の太守長尾為景が賊徒の為に亡んだのを、その子猿松丸は父の仇を討って家督を継ぎました。恐らく此の人は智勇の大将で有りましょう。某は甚だ是を恐れています。君決して御油断有っては成りません」

と言った。晴信は笑って、

「是は軍師の詞とも思われない。長尾景虎が如何成る者で有ろうとも、此の晴信の眼には蝿も同様である。如何して我と争うだけの器量が有ろうか」

と高慢成る体に見えた。幸隆は心では危ぶんだが押し返して詞にも出さず、その日は退出した。しかし、幸隆の眼力は後に思い当たることとなった。斯くして幸隆は、

「先祖より随身の武田家なので、所詮是非もなきことである」と思い、その後も晴信へ無二の忠義を尽した。

　筧十兵衛は先達て加賀美の落城の時城門を打ち破った大功が有ったのに、原大隅守は敢えて是を賞せず、その侭に打ち捨てて置いた。それを筧は大いに恨んでいたが、為すべきようもなく快からずにいた。処が、大隅守は同じ家中の正木藤馬の姉を側室としたので、正木は大隅守の義弟に当たる為人々は皆藤馬に諂った。しかし、筧は強勇成る者故却って正木を軽んじて名を呼ばず、「馬鹿」「馬鹿」と呼んだ。是を聞いた藤馬は大いに怒り、大隅守に告げた。大隅守は、

「さてさて、其の方達は愚痴を言う者であるな。然様なことを恨むより戦場に於いて功を争え」

と言って聞き流しにして置いた。

　暫くして大隅守が病死し、加賀守昌俊が家督を相続した。すると、正木藤馬は昌俊に媚

び諂い兄弟の如く交わり、此れ幸いと筧のことを讒して、

「筧は村上勢と心を合わせ、欺り討とうと計っています」

などと申し立てた。心浅き昌俊は実と思い、筧を殺害しようと謀った。そのことを、十兵衛に告げる者が有った。是を聞いて十兵衛は大いに怒り、藤馬が退出するのを待ち請け、門外にて一刀に切り殺し行方も知れず落ち失せた。是より筧は信州へ立ち越して、岩尾の城主真田幸隆に仕え無二の忠臣となった。それを後に知った人々は、

「実に真田が深智、恐るべき謀慮である」

と感じぬ者はなかった。

　なお又時が流れ、難波合戦（註②）の時に筧十兵衛と名乗って唯一騎家康公を追い掛け鎗を付けたのは、彼の十兵衛の孫に当たると言う。


（註）

①　劉玄徳は劉備（劉は姓・備は名）と言い、字が玄徳である。蜀の初代皇帝に仕えた諸葛亮（孔明）は「臥龍（眠れる龍）」と称され、鳳統（士元）は「鳳雛（鳳凰の雛）」と称され、共に軍師として活躍した。

② 「難波合戦」は、慶長十九年（一六一四）と翌二十年（一六一五）の「大坂冬の陣・夏の陣」のことである。家康に「鎗を付けた」と言われるのは、夏の陣のことと思われる。

二十四　信州小田井の城合戦の事並びに真田幸隆妙計の事

武田大膳大夫晴信は、山本勘助晴幸・真田弾正忠幸隆の両人を得て悦ぶこと限りがなかった。前々より争って来た信州諏訪を亡ぼそうと天文十三年(一五四四)十一月中旬、その勢八千余騎を率いて信州に発向した。芦田下野守を始めとして小室（註①）・内山・岩尾・前山・依治・平原・望月等未だ戦わない中に我も我もと降参して、晴信の旗下に属する者挙げて数え切れないほどであった。是によって晴信の威勢は遠近に振るい、皆々恐れない者はなかった。

碓氷峠の此方、軽井沢より平尾・岩村田への通路の追分に、小田井の城（註②）と言う城があった。城主を小田井又六郎信蔭、その舎弟を次郎左衛門蔭利と言う。此の者だけが武田家に従わなかったので、毎度武田家より降参するように申し入れたが、とかく是を拒むので、近国の見せしめに、「先ずは此の小田井を攻め亡ぼそう」と同年極月十八日に既に降参した兵を併せて一万五千余騎、先陣は甘利備前守・芦田下野守、二陣は飯富兵部少輔・平原河内守、三陣は板垣駿河守・望月伊豆守、中軍は大膳大夫晴信、小幡山城守を前に備え、右には山本勘助晴幸、左には真田弾正忠幸隆、後陣は武田孫六信連・工藤・桜井・浅利・加賀美等我も我もと備えを立てて打ち立った。小田井又六郎は是を聞いて、

「元来晴信は諏訪家の高恩を請けることが莫大なのに、今是を討とうとするのは何と言うことか。斯かる不義・不道の晴信にどうして従うことが出来よう。仮令骸骨は此の土に曝しても後世に悪名は残したくない。然しながらに敵を待つよりは、半途迄でも出て戦おう」

と、舎弟次郎左衛門を城に残して、其の身は井田・藤平・森山九郎・朝比奈善三郎・佐田長順等を率い、三千余騎で城を離れること一里（約四キロメートル）ばかりの小室口に備えた。然るに逸り切った甲州勢は是を見るより鬨を作って、無二無三に攻め掛かった。

一方、小田井方は予て期したることなので少しも動せず、先手五百余騎を従えた朝比奈善三郎は甘利・芦田が三千余騎で備える中へ切って入り、東西南北へ馳せ通り散々に駆け立てた。その為、甘利・芦田が大いに敗して引き退くと、一陣の飯富兵部少輔・平原河内守

が三千余騎で入れ替わった。すると、朝比奈は後陣の佐田長順と入れ替わって、佐田は直ぐ様飯富・平原と火花を散らして戦った。処が、飯富方の家臣で鉄砲の達人である竹本武兵衛と言う者が楯の陰より狙い澄して佐田長順を撃った。何かは以て堪るであろうか、長順は胸板を撃ち抜かれ馬より真っ逆様に落ちた。竹本武兵衛は鉄砲を投げ捨て、走り寄って首を取った。然る処に一人の大将　紫裾濃の鎧に鍬形を打った冑を着し、四尺三寸（約一・三〇メートル）の大太刀を抜き翳し金覆輪の鞍を置いた荒馬に打ち乗り、三千余騎を前後左右に備え群がり立った甲州勢の中へ面も振らず切って入り、

「小田井の城主小田井又六郎とは我がことなり」

と名乗り忽ち騎馬武者を三人切って落とし、なおも勇を振って薙ぎ立てたので飯富・平原も駆け立てられ後陣へ雪崩れを打って退き、板垣駿河守・望月伊豆守が入れ替わって戦った。小田井は大音をあげ、

「我、今日は是非とも晴信の首を見ずには引かないぞ。進め。進め」

と下知しながら十字に馳せ抜け、巴の字に廻り終に板垣の備えも突き破り本陣に近付いた。武田菱の旗が遙か彼方に見えたので小田井は大いに悦び、「彼こそ晴信の本陣であろう。先ず踏み破って晴信の首を取ろう」と獅子奮迅の如く真っ先に駆け入って、難なく武田勢を切り散らして打ち入った。小田井勢は今朝からの戦いに労れてはいたが、今武田菱

の旗を見て射れ共突け共ことともせず、「此処を先途」と切り結び二千余騎の勢も今は僅か五百余人に打たれ、その余の者も皆浅手・深手を負わぬはなく死生を忘れて勇を振い本陣へ深く切り入った。それなのに、是は如何にしたことであろうか本陣に大将はなく、左右に山本勘助晴幸・原能登守友種が三千余騎で正々と備えていた。小田井又六郎が案に相違し茫然として立つ処へ、最前打ち散らした武田勢が後の方より鬨の声を揚げてヒタヒタと攻め掛かり、前よりは山本・原・浅利・桜井・加賀美の新手が鬨を作って揉み立てた。労れ果てた小田井勢が途方を失い躊躇う折柄、又平尾・岩村田の方より武田菱の旗を押し立て、武田大膳大夫晴信・真田幸隆・武田孫六信連が三千余の勢にて鬨の声を合わせ攻め寄せ、十重二十重に取り籠めた。小田井又六郎は呆れ果て、「口惜しや。敵の謀に落ち入ってしまった。然れ共何程のことが有ろうか」と此方を破り彼方を砕き出ようとしたが、敵は目に余る大軍なので出るべきようも見えなかった。真田の郎等相木森之助が小田井を目掛け切って掛かると、又六郎も「心得たり」と渡り合った。両人共劣らぬ勇士なので暫くは勝負も見えなかったが、又六郎は数度の戦いに疲れていたので終に相木に討たれてしまった。又小田井勢の朝比奈善三郎・森山九郎・飯田藤平等は、一歩も引かずに戦って討死した。よって甲府勢は直ぐ様、小田井の城へと押し寄せた。然る処に大手の門を開いて別府治部右衛門が城将小田井次郎左衛門の首に采配を添えて持って出て、晴信の前へ

持参した。晴信始め諸将は大いに驚いた。晴信が幸隆に向かい、

「如何成る(いかなる)謀(はかりごと)を以て易々(やすやす)と城を乗っ取ったのか」

と問うた。真田は莞爾(にっこ)と打ち笑い、

「軍(いくさ)は敵の不意を討つに利が有ります。某(それがし)君と平尾の方(かた)へ廻(まわ)った時に此の三人に申し付け、早くも城将を打ち取って城は我が手に入れて置きました」

と言った。板垣・甘利を始め、一人として感じぬ者はなかった。晴信は、

「さても、此の度さしも勇成る小田井又六郎を討ち取った相木森之助の働き、古今無双である」

と言って、備前兼光(びぜんかねみつ)の打った太刀(たち)を当座の褒美(ほうび)として与えた。そして、攻め落とした小田井の城に城代を置いて甲府へと帰陣した。


(註)

① 「小室」は現在の「小諸(こもろ)」。古くは滋野(しげの)氏の一族の小室氏が治めていたと言われる。

② 「小田井の城」は、現北佐久郡御代田町(みよたまち)小田井の三方を谷に囲まれ南方に張り出した台地上に築かれていた城。

二十五　武田・諏訪両家和睦の事並びに頼重主従誅戮の事

真田弾正忠幸隆は奇計を以て易々と小田井の城を乗っ取ったので、皆は改めて幸隆の大才を知った。さて、信州の住人室賀入道円達・丸子三左衛門・矢沢修理大夫・根津官左衛門・武石民部之助・小泉又市とて大剛の六家は諏訪頼重の旗下にあった。此の度武田晴信が一戦に小田井を亡ぼし威を隣国に振るうのは山本・真田の両士が力を尽す故であり、なお諏訪をも押し倒そうと計っていた。

一方、頼重も「武田を亡ぼし諏訪家の長久を祈ろう」と甲府の隙を窺っていた。真田幸隆は此の由を聞いて「諏訪家を亡ぼすには、先ず室賀・丸子・矢沢・根津・武石・小泉の六家を謀れば容易に成るだろう」と、密かに根津左兵衛・青木喜市・三好権蔵の三人を諏訪の領内に入り込ませ、

「室賀・根津・武石・小泉・矢沢・丸子の六家は武田方に心を寄せ、主家を押領しようと

している」

などと流言させた。是を聞いた頼重の忍びの者は、「斯く」と告げた。頼重は大いに仰天し、早々堀左馬之助を呼んで此のことを語り、

「如何しようか」

と問うた。左馬之助は、

「それはいと易きことです。六家が敵に心を寄せるならば、何気なき体をして彼等を招き、剛勇の者を隠し置いて、相図を定めて六家一人も残らず討ち取り禍の根を絶って、その後に武田と有無の合戦を致しましょう」

と申し述べた。頼重は「道理である」とて六家を招くと、此のこと如何してか六家に知らせる者が有った。その為、各々は是を聞いて大いに驚き、

「是は武田家の反間の謀に違いない。然れ共頼重は愚将にして事実を確かめず、我々を亡ぼそうとするであろう。諏訪の家運も此の時に極まったぞ。イザ身を遁れて武田家に降ろう」

と室賀・丸子・矢沢・根津・武石・小泉の六人は手勢七百余騎を引き連れて武田家に降参した。此のことが諏訪方へも聞こえたので頼重は大いに怒って、「遁したことは残念である」と弥々武田家を恐れたが、愚かさ故の是非もないことで有った。

頃は天文十九年（一五五〇）正月八日のことであったが、甲府では専ら諏訪家を亡ぼそうと評議している処に、信州諏訪より六家の面々が七百余騎を引き連れて武田家に降参の由を申し入れて来たので、晴信は山本勘助を呼んで、

「此のこと如何しようか」

と尋ねると勘助は大いに訝って、

「室賀と言い、丸子と言い諏訪家の無二の忠臣です。俄に降参するとは考えられません。若しかすれば謀計かも知れません」

と眉を顰めると、真田が傍らで大いに笑い、

「我が謀が早くも成功したのです。諏訪家の滅亡は間近です」

と言った。晴信と山本は共に驚いて、その訳を尋ねた。幸隆は、

「然れば諏訪家の無二の忠臣である六家、某此の者共を先に何とかしようと思い根津左兵衛・青山喜市・三好権蔵等を遣って敵地に流言させた処、頼重は愚かなので此の六家を亡ぼそうとしました。然るによって、此の者共は身の安全を図ろうと思って降参したのです。全く怪しむ必要は有りません」

と言った。勘助は大いに感じ、

「真田殿が斯かる大功を立てられたので、勘助も又計略を巡らしましょう」

とて、その後晴信に一計を勧めた処、晴信は早速跡部左内を頼重方へ遣わし、

「数年諏訪家と武田家は争って来たが、元来頼重殿と晴信との間には少しも恨みはない。且つ又晴信の為には正しく姉婿にして親しい家である。尤も父信虎が未だ和議を調えない内に晴信が家督を相続したので、止むを得ず合戦を挑んで来た。とは言え、筋なきことに士卒を苦しめるのは大将の本意ではない。就いては、今から互いに和議を調え交わりを厚くしようではないか」

と申し送った。頼重が諸将を集めて評議をした処、左馬之助が申すには、

「数年晴信と勝敗を争うとは言え、未だ勝負を決せずに士卒共に労れ合戦止む時がなかったので、万民は塗炭の苦しみに伏しています。就いては此の度和睦して武田家と交わりを深くすれば当家の長久是に過ぎません。且つ又晴信は、真田・山本の両士を得てから戦う毎に勝たないと言うことが有りません。殊に当家の幕下にあった者が近来半分以上武田に仕えていますので、此の度の和議は幸いなことです」と勧めた。頼重は異議なく和睦を調え、所領の境は葛木（註①）を限りとして契約し終に和を結んだ。是によって諏訪頼重は甲府に赴いて、此の度の歓びを晴信へ申し述べた。頼重は浅知の人なので、此の度の和議を実と思い一ケ月の内に三度迄も甲府へ行った。武田家でも種々に饗応した。三度目の節、持て成しとて大蔵大夫に申し付け能を興行した。武田大膳大夫晴信の傍らには、板垣駿

河守・甘利備前守・山本勘助・飯富・原・跡部・浅利を始め列座して見物していた。諏訪頼重方には細川頼母・小栗善弥・服部三吾・堀典膳を始め僅か十人に過ぎなかった。頓て八島の能（註②）が始まった。頼重が余念なく見物している体を見澄まして、勘助が萩原弥右衛門に目配せした。弥右衛門は心得て衝と立って用有りげに頼重の傍らを通ると見えたが、腰刀を抜く手も見せず肩先より乳の下迄切り下げた。頼重がアッと言って倒れる処を、畳み掛けて討ち取った。是を見て頼重の郎等細川頼母・小栗・服部・堀を始め大いに驚いたが、我も我もと晴信を目掛け、「主人の敵」と切って掛かった。けれども、板垣・甘利・小山田等に支障られ悉く討死した。是は偏に山本勘助の計ったことであった。是等の間に頼重の郎等青木太兵衛は手早く主人の首を奪い此の場を逃げ去り、出家して皆空と改め近江国信楽に遁れ、庵を結んで一生を慎ましく暮らしたと言う。

（註）

① 『三代記』には「葛木」とふりがなが付されている。しかし、甲府領と諏訪領の境は現諏訪郡富士見町の「葛木」にあったと言われているので、訳者がそのように訂正した。

② 「八島の能」は、『平家物語』に材を取った三部構成からなる作品で世阿弥の作と言う。観世

流では「屋島」の文字を用いている。

二十六　跡部左馬之助自害の事並びに塩尻峠合戦の事

諏訪頼重が山本勘助の謀に陥ち入り甲府で討たれたので、諏訪家の者共は大いに憤り、「イザ。主の敵武田晴信を打ち亡ぼそう」と祝左馬之助を大将として、難波源左衛門・多宮斉宮・守口左衛門・越谷伝兵衛・曲淵才次郎・諏訪喜右衛門・伊奈半兵衛・同久松を始め三千余騎が馳せ集まった。そして、「是非とも此の鬱憤を散らそう」と勇み立った。晴信は此の由を聞いて、

「小賢しい者共である。一人も残らず討ち取れ」

と言って、舎弟左馬之助信繁に板垣駿河守・望月若狭守・下山伊勢守を添え、その勢四千余騎で甲府を打ち立って、信州諏訪へと押し寄せた。此の時諏訪勢（註①）は、「甲州勢が押し寄せる」と聞き、「敵を城下に引き寄せてはならない。途中迄出て戦おう」と、小川・

湯の脇・上諏訪を打ち越えて普門寺（註②）で待ち受けた。甲州勢は花原を通り過ぎ、宮川・安国寺村を左手に見て細窪を越え、普門寺近くに押し寄せた。諏訪勢は是を見て少しも猶予なく、無二無三に切り入って射れ共突け共厭わず、思い切ったことなので「今を最期」と突き廻った。流石の甲州勢も散々に突き破られ、四・五丁（約四四〇～五五〇メートル）ばかり引き退いた。武田左馬之助は大音をあげ、

「如何に諏訪勢が勇を振っても、主人を討たれた残卒に何程のことが有るだろうか。引き包んで攻め立てよ。一人も残さず討ち取れ」

と鞍上に立ち上り下知した。板垣・望月・下山が我も我もと取って返し、諏訪勢を中に包んで攻め立てた。けれども、「是を最期」と思い詰めた諏訪勢なので少しも屈せず、東西南北に駆け抜け、

「千騎が一騎と成る迄も引くな。引くものか」

と互いに声を掛け合い喚き叫んで戦った。数刻の戦いに多宮斉宮・守口左衛門を始め討死して、漸く五百騎ばかりが残った。大将祝も、「今は是迄なり」と難波源左衛門・越谷伝兵衛・伊奈半兵衛等を左右に従えて真ん丸に備え、甲州勢の真ん中へ面も振らず突いて入り縦横無尽に駆け破り馳せ通って七・八度揉み合った。しかし、伊奈半兵衛が下山伊勢守と差し違えて死んだのを始めとして、一足も引かずに皆々討死した。その間に大将祝左馬

之助は普門寺に駆け入り、腹を掻き切って最期を遂げた。甲州方も下山伊勢守を始め五百余人が討たれた。けれども、諏訪勢を破り祝・難波・諏訪・伊奈・越谷・曲淵を始め凡そ七百余騎の首を得て諏訪の城を乗っ取り、勝鬨を作って甲府へ帰陣した。

此の軍が終った後、晴信は頼重の息女は今年十四歳で、顔も姿も大変美しく世にも稀であることを聞き、

「是非とも側室にしよう」

と言った。板垣・甘利が、

「女とは言え敵方の者、お止め下さい」

と大いに諫めるのを勘助が聞いて、

「いやいや、今此の息女を側室として、若し男子が出生したならば諏訪家相続のことも有るかと思い、彼の家に残った者共は帰順するでしょう」

と言った。晴信は終に頼重の息女を側室とし、厚く寵愛した。後に晴信の一子諏訪四郎勝頼と名乗ったのは、此の側室から出生した男子である。

さて、小笠原右京大夫長時と木曽左馬之頭義昌は数度の戦いに負けたので、「何とかして武田家と有無の一戦を遂げたいものだ」と長沢兵部を先陣として、八千余騎を率いて塩尻峠を越えて出張した。又上田口へは伊奈新九郎武重が三千余騎で陣を張った。此の

由が甲府へ聞こえて来たので晴信は甲府を出馬して諏訪に到り、当処の城主小山田備中守の城に入って手分けを定めた。伊奈新九郎方へは板垣駿河守・真田弾正忠五千余騎で向かわせ、自身は甘利備中守・諸角豊後守・原加賀守と旗本、右は栗原左衛門・穴山伊豆守、左は小山田左兵衛・武田左馬之助、後陣は日向大和守・小宮山丹後守・勝沼入道・今川伊勢守・長坂左衛門尉・逸見左京・南部石見守、惣軍一万五千余騎で塩尻峠に向かった。敵兵木曽・小笠原の者共は、「今度こそ、十死一生の合戦をしよう」と思い定めたことなので、甲州勢の旗を見るや否や無二無三に切って掛かった。先備えの甘利・諸角の両将は、「此処を先途」と戦ったが叶い難くて引き退いた。入れ替わって原加賀守が散々に戦ったが、敵兵が強く味方が色めくのを見て、晴信の右備えの栗原・穴山の両将が横合いから揉み立てた。敵兵は浮き足立って長時の旗本へ雪崩れ掛かったので、甲州勢は大いに元気を得て、

「スハヤ。敵は色めくぞ。此の機を外さず討ち取れ」

と甘利・諸角・原・栗原・穴山等が追い立て追い立て進んだ。小笠原長時は大いに苛立って、

「汚き者共の有様である。返せ。返せ」

と下知した。すると、長沢兵部・荒尾新兵衛・呉服式部を始めとする者共が取って返し、

両陣互いに入り乱れ火水に成って戦った。血は流れて淵を成し、骸は積んで丘と成る程であった。其処へ小山田左兵衛尉と武田左馬之助の両将が、山手から裏道を伝って後陣に備えていた木曽義昌の陣に突き入った。木曽勢は思いも寄らぬことなので、此の勢いに駆け破られ裏崩れして敗走した。小笠原勢も是を見て大いに驚き、

「スハ。敵は後ろへ廻ったぞ。包まれて討たれるな」

と我先にと引いたので、山本が、

「時分は良いぞ」

と下知すると、小宮山丹後守・勝沼入道・今井伊勢守・長坂左金吾・逸見左京・南部入道が左右の山陰より討って出た。何かは以て堪るであろうか。木曽・小笠原の両勢が散々に逃げ行く処を、甲州勢は追い詰め追い詰め討ち取って分捕り高名様々であった。今日味方が討ち取った首数は、六百二十九級と言うことであった。

（註）

① 『三代記』には「諏訪勢」のことを「伊奈勢」としたり、「諏訪四郎勝頼」を「伊奈四郎勝頼」としたりしてあるが、訳者が「諏訪」に訂正統一した。ただし、勝頼に伊那の高遠を与えた

ことから、「伊奈」はともかく「伊那勢」「伊那四郎勝頼」と言う言い方が全くないわけではない。なお、諏訪家の家臣「伊奈氏」については、そのままとした。

②『三代記』には「尾河・湯脇」「普文寺」とあるが、「小川・湯の脇」「普門寺」に訂正した。小川・湯の脇は現諏訪市豊田の地名、普門寺は現諏訪市四賀の地名である。

二十七　板垣信方敵の謀計に乗る事並びに真田信綱初陣の事

小笠原長時と木曽義昌の両将は、山本勘助の計略に掛かり大いに敗軍した。それにも関らず、何故か伊奈新九郎の陣は静まり返っていた。しかし、俄に騒ぎ出して申の下刻（四時半頃）には悉く引き退いた。そこで、板垣信方が、

「某は追い掛けるぞ」

と言うのを真田が聞いて、

「今になって、俄に引き取るのは不審です。是を追い掛ければ必ず敵の計略に陥ち入るで

しょう。止められよ。止められよ」

と制した。板垣は、

「山本勘助は既に木曽と小笠原の大敵を討ち破った。それなのに僅かな敵に仮令謀が有るとしても、どうして恐れることがあろう。早急に敵の首を並べて見せようぞ」

と言いながら、萩原与三右衛門・同次郎三郎・小熊備前守・八木原新蔵・成瀬又左衛門・古川宮内・山本六郎兵衛（註①）を始め三千余騎を引き連れて真一文字に追い掛けた。是を知った伊奈新九郎は取って返し、自ら後殿をして敵を侮るように静々と引いて行った。大剛の板垣は、

「真田は此の板垣の功を嫉み、敵の計略が有るだろうと言ったが、小笠原や木曽が破れたことを聞いて、どうして計略を廻らす暇があろうか。続けや。者共」

と下知して揉みに揉んで追い掛けた。日は既に暮れようとして、霧が蔽い朦々として物の区別も分からない程になった時、伊奈勢（註②）は十分に敵を誘き寄せて、「時分は良いぞ」と相図の太鼓を鳴らし、その侭取って返して大いに戦った。板垣は少しも周章てず、真っ先き駆けて敵兵を切り倒し勢いに乗って薙ぎ廻った。此の時伊奈勢は又々相図と覚しく貝を吹き立てて、此処より三百人、彼処より二百人と八方より伏勢が起こり立って、板垣を中に取り籠め鉄砲を連べ発しに撃ち立てた。さながら闇夜の如くで敵味方も分らず、矢庭

に板垣の寵臣（ちょうしん）である小熊備前守・成瀬又左衛門を始めとし枕を双べて撃ち倒された。板垣に勇があると言っても終（つい）に叶わず敗走するのを見て、伊奈新左衛門武則（たけのり）は板垣に切って掛かった。板垣は是非もなく戦った。既に危（あや）うく見える処を、駿河守（するがのかみ）の郎等（ろうとう）萩原次郎三郎と八木原新蔵が助けに来て討死（うちじに）した。その間に板垣は危うく命助かって、這々（ほうほう）と逃げて行った。其処（そこ）へ伊奈勢の森小六（ころく）・牧野清兵衛（せいべえ）等三百余人が駆け出て、板垣を中に包んで討とうとした。板垣の郎等古川宮内（くない）と山本六郎兵衛の両人は、血戦して討死した。けれども板垣は囲みを出ることが出来ず、

「斯（か）く迄謀（はかりごと）が有るとは思いも寄らなかった」

と呟（つぶや）きつつ忙然として立っていた。すると一手の勢（せい）が討って出て、長刀（なぎなた）を水車の如く廻し、伊奈勢の森小六を切って落とし、残兵を追い散らして板垣信方を助けた。信方が驚いて是を見ると、真田の郎等相木森之助（あいきもりのすけ）だった。板垣は、

「某（それがし）が真田殿の諫（いさ）めを用いなかった為に、此のように敗軍してしまった」

と言って大いに恥じ、真田が智略に感じ入った。一方、伊奈勢は戦死者も有ったが謀（はか）った通りに勝軍（かちいくさ）して、皆々悦んで引き取った。

　板垣駿河守は敵の謀略（ぼうりゃく）に陥ち入り、頼みの郎等四十八人が討死し、その外（ほか）士卒の死者は数知れない程であった。既に自身も危うい処を森之助に助られ、這々（ほうほう）味方の陣に帰った。

そして幸隆に面会し、

「今日の合戦に貴殿の助けがなければ、敵の為に討たれる処であった」

と恥入った体で話した。真田は、

「貴殿は軍に馴れ今迄不覚を取らなかったが、今日敵の謀に掛かったのは勇に逸った為でしょう。けれども勝敗には是と言った定めがなく、我々も度々不覚を取ります。強ち貴殿だけの誤ちではありません」

と宥めた。

さて此の度武田勢は大いに小笠原・木曽の両軍を破り、思いの侭に勝利して村上領の内、田中・海野・戸倉辺の民家に放火して、天文十四年（一五四五）六月四日に甲府に帰陣した。此の度も又小笠原家の内、塩尻刑部左衛門・小曽左馬之助・和田志摩守・福並舎人を始めとして武田家へ降参した。

その年も暮れ、明ければ天文十五年（一五四六）三月上旬、武田晴信は先ず信州埴科郡戸倉の城（註③）を攻めようと出張の用意をしていた。此の節真田幸隆は眼病を煩い岩尾に帰って療治中の為、陣代として当年十三歳の徳太郎信綱を大将とし、後見に穴山小左衛門・別府治部右衛門・海野六郎を差し添えて五百余騎を甲府へ遣わした。晴信は大いに悦んで是を後陣に加え、甲府を発って小諸に着いた。そして、此処で諸軍の手分けをした。木曽・小笠原の押さえとしては、舎弟左馬之助信繁並びに穴山伊豆守・小山田左兵衛・日向大和守を、足軽大将には小幡山城守・金丸若狭守を始めとして下諏訪の塩尻口に向かわせた。伊奈勢に対しては、板垣駿河守・原美濃守を諏訪の花岡・小宮山・軽部に備えさせた。又飯富兵部少輔には、小宮山丹後守・多田淡路守を添えて碓氷峠に向かわせた。是は、上野の上杉憲政が村上に内応する由を聞いて備えたのである。晴信の惣軍は四千百七十余人。甲府の留守居は、武田孫六信連・勝沼入道であった。

斯うして敵地に到り、早速犀川の左手に陣を構えた。先陣の大将は桑原源左衛門・芦田下野守・相木市兵衛・川上入道・佐治尾張之助・福澤監物、その勢千五百余人で戸倉の城に押し寄せた。抑々戸倉の城（註④）は山城で、後ろの峰は高く、右には池、左りには戸倉の里、後ろは皆深田である。甘利備前守・同彦十郎・加藤駿河守等千五百余人が、「此の度戸倉の城を攻めると聞いたなら、義清自身が後詰するかも知れない」と備えた。猶又後詰の途中押えの為、小山田備中守を脇備えとした。そして、大将晴信は旗本として曽根七郎兵衛・軍師山本勘助・安間三左衛門を従え、後備えは諸角豊後守・真田徳太郎信綱であった。さて又、戸倉の城には村上の旗下雲母十郎左衛門を大将として、馬淵権十郎・植田民部之助等惣軍二千余騎が楯籠っていた。甲府方の栗原・芦田等が一番に城際に攻め寄せ、「早乗り入ろう」とする処を城中より一度に弓・鉄砲を射出し撃ち出し、大木・大石を投げ掛け必死に成って防いだ。此のことを聞いた村上義清は大いに驚いて、「早々に後詰しよう」と、楽岩寺右馬之助・小島五郎左衛門を先陣として九千五百余騎が直ちに打ち発って、揉みに揉んで馳せ寄せた。そして、甘利備前守・横田備中守が千五百余騎で備えている中へ、真一文字に切って入った。甲府勢は予て期したることであったが、敵は目に余る大軍なのでどうして堪るであろうか。既に敗れようとする処へ、横田備中守が陣頭に進み出て、

「此の戦いは予て期したることである。汚いことをして笑われるな。掛かれ。進め」

と下知すると、我も我もと競い合い敵の矢玉を掻い潜り、突きつ突かれつ戦ったので、さしもの村上勢も戦いに労れて見えた。


(註)

① 『三代記』には「山本六郎兵衛」と「山上六兵衛」が出てくるが、同一人物と思われるので、訳者が「山本六郎兵衛」に統一した。

② この項の「伊奈勢」は伊奈新九郎の軍勢と理解出来るので、そのままとした。

③ 『三代記』には「信州小縣郡戸倉の城」とあるが、戸倉は「埴科郡」なので、訳者が「信

州埴科郡戸倉の城」に訂正した。

④『三代記』には、「抑々戸倉の城と云ハ山城尓して後ろの峯高く、右尓當て池有、左りハ戸倉の郷、後ろハ皆深田なり」とあるが、該当しそうな城跡がない。あるいは、荒砥城（現千曲市上山田・旧更級郡上山田町）を指すものか。としても、近くに池はない。

二十八　戸倉合戦山本妙策の事並びに真田勝敗を計る事

さて、武田大膳大夫晴信は戸倉の城を攻め落とそうと栗原左衛門・芦田下野守・相木市兵衛・川上入道等を向かわせ、村上勢の後詰を防ごうと横田備中守・甘利備前守・加藤駿河守を差し向けた。しかし、村上義清は大軍を率い、先陣の大将楽岩寺右馬之助と小島五郎左衛門は勇猛に甲州勢を切り破ろうとした。そこで、横田備中守が下知して各々取って返し防ぎ戦った。勝敗が未だ分からないのに、楽岩寺右馬之助が、

「甲州勢は我が地に屍を曝しに来たぞ。一々首を取って高名せよ」

と呼ばわりながら戦った。村上勢の中から卯の花縅の鎧に鍬形を打った冑を着して、朱の采配を打ち振り打ち振り、「此処を切り崩して晴信の旗本へ突き入ろう」と進む者があった。それを見て甲州勢の中から、緋縅の鎧に浅黄の母衣を懸けた武者が大声で、

「清和天皇の後胤横田備中守が嫡男、彦十郎政次なり」

と名乗って、彼の卯の花縅の鎧を着した武者に突いて掛かった。彼の武者は、莞爾と打ち笑って、

「我こそは、村上義清が家臣で鬼神と呼ばれる小島五郎左衛門虎一なり。近寄って見知り置け」

と言って、四尺三寸（約一・三メートル）の大太刀を抜いて渡り合い、火花を散らして戦った。しかし、双方劣らぬ勇士なので暫くは勝負が付かなかった。横田の競って突き出す鎗を受け損ね、小島はドウと倒れた。横田は小島を起き立たせることなく首を切り落とし、味方の陣へと駆け戻った。実に比類無き働きと言えよう。是によって村上勢は思わず一・二段（約一一～二二メートル）（註①）引いたので、楽岩寺右馬之助は自ら鎗を取って、甲州勢を矢庭に三騎突き落とし、大声をあげながら戦った。大将義清も身を揉で、

「我が旗本を以て晴信の旗本へ切り入り、晴信の首を見ずには置かないぞ。進めや。進め」

と駆け立てたので、敵味方共に鍔を割り鎬を削り、切先より出る火花は電光石火の如く、

三時（六時間）余りも戦ったが、さしも甲陽（甲斐国）に、その名を知られた甘利・横田とは言え、小は大に敵し難く終に切り崩されて二・三段（約二二～三三メートル）引き退き、城の右手にある池の中へ追い込められ右往左往に成った。そこを見済まして、雲母十郎左衛門・馬淵権十郎・上田民部之助等が城門を開いて打て出て、栗原左衛門の備えへ突き入った。その為栗原は大いに敗れて、後陣に控えている川上入道の備えに雪崩れ掛かった。川上も遂に崩れて、相木・福沢・平沢の勢と共に引いた。甲州勢が惣敗軍と成ろうとするのを見て、横田・甘利の両将が踏み止まり、

「此処を破られれば、大将の旗本が危ういぞ。日頃の恩を思うならば、討死せよ」

と呼ばわり呼ばわり切り結び、終に両将共此処で討死した。よって武田勢は弥々乱れ立って散々に敗走した。晴信も、「今は是迄。心能く最期の一戦をしよう」と米倉丹後守・芦田下野守を左右に備え、勝ち誇った村上勢と火となり水となって血戦した。此の間に山本晴幸は諸角豊後守の三百余騎を従え戸倉口の裏手を廻って、村上義清の旗本を目指して馳せ寄せた。義清は甘利と横田の首を得て、「此の度こそ、晴信の首を見る時節が到来したぞ」と勇み悦んで大いに寛いでいる処へ、山本と諸角が三百余騎でドッと叫んで切り入ったので、義清の旗本は、「是はどうしたことだ」と狼狽え廻り、上を下へと混乱した。山本は、「上手く行ったぞ。大将義清を討ち取ろう」と縦横に駆け廻りながら、惣勢五百余

人が火となり水と成って戦った。その為、村上の旗本が散々に乱れたので、「義清を討たずに置くものか」と晴幸は東西に馳せ廻った。しかし、どうしても巡り逢えず、敵兵百余騎を討ち取って勝鬨をあげ軍を収めた。

さて、村上義清は思い掛けず敗軍して、諸卒を数多討たれたので大いに憤り、「もう一度取って返し、敗軍の恥辱を雪ごう」と埴科（註②）の麓で馬を立て直し、楽岩寺右馬之助・富田備後守・大谷内匠助の総勢五千余騎が踏み止まって大返しに返して向かおうとした。其処へ、埴科山の裏手の松の繁みから、白地に六文銭と裾濃の旗をサッと山風に吹き靡かせ三百騎ばかりが討って出て、

「真田弾正忠幸隆、是にあって義清を待っていたぞ」

と言うより疾く、大太刀を水車の如く廻し村上勢を薙ぎ立てた。そして、富田備後守を一刀に切り落とし勇を振って戦ったので、「此処にも伏兵がいた」と村上勢は一支えもせずに埴科へ引き退いた。しかし、幸隆は是を追わずに富田備後守の首を長刀に結び付けて晴信の前に出た。是は実の真田ではなく、相木森之助であった。幸隆は眼病で戦いに参加していなかったが、地の利を量って勝敗を知ることの出来る実に古今稀なる智将と言えよう。

（註）

① 「段」は長さの単位でもあり、長さ一段は約一一メートルである。「一・二段引いた」ということは、一一～二二メートル余り引いたということになる。

② 『三代記』には、ここでも「更科」あるいは「更科山」と書かれている。訳者が「埴科」「埴科山」に訂正した。とは言え、埴科山という山はない。冠着山（千曲市と東筑摩郡筑北村にまたがる標高一二五二メートルの山）のことを「更科（更級）山」とも言うが、山が高く「更科山の裏手の松の繁みから」という表現とは合わないように思われる。また、村上氏の本城である葛尾城からも離れ過ぎかと感じる。

二十九　板垣饗応黒白を分かつ事並びに村上義清、景虎を頼む事

武田大膳大夫晴信は大敵を一戦に打ち破り、味方は横田備中守・甘利備前守の両将の他、数人が討死した。とは言え、「敵の首級二千六百余りを討ち取ることが出来たの

は、全て山本勘助の妙策があった為である」と大いに感じ、勝鬨をあげた。其処へ六文銭の旗を押し立てて長刀の切っ先に首を貫き、一隊の軍勢がやって来た。是こそ、真田の猛将相木森之助であった。晴信は大いに驚いて、

「其の方は何故此処へ来たのか」

と尋ねた。すると、森之助は、

「真田幸隆は眼病の為打ち臥せており、此の度の軍に参加出来ないことを残念に思い、埴科戸倉の地理を熟々と思い運らし、味方は小勢なので村上の大軍に一度は切り崩されて難儀に及ぶであろう。けれ共山本が陣中にいるので、戸倉口の裏手を廻って義清の旗本へ切り入るであろう。そうすれば村上勢は敗走し、義清は埴科へ引き返すに違いない。就いては我に替わって埴科の右手より義清の帰路を討てと某に謀を申し含めました。そこで、某は五百余人を引率して埴科の右手に忍んでおりました。果たして義清が敗走し城へ逃げ入ろうとしましたので打ち掛かって、次将富田備後守を討ち取って参りました」

と謹んで申し述べ、首を実検に備えた。是を聞いた晴信は大いに悦び且つ驚き、「真田幸隆は自身は岩尾にありながら、当処の勝敗を計るとは恐るべきことである。実に鬼神の如き不思議の才智と言えよう」と甚く感じ、それより甲府へ帰陣した。

しかし、

「此の度の合戦で、甘利・横田が討死するのを見放した栗原左衛門・川上入道等は甚だ臆病者である。その為に味方は難戦に及んで功臣を失うことになってしまった。その罪は軽くない」

と言って所領を没収し、その身は追放に処した。

天文十五年（一五四六）は外にも数度の合戦があったが、甲府勢は何時も勝利を得たので、皆々は勇まないと言うことがなかった。殊に板垣駿河守信方は剛勇の大将なので、「此の上甲府勢を何分励まそう」と広い仮屋を建てて、

「来たる十月六日に、諸将へ申し度いことが有る」

と触れたので、諸将士は我も我もと参会した。信方は亭主の役と言うことで、衣服を改め立ち出た。そして、式礼を終えた後、

「此の度、各々へ申し入れたのは余の儀ではない。数度の合戦に高名した方々を饗応し度くて一同を招待した。今日は平常の例に拘らず、陪臣であっても手柄有る人には高座を与え、その優劣を分かちたい。銘々恥辱を感ずるならば、随分高名を致すように」

と言って先ず座を改めた。原美濃守・飯富虎昌・小幡虎盛を始め数度の軍功の有った人々を皆上座に据え、晴信の舎弟武田孫六信連・今福善九郎・跡部大炊之介・長坂左衛門を始め歴々であっても軍功のない人々は、真田の郎等相木森之助・筧十兵衛などの下座に据

えられた。その為、軍功のない人々は甚だ面目を失ってしまった。その後の饗応も三段に分かち、上の部は朱椀に三の膳付き、中の部は朱椀にて二の膳付き、下の部は黒椀にて本膳ばかりであった。上中の膳部には魚鳥を使い、結構なものであった。しかし、下の部は皆麁末な精進料理であったので、武田・跡部・今福・長坂を始めとする者達は大いに顔を赤らめ不興気に見えた。その後信方が席上に出て、

「今日の饗応は僻事のようであるが、決してそうではない。数度の合戦に一度も敵の首を取らなかった方々は、慈悲心深く来世を大事にされて殺生を好まれずに、普段から五戒(註①)を守って精進されていると思われる。そのような方々に、魚鳥を与えて破戒をさせるのは信方の本意ではない。それ故に此のように計らったのである」

と言った。その為に、軍功の有る者は一入興を催して賑わったが、軍功のない人々は弥々面目を失ない、こそこそと退出し、実に稀有なる持て成しであると笑いの種と成ってしまった。

一方、村上義清は、「先達ての敗軍の恥辱を雪ぎたいものだ。しかし、我が微勢を以て武田と戦うことは所詮難しい」と種々心を苦しめていた。そして、「越後国の大守長尾太郎景虎は父の敵を討ち、未だ若年とは言え臣下には直江山城守・甘粕近江守などと言う一騎当千の勇士を従え威を遠近に振るっている。よし、此の長尾景虎を頼もう」と三木新

左衛門（ざえもん）を遣（つか）わして景虎に助力のことを頼み入れた。すると、景虎は先（ま）ず使者を請（しょう）じ入れて置き、寵臣（ちょうしん）の直江山城守を呼んで、

「此のことは、如何（いかが）したものか」

と相談した。兼続（かねつぐ）（註②）は今年十六歳ではあったが暫（しばら）く思案し、

「今、甲斐の武田晴信の勢いは広大です。謀臣（ぼうしん）には山本・真田の両将が有って、是を恐れるのではありませんが、武田家と何の意趣（いしゅ）もないのに今新たに敵国を設けるのは良策ではありません。とは言え、村上家から頼んで来たのを承知しないのは武田を恐れるのに似ていますが、村上に助力しなければならない謂（い）われはありません。当国の中に村上家の領分が一郡（註③）有りますので、是を当家に贈るならば助力する旨を仰（おお）せ遣わされるのが宜しいでしょう。是はいながらにして領分を得る謀（はかりごと）です」

と言った。景虎は大いに悦び、

「此のことは我が心に適（かな）う」

と言って、その旨を三木新左衛門に伝えた。三木が立ち帰って景虎の返事の趣（おもむ）きを申し伝えると義清は大いに驚き、

「未だ合戦をしない内に、我が領の一郡を与えることなど思いも寄らない」

と言って、その侭（まま）に打ち捨てて置いた。村上の寵臣薬師寺右近之進清三（やくしじうこんのしんきよみつ）が、

「何故一郡を惜しんで、長尾景虎を頼まれないのですか。幼年とは言え、今天下で晴信に対抗出来るのは景虎一人だけです。ですから長尾家を味方とすれば、山本・真田に仮令（たとえ）智計が有っても、何の恐れることが有りましょう。疾（はや）く長尾に一郡を与えて味方にお付け下さい」

と義清に再三諫（いさ）めた。しかし、義清が採用しようとしないので、清三は為すべきようなく退出した。

一方、信州岩尾（いわお）の城主真田弾正忠（だんじょうのちゅう）幸隆（ゆきたか）は漸々（ようよう）眼病が平癒（へいゆ）した処へ、「村上義清が長尾景虎と和議を調（ととの）え、武田家を攻めようと計っている」との趣きを聞いて、大いに驚き忙然としていた。しかし、景虎が村上の領する一郡を乞うたのに、村上が承知しなかったので薬師寺清三が再度諫言（かんげん）したのに義清は採用しなかったことを聞いて大いに悦び、「さてさて村上の臣下の中で恐ろしいのは薬師寺である。何とかして此の人を計って亡ぼしてしまおう」と種々（しゅじゅ）に智謀を巡らした。

（註）

① 「五戒」とは、在家の守るべき五種類の禁戒で、「不殺生（ふせっしょう）・不偸盗（ふちゅうとう）・不邪淫（ふじゃいん）・不妄語（ふもうご）・不飲（ふおん）

酒」を指す。

② 『三代記』には、直江山城守の名を「兼次」としているが、訳者が「兼続」に訂正統一した。

③ 越後の村上氏領がどこかについてははっきりしないが、現西頸城郡辺りかと推測される。

三十　須野原兄弟、村上を謀る事並びに真田、村上勢を鏖しになす事

真田弾正忠幸隆は、「どうにかして村上勢を欺き、薬師寺右近之進を退けよう」と種々工夫を巡らした。真田の臣下に須野原若狭守（註①）と弟惣左衛門と言う剛強の者がいた。此の両人を幸隆が密かに招き、

「某は村上勢を破ろうと心掛けて来たが、義清の家臣に薬師寺清三と言う智勇に優れた武士がいる。先ず此の者を退けようと計るのだが手立てがない。どのようにして是を害したら良かろう」

と尋ねた。すると、須野原若狭守は、

「此処に、一ツの謀略が有ります。明日、斯様斯様にお計らい下さい」

と囁いた。幸隆は手を拍って、「此の謀は絶妙である」と感じ入った。そして、その翌日に須野原兄弟を呼び、「如何して村上勢を破ろうか」と軍議を開いた。須野原若狭守が進み出て、

「今年も早残り僅かに成りましたので、仮令攻めたとしても捗々しくは行かないでしょう。何分来春早々に御出馬されるのが宜しいでしょう」

と言った。幸隆は、

「合戦をするのに、どうして年の暮れを厭うことがあろうか。敵の備えのなきを討ってこそ、大功をも成すのである。幸隆は甲府の加勢を借りずに、義清と九死一生の合戦をする積もりである。先達て戸倉の城の軍に行けなかったのが、何としても残念だからである。其の方、ものを言ってはならぬ」

と大いに怒った。須野原は制して、

「決して合戦してはなりません。村上は数度甲州勢に破られましたが、既に長尾家と和議を調えたので今迄とは情況が違います。軽く見てはいけません」

と言った。幸隆は、

「村上義清が、長尾景虎と和議を結んだと言うのは全くの嘘である。味方を恐れさせる為に、そのように噂を流したのである。それを知らずに実として味方の諸卒を惑わした罪は

と言いながらスッと立った。そして、須野原を取って押さえ、鉄の軍扇で背中を続け打ちにした。その為若狭の背中は傷つき、血の出ること滝の如くであった。若狭はすっかり面目を失って、其処から退出した。

同じ頃、村上義清は葛尾に籠って種々の軍議をしていた。其処へ、「岩尾の城主真田幸隆の臣須野原惣左衛門が参りました」との知らせがあった。義清は不審に思いながらも惣左衛門を奥へ招き、その訳を尋ねた。すると、惣左衛門は、

「真田幸隆は己が智に誇って、臣下を土芥の如くに見ています。一昨日幸隆は軍議の席で、某の兄若狭守を自ら鉄扇で打ち据えました。兄の是迄の軍功は全て水の泡と成り、恨みは骨髄に徹しています。更に幸隆は、我等兄弟を殺害しようと計っています。実に残念至極です。それに引き替え、御館様には徳を敷き、仁義を専らとして能く臣を養われると承ります。願わくは我々兄弟を不憫と思し召して、用いて下されば犬馬の労を尽しましょう。我々は未だ岩尾の城内におりますが、暫く故郷に帰ると偽って城を抜け出して来ました。若し君の軍勢を三百騎ばかりお借し下されば、某の供廻りに仕立て城中に入って本丸に火を掛け、幸隆の首を得ようと心深く思っています。若し功が有ったなら重くお用い下さい」

と言葉に華を咲かせ述べた。義清は是を聞いて大いに悦び、「武田家が柱礎とも頼むのは、山本晴幸と真田幸隆である。その一人を亡ぼす妙計が俄かに出て来たのは、天が我に勧め下さる処であろう。正に武田家を亡ぼす時節が到来したぞ。是に乗らない訳には行かない」と、須野原惣左衛門を大いに持て成した。けれども、同じ席にいた楽岩寺右馬之助は此の様子を見て、

「真田幸隆は謀が多いので、是を実と思われるな」

と言った。義清は大いに笑って、

「須野原の言うことに、何で偽わりがあろうか。是こそ天が此の義清に命じて、真田幸隆を討たせて下さるのだ。岩尾の方へ遣わして置いた忍びの者が、頓て告げて来るだろう」

と言った。その詞も終わらない内に忍びの者が立ち帰って、

「此の度真田幸隆が須野原若狭守を軍議の席上で打擲し、若狭守は無念の体で我が陣へ帰りました」

と告げた。義清は、「須野原惣左衛門が降参して来たのは実のことである」と大いに悦び、翌日須野原を呼び出して、

「此の度其許が降参して来たが我は、それが実であることを知った。よって三百余騎を貸そう」

と言った。それを聞いた惣左衛門は、

「その三百余人も並の諸卒では、ことが上手く行かないでしょう。その訳は、真田の家臣にも相木森之助・筧十兵衛・穴山・伊勢崎・海野・別府・望月がいます。ですから、君の臣下で一騎当千と聞こえの高い薬師寺右近之進が適当でしょう。是を大将として、三百騎をお借し下さい」

と言った。村上は、

「尤もである」

と言って、薬師寺を大将とし、大力の聞こえの有る足軽頭清野六郎次郎友澄を添え、更に惣左衛門には備前長光（註②）の太刀を与えた。須野原は「上手く行ったぞ」と薬師寺と清野の三百余人を我が供廻りに仕立てて、葛尾を立ち岩尾に帰った。城に着くと割印を渡し、城門より二の曲輪内へ入った。そして、前後の門を閉ざして、須野原は何処へか隠れてしまった。村上勢は少しも勝手を知らないので、「惣左衛門は何処へ行ったのか」と不審に思い探していると、三の曲輪の上から、

「村上勢には、遙々お出でいただいた。馳走として矢玉を少々進呈しよう」

と言う声と諸共、四・五十挺の鉄砲を連べ発しに撃ち下した。薬師寺が驚いて見上げると、真田幸隆を中央に須野原兄弟・穴山・別府・相木・筧・海野・望月を始めとする者達

が手を拍って大いに笑った。薬師寺や清野等は、

「さては敵の謀に陥ったぞ」

と言って、何とかして門を打ち破り遁れ出ようとした。しかし、須野原の供回りとしてやって来たので然るべき武器も携えていなかった。その為、門を破ることも出来ずに、右馬之助・六郎次郎を始め皆々歯噛をし、唯鉄砲の的になって撃たれたのは無慚であった。幸隆は大いに悦んで、薬師寺と清野の首を甲府へ送り、ことの次第を伝えた。晴信を始め聞く人は、

「幸隆の計策によって、味方を一人も損ぜずに敵兵三百余騎を一人も残さず討ち取るとは抜群である」

と舌を震わせて褒め称えた。

　此の時、武田晴信は信州征伐の評定をしていたが、「今年も最早数日なので来春に軍を起こそう」と評議が一決した。其処へ、岩尾から村上勢の薬師寺や清野を始め三百余騎の首を送って来た。晴信は大いに悦び感じ入って、鎧二領・名馬二匹を恩賞として真田幸隆へ贈った。

（註）

① 「須野原」は「春原」とも言い、若狭守は元は海野家の家老であったという。

② 「備前長光」は、鎌倉時代後期の備前国の長船派の刀工。

三十一　筧十兵衛虎秀怪力の事並びに幸隆村上勢を破る事

さても村上左馬頭義清は斯かることとは露知らず、「須野原が首尾を遅し」と待つ処へ忍びの者が追々立ち帰り、

「此の度真田の郎等の須野原兄弟が味方に参ったのは大い成る偽りで、二の郭まで薬師寺・清野を引き入れて鉄砲を以て一人も残さず討ち取ってしまいました」

と注進した。義清は大いに仰天して暫く詞もなかったが、頓て岩尾の方を睨み詰め、

「悪き輩の挙動である。能くも此の義清を謀ったな。見ていろよ。我は汝の城を踏み潰し、此の恨みを晴らさずには置かないぞ」

と跳り上って怒るのを楽岩寺は大いに諫めて、

「それ程迄怒ってはなりません。殊に岩尾の如き小城を攻めるのに、御大将の御出馬に及んではなりません。此の度の薬師寺の弔い軍には、此の楽岩寺が向かいます。見ていて下さい。程なく幸隆の首を引っ提げて立ち帰りますから」

と言った。それを聞いて、傍らから増尾新蔵が進み出て、

「願わくは、某も共に行かせて下さい」

と言った。義清は大いに悦び、

「両人が向かうのであれば、我は何んで憂えることがあろうか。早々幸隆の首を見せよ」

と五千余騎を授けた。よって両人は早々に準備をし、葛尾を出立して岩尾へと押し寄せた。

一方、真田幸隆は、「此の度村上勢が向かう」と聞いて、

「そうであろう。先ずは手配りをしよう」

と言って、海野六郎・筧十兵衛に五百余騎を添え森島の此方に陣を取らせた。村上勢の先鋒の佐栗三河之助は千七百余騎で此処迄押し来たって、双方暫らく睨み合っていた。真田方から海野六郎が真っ先駆けて討って出ると、村上勢からは、

「我こそは保田多兵衛であるぞ」

と名乗って鉾先三尺（約〇・九メートル）ばかりの大身の鎗を引っ提げ出て、海野と追い

つ返しつして戦った。保田は聞こえる大剛の者なので、海野の鎗を撥ね返し胸板の辺りを鎗の石突で突いた。海野が馬から逆様に落ちる処を鎗で刺そうとすると、一人の武者が馳せ来たって、矢庭に保田多兵衛を引っ掴み我が鞍壺に引き据え、エイヤと首を捻じ切った。海野が驚いて是を見ると、真田方に名を知られた筧十兵衛であった。敵味方共に皆舌を震わし恐れ戦き、馳せ向かおうとする者はいなかった。其処へ、紺糸の鎧に六十四間の星冑を着し、樫の木の一丈（約三メートル）余りの棒に鉄の筋金打ったのを振り廻し陣頭に進み出て、

「唯今の振る舞い天晴とお見請けした。我こそは村上勢の中で人にも大剛と呼ばれる増尾新蔵なり。聊か手並みの程を見給え」

と言うより早く、ヤッと打って掛かった。筧は是を聞いて、カラカラと打ち笑い、

「汝は我を知らないか。漢土の樊噲（註①）、我が朝の朝比奈（註②）とも力を争う筧十兵衛虎秀であるぞ。イザ汝をも捻じ首にして呉れよう」

と言いながら増尾が打ち込む棒を掻い掴んで諸手を掛けてエイヤと引くと、増尾も聞える大力なので双方暫し捻じ合った。その為、さしも太き樫の棒も洗箒の如くに捻じ切れてしまった。すると、増尾は馬に乗った侭筧に無手と引き組んだ。筧は騒がずに揉み合っていたが、双方聞こえる大力なので両馬も足を立て兼ねて組んだ侭に落ち重なってなおも暫く

揉み合う内、筧の力が優っていたのであろう、頓て増尾を取って押さえ首を掻こうとした。しかし、何を思ったのか郎等を呼び立てて手取り足取り縄を掛けてしまった。村上勢は大剛の勇士の一人は討たれ、一人は生け捕られたのを見て、残兵共は気を挫かれて引き揚げた。筧の働きによって、その日の軍は終了した。

その夜真田幸隆は諸将を集め、「何とかして楽岩寺を討ち取ろう」と手分けをした。南の方鐘が峰の右手には相木森之助に火薬と焼き種等を多く用意させ、専ら火攻めをさせる為に伏せ置き、左手の木立の間には海野六郎・別府治部右衛門に五百人を添え鉄砲を用意して伏せて置き、鐘が峰の後ろには筧十兵衛虎秀の一手を伏せて置いた。此のようにした上で、穴山小左衛門・望月玄蕃の五百人は夜明け方に森島迄押し出して備えた。此の時村上勢の剛勇の大将の楽岩寺は、昨日の戦いで保田は討死し、増尾は生け捕られたので両腕を取られた如く忙然としていた。然りとて義清の前に出て申し述べた広言が有るのでおめおめとは帰れず、「どうしたら良いだろうか」と少し臆して見えた。其処へ、夜の明けるや否や真田方の望月玄蕃の五百余人が、一同に鬨を作って討って掛かった。村上勢の先陣の佐栗三河之助の千騎が、同じく鬨を合わせて駆け合わせた。望月は勇なりと雖も衆寡敵せず、散々に逃げ走った。それを見て村上勢は気を取り直し、

「敵は色めくぞ。此の度の恥辱を雪ぐは今だ。一人も残さず追い討ちにせよ」

と進んだ。真田方の穴山小左衛門が入れ替わって大いに戦ったが、是も叶わず敗走した。楽岩寺は大いに勇んで、

「薬師寺と保田の弔いである。此の機を外さず幸隆を討ち取れ」

と勢い駆けて追い討った。穴山・望月は逃げ迷うようにして岩尾へは帰らず、鐘が峰を指して敗走した。それを何処迄も追って行こうとする楽岩寺に向かって、佐栗三河之助は、

「若し此の敵を鐘が峰迄追って行く時は、必ず真田の謀計に当たるだろう。早々引き返されよ」

と止めた。是を聞いた右馬之助は、「大事なことを忘れていた。岩尾へ引くべきを、鐘が峰の方へ逃げるのは一物が有るな。恐るべし。恐るべし」と馬を止めた。其処へ穴山・望月が取って返し、戦っては走り、走っては戦い、或いは罵り、又は嘲ったので、物に堪えぬ楽岩寺は佐栗が諫めをも打ち忘れて無二無三に追って行った。すると、鐘が峰の坂中で一声の鉄砲が響くと、その侭峰の後ろから筧十兵衛虎秀が真っ先に、五尺六寸（約一・七メートル）の大太刀を打ち振り打ち振りして進み、五百余人がドッと喚いて打って出て来た。村上勢は、「さては敵の伏勢があるぞ」と騒動した。それを見て、穴山・望月が大返しに取って返して筧と共に攻め戦った。村上勢は思いも寄らないことなので、散々に切り崩されて後ろへ引き返そうとした。其処へ左手の岡から海野六郎・別府治部右衛門の精兵

が鉄砲の筒先を揃え撃ち出したので、村上勢は大いに驚き、周章てふためいて途を失ない、唯的に成って死する者は数知れなかった。相木森之助が行く先へ柴薪を積んで焼き立てたのが、折しも山風が烈しく焔々焼々として燃え上がった。その為、漸々遁れ帰ろうとした楽岩寺右馬之助を始め、佐栗・諸口・井田の軍勢は前後を敵に囲まれて防ぎようもなかった。

(註)

① 「漢土の樊噲」とは、秦末から前漢初期にかけての武将で、劉邦に仕え、建国に尽くした。

② 「我が朝の朝比奈」とは、朝比奈三郎義秀のこと。和田義盛の三男で、安房国朝夷郡（現南房総市）を所領としたことから朝比奈を名乗り、鎌倉幕府の創設に功を立てたことで知られる。

三十二　楽岩寺・佐栗の両士戦死の事 並びに村上義清上田原合戦の事

真田幸隆の謀計に欺かれた楽岩寺右馬之助・佐栗三河之助・諸口・井田等は、鐘が峰の難所に包まれ前後左右より攻め立てられたので、村上勢は勇敢であるとは言え出ることが出来なかった。鉄砲に撃ち縮められ、楽岩寺・佐栗・諸口・井田を始め千五百騎が火に包まれて焼死した。此の旨が甲府へ注進されたので皆々は大いに勇み立った。そして飯富・板垣等が、

「村上の滅亡は近い。きっと、此の仇を晴らそうと義清自身が岩尾へ向かうでしょう。如何に幸隆に智計が有るとは言え、村上の大軍には叶わないでしょう。就きましては大将自ら早々出馬され、隙に乗じて村上の本国迄も征伐下さい」

と勧めた。晴信は「実にも」と同意して、天文十六年（一五四七）丁未八月二日に、「真田を援おう」と甲府を出馬して上田原（註①）に陣した。

一方、村上義清は信頼していた楽岩寺右馬之助・佐栗三河之助等が又々真田の為に討たれたので大いに怒り、「早々真田を征伐しよう」と準備していた。其処へ、「晴信自身が上田原に出張って来た」と報告があった。それを聞いた義清は、

「敵に義清の鋒先を侮られることは、何とも口惜しい。それと言うのも、近頃味方の将士を多く討たれたからである。此の度晴信が上田原へ出陣したのは、願ってもない幸いである。我が旗本を以て晴信の旗本へ打ち入り、快よく有無の一戦を遂げよう」

と言った。すると、傍らから小沼川舎人が進み出で、

「去年真田に討たれた薬師寺・清野は勿論、当春討たれた楽岩寺・佐栗は何れも一騎当千の勇士です。又その節討たれた諸卒は皆々強勇の者共です。その為今残る面々は未だ左程の武功もなく若手の者共が多いので、甲州勢の場数を経た勇士に駆け合わせるには心元なく思われます。その上山本・真田と言う軍師がいますので、今軍を出しても味方の捗々しい勝利はないでしょう。とすれば、深いお考えが有って然るべきと存じます」

と眉を顰めて言った。義清は、

「我、此の度の合戦は強いて領土を争うのではない。只管真田か、晴信の首を得ることを欲するだけである。よって此の度は軍勢の多少を論ずる積もりはない。我と死を共にしようと思う者共は従え」

と大いに怒った。血気盛んな若者共が我も我もと馳せ集まり、その勢は都合七千余人になった。葛尾の城を出発して、坂木の道から千曲川を打ち渡り上田原に対陣した。

村上勢の旗の手を見た真田幸隆は、直ちに大将武田晴信の前に出て、

「何卒此の度の先鋒は、某に仰せ付け下さい」

と望んだ。晴信は、「此の度の義清の出陣は全く真田を悪み有無の合戦を心懸けるものと思われる。就いては、彼の鉾先は必ず猛勇であろう。若しも幸隆が討死したなら、如何しようか」と遠慮を廻らして、

「幸隆は小荷駄を守れ」

と言ったので、真田は是非もなく後陣に控えることとなった。

晴信は、先鋒は板垣駿河守、二陣は飯富兵部少輔・小山田備中守・同左兵衛尉・武田左馬之助信繁。その次は晴信の本陣とし、右に山本勘助・甘利新蔵、左に馬場民部少輔・内藤修理之助、後陣は真田弾正忠幸隆・同嫡男源太左衛門信綱・相木森之助・筧十兵衛・望月玄蕃・海野六郎の八百余人と手分けをした。又晴信の旗本から五丁（約五四五メートル）程下がって、原加賀守昌俊の三百余騎が物見のように開いて備えを立てた。是は山本勘助の軍配によるものであった。是を真田家では、締まり備えとか言うとのことである。

斯くて八月二十四日辰の刻（午前八時頃）先鋒の板垣信方は三千五百余人を五手に分けて、臨機応変に対処しながら陣鐘を鳴らして攻め寄せた。

それと見るより村上勢は重なる恨みが有るので、我先にと打って掛かり切れども突けど

もことともせず、切り入り切り入り揉み立てた。すると、板垣駿河守の郎等の中で一騎当千と呼ばれる曲淵小左衛門・三科肥後守・広瀬郷右衛門の三人が、面も振らずに村上勢に突いて入り、東西南北に薙ぎ立て突き立て命を惜しまず戦った。その為、さしもの村上勢も崩れ掛かろうとするのを見て、村上方の原田十郎左衛門・八木惣八・相野一齊を始めとして、曲淵・広瀬・三科と鎗を合わせて、陽に開き陰に閉じ千変万化に切り結んだ。しかし、終に曲淵小左衛門は八木惣八を突き落とし、広瀬郷左衛門は相野一齊を薙ぎ倒し、三科肥後守は原田十郎左衛門を討ち取った。然なくも乱れ掛かった村上方の先陣が一度にドッと崩れ立ち二陣の備えに雪崩れを打って退いたので、二陣の備えも是が為に押し崩されて右往左往に敗走した。板垣駿河守は思いの侭に敵を追い散らし、自身は人数を纏め味方を離れて悠々と此の日に討ち取った百五・六十級の首を実検しているのは実に不敵に見えた。

　今朝の合戦に討死した八木惣八の兄の安中一藤太と言う者が、我が弟をむざむざと敵に討たせてしまったことを残念に思っていたので、なおも斥候の為に板垣の陣を窺い見ていた。そして、信方が味方を離れ首実検しているのを見て、是こそ天の与えと大いに悦び、早々陣へ帰って上条織部と談合し、五百余人を二手に分け旗指物を巻いて此方の藪蔭より敵の後ろへ廻りドッと鬨を作って打ち入った。すると、信方は少しも騒がずに馬を引き寄せて打ち跨がり、僅か百騎ばかりの勢に下知して戦った。けれども、味方を離れた小勢の為に士卒は此処彼処に隔てられ、信方は勇将とは言え散々に打たれ、敵の囲みを出ることも出来ず、「今は是迄」と太刀真っ甲に指し翳し上条織部と戦った。其処へ安中一藤太を始め八方より鎗襖を作って突き掛かったので、信方は数か所の疵を蒙り遂に討死してしまった。

　村上勢は是に勇気を得て、一度に取って返し甲州勢に討って掛かった。二陣に備えた飯富・小山田・武田等が繰り出して、双方火花を散らして戦ったが、人に知られた甲州勢なので暫くの間に村上勢を切り崩しサッと捲り返した。

　一方村上義清は、「此の度こそ九死に一生の軍をして晴信と勝負を決しよう」と思っていた。今味方が追い返されるのを見て、萌黄縅の鎧に裾金物繁く打ったのを着し、金の鍬形の前立の冑を着して、四尺三寸（約一・三メートル）重代の正宗（註②）の太刀を佩き、村雨と名付けた鹿毛の名馬に悠然と打ち乗った。そして、

「村上天皇の後胤村上左馬頭源義清是に在り。我と思わん者は義清に従って高名せよ。今日こそ晴信・幸隆の首を見ない内は一寸も引かないぞ」

と、兵士二千余騎を前後左右に従え、群がり立った甲州勢の中へ無二無三に突き入った。晴信の旗本を目掛けて駆け立て、阿修羅の荒れた如く薙ぎ立て薙ぎ立て馳せ廻ると、勝ち

誇っていた甲州勢も近付く者がなかった。その為、難なく晴信の旗本に切り入って、「大将は何処か」と見渡す処に、股野新兵衛・小家喜市・早尾多八を始めとして「此処こそ大事」と踏み止まり、「日頃の恩義に報いるは此の時なり」と村上に切って掛かった。義清は少しも躊躇わず、彼の正宗の打った太刀で切って廻ると、鎧・冑を厭わず袈裟懸け或は車切り、俎上の瓜を割る如く、此の太刀先に向かう者は一人として命を全うする者がなかった。義清は、何とかして晴信に出会おうと彼方此方と見廻す処に、卯の花縅の鎧に諏訪法性の兜を着け、黒く太く逞しい駒に金覆輪の鞍を置いて紅の厚総掛けて打ち乗った大将がいた。義清は、「是こそ晴信」と見て、真一文字に馳せ寄って件の太刀を以て兜の真っ甲をハタと切りつけた。晴信も抜き合わせて二打ち三打ち打ち合ったが、二・三か所の手傷を受けた。痿む処を義清が付け入り付け入り切り立て、晴信が既に討たれようとする処へ相木森之助が大長刀を水車の如く廻して、義清の乗った馬の平首へ切り付けたので馬は屏風を倒す如くに倒れた。森之助が馬から飛び下り、義清の首を取ろうとすると、楽岩寺兵太夫・由井惣兵衛・尾上九兵衛等が駆け隔てて主人義清を中に囲んで引き揚げた。甲州勢は、

「村上を討ち取り首を掻こう」

と叫びながら、何処迄もと追い掛けた。

（註）

①真田幸隆の岩尾城は、現佐久市岩村田にある。武田晴信が着陣した上田原は現上田市上田原であり、岩尾城からは直線距離で約三〇キロメートル、村上義清の葛尾城からは同じく約八キロメートル。位置関係からして、出陣の目的が「真田を援おう」ということには、違和感がある。

②正宗は、相模国（現神奈川県）で鎌倉時代から南北朝時代初期にかけて活躍した刀工。

三十三　村上義清大敗軍の事並びに義清、景虎を頼む事

村上義清は危うき命を諸卒に助けられ、漸く味方の中へ引き退いた。真田幸隆は村上勢の本道を断ち切って、「義清が葛尾に帰ろうとするなら、討ってやろう」と待ち構えてい

た。義清が乗り替えの馬に乗って葛尾を指して引いて行くと、白地に六文銭の旗を押し立てて、

「信州岩尾の城主真田幸隆、義清殿の首を申し受ける為に待っていたぞ」

と言いながら、筧十兵衛虎秀が大太刀を振り真っ先に切って出た。村上勢は此処でもまた大いに敗北して、本道を塞がれ葛尾へ帰ることが出来なかった。漸々辛くも命を助かって猿ケ馬場の峠を下り桑原へ打ち出て、それより小市（註①）へ渡って深山に分け入り、峰へ登り谷へ下りて越後の国へと落ちて行った。

甲州勢は村上義清を一戦に破ったが、古老の勇将板垣駿河守が討死し、その外士卒千七百余人が討たれた。しかし、思う侭に敵兵を破ることが出来たので勝鬨をあげ甲府へ帰陣した。

此のことを聞き伝えて、伊奈新九郎・同新左衛門・高坂弾正・井上主馬・戸倉左衛門・綿貫左京大夫・須田斉宮・高梨右衛門・仁科・瀬場要人を始めとして村上旗下の面々が降参して甲府へ出仕したので、武田の威勢は更に強大なものと成った。

一方村上義清は上田原の合戦に打ち負け、桑原より小市を過ぎ山道を漸々に越えて越後に到って、春日山の長尾太郎景虎の城に至り対面を乞うた。此の時景虎は十八歳であったが、義清に対面して訳を尋ねた。義清は、

「真田に謀られ薬師寺・清野・楽岩寺・佐栗の四将を討たれ、此の度の上田原の戦では有無の一戦を遂げようと晴信の旗本へ切り入った。十の中九迄仕遂げたのに、残念ながら真田の家臣相木森之助に遮られ晴信を討つことが出来なかった。そこで本城の葛尾に帰ろうとしたが、真田幸隆に道を遮られて帰ることが出来なかった。弥々切腹を考えたが、死ぬのは易しと恥辱を忍んで此処迄参った。貴殿と我とは先祖より武威を争って来た仲であるが、今迄の宿念を捨てて降参する。我が本国葛尾の城を取り返して頂けるならば、悦び是に過ぎない。その替わりには越後にある所領を悉く進呈する」

と余儀もなく頼んだ。是を聞いた景虎は、

「其許もきっと聞いていると思うが、我が父為景入道道七は加賀・能登・越中・越後の間に武名を輝かし、北国に名を顕したとは言え不運にして遂に越中の賊徒に討たれてしまった。その時、景虎はまだ猿松丸とて十三歳であったが、遂に父の敵を討って漸く恨みを晴らした。とは言え、此の景虎は何とか父の存念を継いで加賀・能登・越中を従えて後上洛し、将軍義晴公に謁して天下の権を掌に握り武名を四海に輝かし、名を後代に残そうと思っている。しかし、若輩の景虎に頼むとの一言は何とも黙止し難い。何事も打ち捨てて晴信と一戦し、頓て其許を葛尾へ帰城させ申そう。就いては晴信の軍立ては如何なるものか承知して置きたい」

と言った。義清は、

「晴信は父信虎に優って軍慮に賢く、その上山本・真田二人の軍師がいて軍略を助けるので尋常の敵ではありません。随分御用心下さい」

と答えた。景虎は、

「成る程、聞いた通りの名将であるな。我は先ず信州に打ち出て、親しく晴信の軍立てを窺って見よう」

と言った。そして、直江・柿崎・甘粕を引き従えて惣勢六千余人、天文十六年（一五四七）十月九日に春日山を出発して信州に出張し、敵地を彼方此方放火して武威を示した。その為、此のことの甲府への注進は櫛の歯を挽く（註②）が如くであった。晴信は大いに驚き、早々諸将を集め評議した。山本晴幸・真田幸隆の両人が進み出て、

「景虎は戦国の龍です。相手に取って恐るべき敵です。仮令景虎に勝ったとしても、功とは成りません。負けた時は、大い成る味方の恥辱です。兎角軍を大切にして負けぬようにすることこそが肝要です。小勢であっても侮ってはなりません。勇は項羽に勝り、智謀は張良・孔明を欺く侮り難い大敵です」

と言った。晴信は、「道理である」と同意し、

「真田・山本の指揮に従うように」

と触れを出した。そして、暫くしてから出馬を決めた。

（註）

① 『三代記』には「古市」とあるが、訳者が「小市」に訂正した。小市は現長野市安茂里にあった村の名である。

② 「櫛の歯を挽く」とは、櫛の歯は一つ一つノコギリで引いて作ったことから、物事が絶え間なく続くことの譬えとして用いられる。

三十四　幸隆智計景虎を苦しめる事並びに真田信綱武勇の事

長尾景虎は村上義清に頼まれ、六千余人を引率して信州海野の原（註①）に出張した。此のことが甲府へ注進されたので、武田大膳大夫晴信は甲府を進発して、小諸を越え同じ

く海野の原に出張って対陣した。すると長尾景虎は、呉服兵左衛門と言う者を晴信の陣へ使者として遣わし、

「上田原の一戦に敗北した村上義清が此の程我が方へ来て、何卒再び葛尾へ帰城させて欲しいと不肖の景虎に依頼があった。我が家は義清とは数代怨敵の中にあるとは言え、余儀なく頼まれたのを聞かないのも武門の義理に疎くもあるので是非なく此の度の如くになった。今斯様に対面して諸卒を労することは此方の最も好まないことなので、村上義清に葛尾をお返し下されるなら、景虎は軍を収めて帰陣致そう。此のこと承知戴けないならば、是非なく一戦を快よく遂げる積もりだ」

と理を尽して申し送った。

　山本と真田は此の趣きを聞いて、「事の由が明らかである」と大いに感じた。しかし、晴信は、

「景虎殿が今度義清に頼まれ、当地へ出張とのこと神妙に存ずる。しかし、義清に葛尾を返せば軍を引くとのこと、一応道理のようでもあるが、弓矢の上で切り取った城を謂われもなく返すことは、晴信の首が胴に付いている中は決して有りえない。とは言え、此方から軍は仕掛けない。其方より仕掛けがあれば、是非もなく一戦仕る」

と答えた。景虎は聞いて、さてさて、是非もないことであると合戦の用意をした。

一方晴信の方でも、それぞれ手配りを定めた。先ず右の先鋒は小山田備中守・相木市兵衛・望月甚八・芦田下野守、左の先鋒は小山田左衛門尉・小曽甚八・塩尻五郎左衛門、二陣は栗原左衛門・須田淡路守、次は晴信の旗本勢、後備えは真田弾正忠・同源太左衛門信綱、旗本の右の方には飯富兵部少輔が鋒花（鋭く縦）に備えた。旗本の前備えは馬場民部少輔・内藤修理亮・日向大和守・勝沼入道・穴山伊豆守・武田左馬之助信繁が雁行（はすかい）に備えた。後備えは原加賀守昌俊であった。

是を見た長尾景虎は龍の丸に備えて、晴信の旗本へ切り入ろうと計った。越後勢の先鋒長尾左近之助正景は、甲州勢の先鋒小山田備中守と散々に戦ったが打ち負けて引き退いた。入れ替って、直江山城守・柿崎和泉守・同上総之助の三将が小山田左衛門尉の備えに突いて掛かった。甲州勢の栗原左衛門は、甘粕近江守の陣に切って入った。両軍入り乱れて血戦数刻に及んだが、俄かに景虎の後備えが乱れ立って大いに騒動した。是を見て甲州勢は、

「スハヤ、敵は色めくぞ。追い打ちにしよう」

と言って我も我もと追い掛けようとした。真田幸隆は、

「今敵が俄に崩れ立つのは、景虎の謀である」

と是を制し、甲州勢を纏めて堅く備えを立てた。処が相木市兵衛と芦田下野守は如何に

思ったのか、真田の下知を聞き入れずに遠く味方を離れて追い掛けた。景虎は十分敵の人馬を労れさせて一度にドッと取って返したので、相木市兵衛・芦田下野守は案に相違し一戦にも及ばずに散々に逃げ走った。すると、長尾勢の中から宇佐見駿河守が横鎗を入れて突き伏せ突き伏せ、相木市兵衛に突いて掛かった。市兵衛が心成らずも戦っていると、右の方より山吉玄蕃介がドッと喚いて駆け出て芦田下野守に突いて掛かった。芦田・相木の二人は魂を失い肝を冷やして既に山吉・宇佐見の為に討たれると見えた。其処へ、六文銭の旗を押し立て長尾勢の横合いより打って入り、縦横に切り散らして相木・芦田を救い出し、なおも宇佐見駿河守の勢と戦い勇を振るうこと、人なき処を行くが如く東西南北へ切り散らし十八騎迄切って落とした者がいた。その荒れに荒れたる有様を為したのは、真田が勇将筧十兵衛虎秀であった。よって景虎も筧の働きを見て、「長追いをしてはならない」と軽く軍を引き上げた。相木・芦田の両人は、

「筧虎秀がいなければ、遁れ間じき命であった」

と言って晴信の前に出て罪を詫びた。晴信は大いに怒って、

「其の方等は真田の下知に従わず、多くの諸卒を失った。軍法に従い重い処罰を行うべき処ではあるが、特別今日は免し置く。此の恥は後日の戦功を以て補え」

と言った。相木と芦田は大いに恥入って引き退いた。晴信は山本・真田の両人を呼んで、

「今日の合戦を以て、景虎が如何なる者なのかを其の方等は知ったか」

と問うた。山本・真田の両人は、

「景虎の英名は予て聞き及んでいます。果して、彼の為す処には良計があました。是から景虎と戦う時は、決して敵を侮ってはなりません。景虎に負けたならば、味方の恥となります。又勝ったとしても強ち功とは成りません。その訳は、景虎は未だ若将だからです。さてさて、難しい対陣となりました」

と言った。晴信も

「実にそう思う」

と言って、是より大いに気遣った。

此の時、景虎もまた武田勢の固きことを知って、

「長く陣を張って睨み合っても詮がない」

と言って、その夜の中に陣払いして、柿崎和泉守・山吉玄蕃を後殿として春日山へと帰って行った。尤も敵の追い慕うであろうことを恐れて篝りを多く焚かせ、景虎が対陣しているように見せた。真田幸隆は此の様子を考え知って、「景虎に肝を冷させてやろう」と家嫡源太左衛門信綱・相木森之助・海野六郎・筧十兵衛・穴山小左衛門等に三百余人を授け、鉄砲の手練を撰んで唐割峠（註②）に埋伏させ、彼の武将を喰止めようと計った。長尾勢は

斯かることとは知らずに越後を指して引き行く途中、唐割峠に指し掛かった。景虎は遙かに此の山の体を星影に透し見て大いに驚き、

「山の姿が怪しい。今山間に殺気が立ち昇るのは、必ず敵の伏勢があるからである。誰か斥候をせよ」

との声の終らない中に、一声の鉄砲が響いた。それを相図に峠の方より大小砲を一時に撃ち掛けたので、越後勢は大いに恐怖し矢庭に五十人計り生死も知れずに倒れた。景虎は、

「やはりな」と備えを立てて驚く味方を制し、

「敵は小勢に違いない。冑の鉢を傾け鎧つぎして矢玉を避け、楯を被いで攻め上れ」

と下知した。越後勢が楯を被ぎ、声を出して我も我もと攻め上ると、六文銭の旗をサッと靡かせて真田信綱・相木・穴山・海野・筧等一騎当千のもの共が切って出て、当たるを幸い薙ぎ立て薙ぎ立て戦った。越後勢の中からも阿保宗左衛門が、鎗を取って真田源太左衛門に突いて掛かった。信綱も鎗を以て立ち向かい、双方暫し戦った。宗左衛門が信綱の鎗を薙ぎ落とし一突きに突こうと付け入る処を、信綱は若年ながらも早業の者なので、身を交して宗左衛門の鎗を奪った。そして、宗左衛門が太刀へ手を掛ける処を唯一突きに突き倒し首を取った。

（註）

① 「海野の原」は、現東御(とうみ)市海野。

② 「唐割峠」は調べてみたが、はっきりしない。

三十五　長尾景虎(かげとら)難戦の事並びに弾正忠(だんじょうのちゅう)幸隆(ゆきたか)薙髪(ちはつ)の事

景虎は真田が智計に当たり此処(ここ)を先途(せんど)と戦ったが、元来(もとより)不意を討たれたことなので越後勢は大いに敗れて討死(うちじに)・手負(てお)いは数知れず、右往左往に成った。其処(そこ)へ景虎の前を遮(さえぎ)り、一手の勢(せい)が出て来た。是(これ)は真田幸隆で、伊勢崎五郎兵衛(ごろべえ)・望月玄蕃(もちづきげんば)・増尾新蔵(ますおしんぞう)を従えていた。此(こ)の増尾は村上義清(よしきよ)の臣下であったが、去年森島の合戦に筧十兵衛(かけいじゅうべえ)が生け捕って、利害を説いて幸隆の臣下にした大剛(だいごう)の勇士であった。さて景虎は為(す)べきようなく、幸隆を甘粕(あまかす)・山吉等を以(もっ)て防がせ、後は柿崎・宇佐見・直江を以て戦わせたが、難処の山路と言い暗夜にて打つ太刀さえも見えない程であったので、双方討死する者数知れず散々に決戦した。然るに筧十兵衛は越後勢を切り散らし、景虎の旗本へ切り入って「大将を討ち取ろう」と見廻る処に計らずも行き合った。筧は雷の落ちる如き声を出して、

「景虎、ござんなれ」

と討って掛かった。景虎が相手には悪い敵であると道を奪って引き外すと、筧は獅子の怒りを為し、

「汚いぞ。返せ」

と追い掛けた。それを柿崎孫次郎始め四・五騎が群々と駆け隔て、筧に向かって突いて掛かった。十兵衛は大いに怒り孫次郎を一刀に切って落とし、その外佐々権八・前田兵五郎・布下・藤田等皆々を討ち取った。景虎が危うき処を免れ唯一騎馳せ行く処に、何処から共なく鉄砲の玉が飛び来たって馬の平首を撃ち抜いた。馬は屏風を返す如くに倒れ、景虎も田の中へ落ち入った。漸々這い上がった時に、武者一騎が駆け来たった。景虎が「敵か味方か」と星影に透し見れば、直江山城守兼続であった。景虎は大いに悦び、

「景虎なるぞ」

と声を掛けると、直江は驚いて馬より飛んで下り、我が馬に景虎を乗せて越後を指して落ちて行った。追々柿崎・甘粕・宇佐美・山吉が追い付いて来た頃には、早夜も白々と明け

渡った。景虎は思いの外に敗北して、早々越後へ引き退いた。真田幸隆は思いの侭に敵を退却させ勝鬨を執り行って、討ち取った首級六百余級を持たせ勇み悦び帰陣した。そして、晴信の前に出て様子を申し述べると共に、首を実検に備えた。晴信始め諸将は皆々大いに感じ、「実に真田は鬼神も怖れる良将である」と称えぬ者はなかった。晴信は今度信綱の働きを聞いて甚だ感じ、

「実に虎の子に犬はなしとは、此のことを言うのであろう。信綱の行く末頼母敷く思うぞ」

と言って国俊（註①）の打った太刀を手ずから賜った。

その年も暮れて、明くれば天文十九年（一五五〇）三月二日、武田晴信は甲府にて軍議をした。そして、「再び小笠原・木曽を攻めよう」と甲府を進発した。此の時長尾景虎は、「先敗の恥辱を雪ごう」と越後を立って、関山を越えて長沼へ討って出た。此のことが武田方へ聞こえて来たので晴信は、「然らば景虎と対陣しよう」と猿ケ馬場に打ち上がり深志の道を取り切って本陣を据えた。景虎も又長沼を押し出し犀川を前に善光寺近くに押し上って旗本（本陣）を備えた。

翌日甲府勢は桑原より打ち出て来たので、景虎も犀川を渡って掛かって来た。甲府勢の右備えは飯富兵部少輔、左備えは小山田備中守・真田幸隆で、晴信の前備えは左馬之助信繁・穴山・馬場・内藤・浅利・日向・諸角等であった。後陣は芦田下野守・栗原左

衛門が備えを立てた。一方、景虎方は魚鱗に備え、柿崎・甘粕・直江・山吉等順序を追って繰り出し、双方鉄砲を撃ち掛け、矢を射違え煙りの下より鎗を合わせ、此の度は敵味方ともに名を惜しみ義を重んじ、命を鴻毛よりも軽んじ互いに、

「引くな。引くものか」

と励まし合い、揉み合い揉み合い入り乱れ鎬を削り鍔を割り、切先より出る火は稲妻よりも烈しく、血は流れて川をなし、骸は積んで丘と成り、二時（四時間）あまりは土煙が天を覆い、馬蹄に血を濺いで戦った。その内に、日は西山に没したので双方共に引き鐘を鳴らして軍を収めた。

　翌日景虎より使者を以て、

「越中・能登の辺に掛りたいので、晴信殿にも暫く軍を治めて下され」

と申し送った。是を聞いた晴信が、

「其許が越中・能登にお働きとの義、道理に存ずる。その内は此方も合戦を止めよう。然し義清を葛尾へ返すことは御無用。此の儀を思い止まるならば両家和睦を為し、共に大望を遂げ合おう」

と答えたので、双方陣払いして各々帰国した。

　その後、同年十二月二十日に晴信は禅僧桃首座当松庵（註②）を招いて卦を取らせると

「吉」と出た。晴信は翌年二月十二日入道し、此の旨を三條中将実綱卿を通じて、帝へ奏聞した。晴信は道号を徳栄軒、法名を信玄と号した。此の時同様に入道し、原美濃守は清岩、山本勘助は道鬼、小幡入道は同意、長坂左衛門は鈎閑と号した。真田幸隆は一徳齊と改めた。是より嫡子源太左衛門信綱を陣代として甲府に勤士させた。

その後も信玄は、景虎と度々合戦した。

（註）

①「国俊」は鎌倉後期、山城（現京都府南部）に栄えた来派の刀工。

②「桃首座当松庵」とはどのような人物か、調べてみたがはっきりしない。

三十六　幸隆苅谷原の城を攻め落とす事 並びに真田昌幸初陣高名の事

天文二十一年（一五五二）、関東管領（註①）の上杉憲政は累代北條家と雌雄を争って来たが、遂に打ち負けて越後国へ落ち行き、長尾景虎を頼み「我が姓氏及び管領職を譲り本意を達しよう」と望んだ。景虎は悦んで是を承諾し、長尾を改めて上杉弾正大弼と名乗った。その後足利将軍義輝公の諱の一字を拝領し、名を輝虎と改め、法体し上杉弾正大弼輝虎入道謙信と号した。そして、憲政と共に上野国へ打ち向かい処々の戦いに打ち勝って上杉の勇名を顕し、戦場に隙がなかった。

一方、信州岩尾の城主真田弾正忠幸隆入道一徳斎は、「時分は宜し」と九月二日岩尾の城を打ち立ち、上杉の旗下太田弥助持定の楯籠る苅屋原の城（註②）を攻めようと二千五百余騎で向かった。相従う人々には嫡男源太左衛門信綱・二男兵部丞昌輝・三男喜兵衛昌幸（十四歳）、臣下には穴山小左衛門入道源覚・伊勢崎五郎兵衛・望月玄蕃・筧十兵衛虎秀・相木森之助昌続・同森右衛門昌綱・布下弥四郎貞家（十六歳）・海野六郎・増尾新蔵を始めとして一騎当千の逞兵であった。岩尾の留守居には別府治部右衛門・三好左衛門・根津甚左衛門を始め十余騎を残した。此のことが苅屋原へ聞こえて来たので、城主太田弥助持定は早速春日山へ注進し防禦の備えをした。此の太田弥助は上杉方にて一騎当千と呼ばれる大剛の者で、郎等の木辻別右衛門・本間九郎・中根宇右衛門等五百余人で楯籠った。真田方は三千五百余騎を三手に分けて、大手・搦手一時に鬨の声を揚げて押し寄せた。然共城兵は少しも驚かず敵を十分に木戸際迄引き付け、一時に迫間を開いて弓・

鉄砲を揃(そろ)え射出(いだ)し撃ち出したので、さしもの真田方も是に辟易(へきえき)し色めき立つ処に、城門を押し開いて城将太田弥助持定・木辻別右衛門・中根宇右衛門・本間九郎等が我も我もと突いて出て散々(さんざん)に駆け立てた。寄手(よせて)が二・三段（約二二〜三三メートル）押し返されるのを見て、真田喜兵衛昌幸は、「此の度初陣の高名をしよう」と紫縅(むらさきおどし)の鎧(よろい)に白星の冑(かぶと)を着して、鉾先(ほこさき)二尺（約〇・六メートル）余りの大身の鎗(やり)を引っ提(さ)げ勝ち誇った城兵の中へ面(おもて)も振らず割って入り縦横に駆け破る有様(ありさま)は、実(じつ)に不思議の若武者と見えた。折から城兵の中より、

「我こそは、坂井名八景国(めいはちかげくに)なり」

と名乗って、黒皮の鎧に四尺（約一・二メートル）余りの大太刀(おおだち)を真(ま)っ甲(こう)に指し翳(かざ)し薙ぎ立て薙ぎ立て切って廻った。そして図らずも昌幸に出会ったが、景国は真田が如何(いか)にも若武者であるを見てさしたる者とも思わず、その侭(まま)行き過ぎようとした。昌幸は声を掛け、

「真田喜兵衛昌幸を知らないか。引き返して勝負せよ」

と鎗を捻って突いて出た。景国は莞爾(にっこ)と打ち笑い、

「悄(しお)らしい若者の振る舞いである。イザ此の世に暇(いとま)を取らせてやろう」

と大太刀を振り上げ切って掛かった。処(ところ)が昌幸の鎗先が尖(するど)く近寄ったので、景国は大いに驚きながら戦っていた。昌幸の鎗先が景国の眼先で電光の如くに閃(ひらめ)き、景国の冑の眉庇(まゆびさし)を突き上げ忍びの結(お)を引き切った。仰向(あおむ)けに成った冑を景国が着け直そうとした。そこを昌

幸はエイヤと一鎗に突き落とし、遂に首を取ってしまった。昌幸は初陣に豪勇と聞こえの高い坂井名八を討ち取り、大いに悦んで退こうとした。本間九郎は昌幸の働きを見て、「天晴の若武者、遁すものか」と鎗を捻って突いて掛かった。昌幸は、「心得た」と馬を返して鎗を合わせ、十七・八合戦ったが更に勝負も付かなかった。其処へ布下弥四郎が馳せ来たって、昌幸に過ちの有ることを恐れ、本間に切って掛かった。昌幸はハッタと睨み、「是は我が敵である。主人の高名を奪ってはならぬ」と言いながら猶も本間と争っていたが、終に本間を突き伏せた。斯くて坂井・本間両人の首を鎗に結い付けて、静々と引き退いた。是を見る者は皆、「天晴の若大将である」と感じない者はなかった。此の日の戦いに真田方は三百余人が討たれ、討ち取った城兵は百余人であった。

真田入道一徳齊は計らずも士卒を多く討たれたので、一つの工夫をし諸卒に命じて近郷の藪を切らせ竹束を拵えさせた。その長は七尺（約二・一メートル）にして三尺（約〇・九メートル）廻り位に束ね、是を突き立てて、その間に矢狭間を開き車を付けて鉄砲を防ぐ準備をして進退を自由にした。今日の軍に諸卒が数多鉄砲で撃たれたので、「明日の合戦には、此の竹束を以て鉄砲を防ぎ城中へ乗り入ろう」との謀であった。

さて、翌日未明より真田勢は竹束を真っ先に押し立て攻め寄せた。城兵は昨日の如く弓

鉄砲を以て射立て撃ち立てたが、寄手は少しも恐れずに竹束を担ぎ矢玉を防ぎ攻め詰めた。真田一徳齊は、

「筧はいないか。森之助はいないか。早く城に乗り入れ」

と下知した。是を聞いて、筧十兵衛・相木森之助の両人は竹束の陰より躍り出て空堀に飛び入り飛び入り、城門を押し破ろうとした。折から、城将太田弥助は城門を八文字に押し開いて討って出た。是を見て真田勢は中を開き、「引き包んで皆殺しにせよ」と八方より攻め立て攻め立て取り籠めようとした。城兵の木辻別右衛門は大剛の者なので、真田方の騎馬武者を三騎迄切って落としなおも勇を振るった。相木森之助は是を見て、「天晴の敵である。斯様の者を討ち取ってこそ我が手柄と言えるだろう」と例の大長刀を水車の如くに廻して木辻に討って掛かった。木辻は、「是こそ真田家にその名の聞こえる相木であろう。天晴剛の者、我が相手に不足はない」と太刀を抜き翳して渡り合い、双方劣らぬ手練の早業で三十余合余り戦った。更に勝負も分かたないので、

相木は声を掛け、

「イザヤ、組もう」

と長刀を投げ捨て馳せ寄った。此方も太刀を投げ捨て、双方無手と引き組んだ。互に名を得た勇者と壮者、暫し揉み合っていたが相木の力が勝っていたのであろう。遂に木辻を

取って押え首を掻こうとしたが、何を思ったのか、腰から縄を取り出しで別右衛門を生け捕って後陣へと送った。城兵は勇なりと雖も、真田の猛将に駆け立てられ散々に成るのを見た城将の太田弥助は、「今は是迄」と思い究め、残兵二百余人を真ん丸に備えて幸隆の旗本へ切り入り、自身で勝負を決しようと大将を目掛けてドッと喚いて駆け出した。不動国行（註③）が打った三尺六寸（約一・〇八メートル）の太刀を以て当たるを幸い切って廻ると、持定の切っ先に向かう者の如何なる鎧冑も瓜を割るが如く十八人迄切って落とし、なおも勇を振ったので人なき処を行くに斉しく、既に幸隆の旗本近く切り入った。筧十兵衛は持定の横合いより躍り出、

「予て名は聞いているだろう。筧十兵衛虎秀、是に有り」

と大太刀を打ち振って立ち向かった。太田弥助は是を見て、「望む処の敵である」と双方馬を進め、陰に閉じ陽に開き丁々発止と打ち合っていたが、元来大剛の十兵衛なので未だ十合までしない中に持定の太刀を打ち落とした。持定が差し添えに手を掛ける処を、十兵衛は透かさず打ち込んだ。その太刀に冑の真向より胸板迄割り付けられ、持定は血煙りを立てて死んでしまった。大将が討たれたので士卒は思い思いに落ちて行った。中根宇右衛門は知らずに戦っていたが、「大将が討たれた」と聞いて、「今は是迄」と真田勢を切り散らし、右往左往に薙ぎ廻った。真田方の増尾新蔵は樫の木で拵えた一丈（約三メートル）

ばかりの棒に筋金を打ったのを取り延べ、逃げる敵を追い廻っていた処にハタと中根に行き逢った。双方、「望む処」と打ち合っていたが、中根は先刻よりの戦いに労（つか）れていたので遂に増尾に討たれてしまった。よって真田は勝鬨（かちどき）をあげて、討ち取った首を持たせて苅屋原の城を破却し岩尾へと帰城した。

註

① 『三代記』には「東国管領」とあるが、訳者が「関東管領」に訂正した。

② 「苅屋原の城」は、会田（あいだ）盆地南西部（現松本市四賀（しが））鷹巣根山（たかすねやま）に築かれた山城。「刈谷原城」とも言う。

③ 「不動国行」は、鎌倉時代の後期、山城（やましろ）に栄えた刀工集団「来派（らいは）」の実質的な開祖である。

三十七　武田信玄、木曽を討つ事並びに真田昌幸勇戦の事

武田大膳大夫晴信入道は、上杉謙信・木曽義昌・小笠原長時を何とかして誅伐しようと種々軍議を廻らしていた。其処へ、岩尾の城主真田弾正忠幸隆入道一徳斉が苅屋原の城を攻め落とし、大将太田弥助持定を始め二百有余の首級を送り悉く実検に備えたので、信玄は大いに功を賞した。その上に、
「喜兵衛昌幸は未だ幼年にも関わらず、坂井名八・本間九郎の両将を討ち取ったのは天晴の働きである」
と言って喜兵衛を安房守に為した上に、感状を下された。その文は、次の如くであった。

去る八月五日、苅屋原城に於いて首二ツ本間九郎・坂井名八を討ち取り候段神妙に候。弥々忠勤を抽んずべき者なり。依って件の如し。

天文二十一年（一五五二）八月日　晴信入道信玄（判）

安房守殿

斯うして真田安房守昌幸父子は、面目を施して岩尾へ帰った。

信州洗馬の城に、洗馬大隅守政秀（註①）と言う者が有った。数代木曽義昌の幕下にあったが、どうしたことか俄に心変じて信玄に降参を願った。それを聞いた山本道鬼（勘助）は、「進むことの早き者は、退くことも速やかです。洗馬大隅守が何の訳もないのに味方に参るのは、当国の武威を恐れてのことでしょう。とは言え、彼が今降参したとしても後に必ず背くでしょう。その時は木曽退治の妨げに成ります。一旦降参を免して、出仕して来たら早めに御成敗下さい」

と勧めた。信玄は「尤も」と思い、予て用意をしていた。明ければ天文二十四年（一五五五）正月、洗馬大隅守政秀は郎等の富松左京・田原甚六・松山大学等百人ばかりを従えて甲府へ出仕して来た。此方は予て期したことなので一蓮寺と言う日蓮宗の寺に寄宿させて置いて、信玄の下知で、その夜甘利左衛門尉晴長入道・長坂入道釣閑等七百余人にて押し寄せた。思いも寄らないことなので、洗馬の郎等共は大いに驚き、寺中は鼎の沸くが如く上を下へと騒いだ。すると、富松左京・田原新兵衛・同甚六・松山大学など百余人は、抜き連ねて切って出て当たるを幸い散々に切り立てた。その為、寄手も大勢なので乱戦となり討たれる者も多かった。洗馬は郎等が大勢討死するのを見て、「今は是迄」と覚悟の様子であったが、「死は一旦にして安く、生は難し。遁れられるだけは遁れよう」と寺僧の衣を奪い取って頭巾を深く被り、逃げて行く僧に紛れて裏門より逃げ出した。元より夜中のことなので咎める者もなく、一蓮寺を遁れ出て信玄を深く恨み此の仇を報じようと身を忍ばせていた。甘利・長坂の両将は、洗馬を討ち洩し安からず思ったが為すべきようもなく、此の由を信玄へ申し立てた。信玄は少しも動じないで、

「取るに足らない者が何百有っても、どうして恐れることが有ろうか」

と言って、甘利左衛門尉晴吉に洗馬の城を与えた。

　その後、信玄は木曽を攻めようと専ら用意をした。抑々信州木曽と言う処は山々が連なり岩石が峨々として古松・老桧が生い繁り、樵夫でなくては通う道もなく、案内者は有っても人数を集めるのに頼りとする人物もおらず、攻める術のない堅城であった。けれども信玄は、「何とかして木曽を征伐しよう」と甘利左衛門尉・馬場民部少輔・内藤修理・原隼人佐・同弾正忠昌綱・山本入道道鬼・真田源太左衛門信綱・舎弟兵部丞昌輝・同安房守昌幸等を大将として御嶽の城（註②）を攻めさせた。けれども、難所が多いので誰も進み得ないでいた。すると、原隼人佐昌勝が進み出で、

「某の父加賀守は甲州白旗（註③）の住人ですが、先公信虎公から武田家無二の忠臣と称えられていました。或る時異相の山伏がやって来て千切り（註④）の形取りを教え、此の形取りを所持する時は如何なる山中に分け入るとも迷うことなしと秘伝を授け、その後行き方

知れずになりました。父昌俊は形取りの委細(いさい)までは知り得ませんでしたが、是(これ)を馬印の紋としました。その後に某(それがし)へ相伝して、是を真っ先に押し立て行けば何時(いつ)も山中に迷うことが有りませんでした。よって此(こ)の度(たび)の先陣を某に仰せ付けられるならば、彼の千切りの馬印を真っ先に押し立て進みます」

と申し伸べた。聞いた信玄は、早速許(ゆる)した。

　先陣は原隼人佐、次は真田源太左衛門・同兵部丞・同安房守であった。昌幸は若武者なので

「人に先を取られてはならぬ」

と士卒に下知して進んだ。その次は武田左馬之助(さまのすけ)・甘利左衛門・馬場民部少輔・豊原・春日・内藤・跡部(あとべ)・今福等であって、惣勢五千五百余騎、我も我もと進んだ。聞きしに勝(まさ)る難所の山道ではあったが、先頭の原隼人佐に従って行くと、木曽義昌の籠(こも)っている御嶽の城の大手へ出ることが出来た。真田兄弟は真っ先駆けて、我も我もと攻め入ろうとした。

御嶽の城中では、「本道には関を据えたし、閑道は甲府勢が全く知らないはずなので、よもや是迄(これまで)攻め来ることは有るまい」と思っていた。それにも係(かか)らず、何時(いつ)の間にやら寄せ来たったので、「是は何処(いずこ)から勢(せい)が湧き出たのであろうか」と大いに騒動すること甚だしかった。然(しか)るに真田兄弟は早くも城門を打ち破って一番に乗り入ろうとする処に、木曽方

の鯰江左京・倉橋左衛門・木曽十郎右衛門・海方伊織等と言う一人当千の者共が城門を押し開いて一度にドッと切って出た。安房守昌幸は希代の勇将なので倉橋左衛門と鎗を合わせて戦い、十合余りで遂に倉橋を突いて落とし、なおも敵中に進んで行った。真田源太左衛門・同兵部丞の両人は、「弟に先を越されてなるものか」と同じく勇を振るって切り崩したので、城兵は防ぎ兼ねて皆城門へと追い込まれた。しかし、狭間より弓・鉄砲を雨霰の如くに射出し撃ち出し、大木・大石を投げ掛け、此処を先途と防いだ。武田勢は是をこととぞもせず、必死に成って攻め詰め攻め詰め難なく一の曲輪を攻め破った。

（註）

① 洗馬大隅守政秀は、洗馬の城（現塩尻市洗馬）の城主の三村長親の別名かと思われる。
② 木曽義昌の居城は福島城（現木曽郡木曽町）なので、「御嶽の城」は福島城のことかと思われる。
③ 「甲州白旗」は、現北杜市大泉町辺りと考えられる。
④ 「千切り」は、織機に使う糸巻きのことであるというが、「契る」にも通じることから家紋としても用いられた。

三十八　真田昌幸、伊奈九郎兵衛を討つ事
並びに木曽義昌、武田家と和睦の事

武田勢が原隼人佐を先頭に木曽の難所を煩うことなく大軍で押し寄せたので、木曽勢は大いに騒動した。真田源太左衛門・同兵部丞・同安房守の三人は原の人数と共に押し寄せた。真田の郎等には筧十兵衛・増尾新蔵・相木森之助・穴山入道・伊勢崎入道・海野六郎など一騎当千の輩が我先にとやって来て、遂に一の郭を乗っ取り、更に二の郭へと進んで来た。其処へ木曽勢の伊奈九郎兵衛と言う大剛の者が、洗い革の鎧に大半月の前立者に紅の母衣を懸け、長さ九尺（約二・七メートル）ばかり、重さ十六貫目（約六〇キログラム）の鉄の棒を留々と振り廻し、

「味方の振る舞いは汚い。一足も引かずに討死せよ」

と呼ばわり呼ばわり、真田勢に打って掛かった。その有様は大六天（註①）の荒れた如くであり、忽ち七・八騎を薙ぎ倒した。近寄る者もない処へ、真田昌幸が衝と馳せ寄り、

「宜しき敵だ。さあ来い」

と突いて掛かると九郎兵衛は是を見て、

「優しそうな小倅め」

と言い様件の棒で、「微塵に成れ」と打つのを昌幸はヒラリと身を替わし、右に乗り左に馳せ暫く支えて逃げて行った。伊奈が、「遁してなるものか」と追い掛けると、あしらっては逃げ出し、請けては引き外して走り、十分敵の迫るのを見済まし、腰に付けた宿砂筒を取るより早く振り返って九郎の咽喉を撃ち抜いた。流石猛勇と聞こえる伊奈もアッと一声叫んで死んでしまった。昌幸は馬から飛んで下り首を挙げた。その有様は、実に希代の働きであった。此の宿砂筒と言うのは火縄がなくて撃つ鉄砲で、父幸隆より相伝を受けたものであり、当時世に類いのない軍器であった。


　此の時寄せ手は真田の働きを見て、「昌幸を討たせてはならないぞ」と惣勢一時に進んだ。その為木曽方は為すべきようなく、義昌の腹心の大庭兵部少輔や古河妙寛を始め皆々は血戦して思い思いに討死した。義昌は、「今は最期の一戦、快よくしよう」と緋縅の鎧に龍頭の冑を着し、三條の小鍛冶(註②)が打った刃渡り一尺八寸(約〇・五四メートル)の長刀を打ち振りながら、旗本百騎ばかりを率いて渦巻き立った甲州勢に面も振らずに切って入った。そして大音をあげて、

「清和天皇八代の後胤、木曽帯刀先生義賢の嫡男朝日将軍木曽義仲が末流、左馬頭義昌、今日討死の技倆を見て汝等が手本にせよ」

と名乗り、忽ち二・三騎を駆け落とし、振るって切り立て駆け立て八方へ追い散らした。近寄る者がないのを見て、「是以上罪を増やしても仕方がない。潔く自害しよう」と静々と本丸を指して引き退いた。時に真田昌幸は兄信綱・昌輝の両人に向かって、

「今木曽殿は最期の一戦と見て、討って出た。抑々先祖の海野小太郎幸氏は、清和天皇第五の皇子四品貞元親王七代の孫で、帯刀義賢の嫡男木曽義仲の家臣です。とすれば、数代隔てるとは言え君臣の好があります。それなのに目前で見殺しにするのは我々の本意ではありません。何とかして晴信公と義昌公を和睦させ、両家の相続の助けをしたいと思いますが如何ですか」

と言った。信綱は大いに悦び、

「正に道理である。就いては我々が扱おう」

と穴山入道の三男小助（十五歳）を使者として城中へ送った。木曽義昌は、「今こそ生害（自害）しよう」と中央に座し、寵臣今井駿河守兼祐・大庭杢之丞・手塚右馬之助を始めとして累代重恩の家臣七十三人が左右に列して最期の盃盞を取る処に、真田兄弟の方より穴山小助と言う者が参ったことが告げられた。義昌が評議に掛けると、今井・手塚・大庭を始め、

「何れにしても、その使者に対面して仔細をお尋ね下さい」

と言ったので急ぎ真田の使者を案内させた。小助が進み出て、

「抑々（そもそも）、主人真田家の祖先海野幸氏は御当家の御先祖義仲公の臣下です。清水殿（註③）に仕えて鎌倉にいたのですが、木曽殿が討死の後に清水殿は鎌倉で誅せられてしまいました。そこで幸氏は頼朝公を討とうと、暫くは武田逸見の冠者（かんじゃ）（註④）の元に身を寄せていたのですが、その功成らずして病死してしまいました。その縁で今は武田家の幕下（ばくか）ではありますが、御当家は元々は主君です。その御家を見殺しにするのは本意ではありません。此（こ）の後（のち）真田家と唇歯（しんし）の交わりを頂けるならば真田兄弟身に引き替えて信玄（しんげん）公にお伝えし、本領の安堵を相違なく致しましょう」

と述べた。義昌始め皆々は是を聞いて、渇魚（かつぎょ）の水を得たるが如く悦んだ。義昌は小助に向かい、

「此の上は、宜しく真田氏兄弟に頼み入る」

と言ったので穴山小助は暇（いとま）を告げて城中を退去した。そして、此の由（よし）を真田に達したので、昌幸は直ちに大将の本陣に行って義昌と和睦のことを申し述べた。信玄が是を許したので早速和睦が調（ととの）い、義昌の本領を安堵すると共に、美人の聞こえの高い信玄の息女万里（まり）姫を義昌の元へ送ろうとの約束が調い、信玄は甲府へ帰陣した。

　木曽義昌は、

「此のように両家が睦まじく治まったのは、偏に昌幸の知恵によってである」と言って、真田昌幸の智恩を感じ、寵臣大庭杢之丞国秀の秘蔵の姫を自身が仲人して安房守の元へ送った。是こそが、真田伊豆守信幸・同左衛門佐幸村両勇の母（註⑤）となるのであった。

（註）

①「大六天」の正式な名前は「第六天魔王」と言い、仏道を妨げる悪魔だという。

②「三條の小鍛冶」とは、平安時代中期の刀工の粟田口宗近のことで、京都三条通りに住んだことから、そう呼ばれる。

③「清水殿」とは、木曽義仲の嫡男義高のことであり、「清水冠者」と号した。

④「武田逸見の冠者」とは、新羅三郎義光の孫武田清光のことである。この項では、海野幸氏は武田逸見の冠者の元に身を寄せていたとあるが、一の⑦（8ページ）で述べた如く、清光は平安時代末期の人であり、時代が合わない。正しくは四代目「信義」かと思われる。しかし、信義は逸見の冠者とは言わない。

⑤『三代記』では真田伊豆守信幸・同左衛門佐幸村両勇の母を、大庭杢之丞国秀の娘としてい

る。この姫が「山之手殿」かどうかは、検討の余地がある。

三十九　一徳齊、信玄に諫言の事並びに武田勢大敗軍の事

上州箕輪の城主長野信濃守業正（註①）と武州岩槻の城主太田美濃入道三徳齊資正の両人は、上杉憲政（註②）の幕下で、武蔵・上野を切り従えようと度々北條氏康と合戦に及んでいた。氏康はじっくりと思案して、「我が領国は往々謙信に攻め取られるであろう。是を防ぐには忰氏政の舅である信玄を使って先ず謙信を押さえさせ、自分は長野美濃守・太田三徳齊を心よく攻め亡ぼして、その後で信玄を退治しよう」と謀った。そして、弘治三年（一五五七）二月二日に家臣大藤左衛門入道金徳齊を使者として甲府へ遣わして、「此の度、我（氏康）は軍を発して太田入道を征伐する積もりである。その時に貴殿は長野信濃守を誅伐して上野を攻め取り給え」と申し送った。晴信は諸将を集めて、

「此の儀如何(いかが)返答しようか」

と評議した。飯富兵部少輔虎昌(おぶひょうぶのしょうとらまさ)が進み出で、

「此の度北條家より申して来たのは幸いです。早速軍(いくさ)を発して長野信濃守を亡ぼしましょう。その後今川・徳川・北條・織田・佐々木・朝倉・桜井等の逆徒を悉く(ことごと)征伐し、又謙信をも退治して四海(しかい)の争乱を鎮め天下を掌(たなごころ)に握り、日本一(ひのもといち)の武将と仰(あお)がれ給え」

と言った。晴信入道は大いに悦び、

「其(そ)の方等(ほうら)は長野の誅伐を止めると思ったのに、虎昌の言う処は我が心に適(かな)う」

と言った。それを聞いた真田一徳齋は、

「某(それがし)の思いは、飯富殿の考えとは雲泥(うんでい)の違いがあります。此の度北條氏康より申し来たったのは、君と謙信と雌雄を争わせ、両国が労(つか)れた時に是を討って甲信越の三か国を乗っ取ろうとの巧(たく)みです。甚だ恐るべきことです。北條氏康如きの謀(はかりごと)に欺(あざむ)かれてはなりません。就(つ)いては先(ま)ず使いに来た金徳齋を切ってから、北條を亡ぼし給え」

と言った。すると、信玄は太(はなは)だ機嫌を損じ、

「北條家は我と数年来合戦をしたが、今氏政は我が婿(むこ)であって唇歯(しんし)の交わりをしている。その上上野(こうずけ)を切り取ることは我が予(かね)て望む処である。今更氏康と心を変える理由が有ろうか。汝(なんじ)再び無益の口を開いてはならぬ」

と以ての外に怒った。一徳齊は少しも動ぜず、

「君の仰せではありますが、武田家は数年謙信と勝敗を争いながら、未だ是ぞと言う功を成していません。殊に今虎昌の言うように徳川・織田を始め国々を攻め取ろうと言っても、越後の謙信さえ未だ打ち勝つことが出来ないのに、どうして他国まで易々と攻め取ることが出来ましょう。古人の詞にも、勝つべきものは攻めるに有り。勝つべからざるは守るに有りとは此のようなことを申すのでしょう」

と諫めると、信玄は猶威猛高に成って、

「汝、我が意に背く無礼者。免し難い」

と言いながら太刀を取って立ち上がった。真田は笑って、

「君今太刀を取られたのは、此の一徳齊を殺す為ですか。眼前の軍の利害をも知り給わず、殊に父を廃去し国を奪う不孝者の刃、どうして幸隆の身に立つでしょうか」

と大いに嘲った。そこで、「スハヤことが起こるだろう」と見ていると、御前に詰めいる近臣等が君を囲んで無理に奥へ引き入れた。幸隆は大いに笑い、

「斯かる無法の君には仕え難たい」

と言って、信綱・昌輝・昌幸三人の子息を伴い甲府を立って岩尾へ帰ってしまった。此の時山本道鬼は風邪で屋敷に引き籠っていたが、此のことを聞くと取る物も取り敢えずに出

仕し信玄の前に出た。信玄は山本の言葉を待たずに、此の度の真田の無礼を怒って、

「早速兵を以て岩尾を攻め潰し、真田父子を罰しよう」

と言った。晴幸入道は大いに歎き、

「君が諫める者を仇の如くに見られるならば、臣は君を見ること怨敵の如くになってしまいます。真田父子がなければ、武田家はどうして斯く栄えることが出来たでしょうか。今隣国に猛将・勇士があると言っても武田家に指さす者がないのは、全て真田と言う謀臣がある為です。此の度の真田の諫言は、皆理に叶ったものです。早々真田を呼び返して、彼の諫めに沿い給え」

と様々になだめた。信玄は一向に取り用いず、弘治三年（一五五七）三月二日二万余騎を引率して上野に発向した。箕輪の城主長野信濃守業正は此のことを聞き、北武蔵の軍勢八千余騎を率い、先陣は猪俣右京大夫・農祖小太郎の一千余騎で牛尻に陣を取らせた。甲州勢は馬場・飯富・甘利を先鋒として、笛吹峠を打ち越え牛尻に対陣し三日にわたって睨み合っていた。三月十二日の未明甲州勢は長野方の農祖小太郎豊国の陣に押し寄せ、嫡男太郎義信・甘利左衛門の両将は無二無三に攻め掛かった。上野方が甲州勢に気を呑まれて色めき立つのを、大将小太郎が采配を打ち振って立て直そうとする処へ、武田太郎義信が走り掛かって小太郎豊国に突いて掛かり、受けつつ流しつつ暫く戦ったが、終に豊国を突い

て落とし頓て首を挙げた。甲州勢は大いに勇み、「一人も残さないぞ」と二万余騎潮の湧くが如くに攻め掛かった。信玄の旗本が透いたのを見澄まして、長野の寵臣主殿助が八百余騎で思いも寄らない裏手より信玄の旗本に突いて入った。其処へ、同じく小幡日向守と倉野為右衛門も八百余騎で左方より突いて入り、「微塵に成れ」と攻め立てた。その為、信玄の旗本は散々に駆け悩まされたが、先陣は遙かに隔たっているので救うことが出来なかった。大石の郎等の望月沢次郎と言う者が指し物・甲をかなぐり捨てて敵勢に紛れ込み、大将信玄を目掛けて鎗を捻って突いて掛かった。信玄は大いに怒り、

「己、推参（無礼）なり」

と言い様太刀を抜き翳し打ち合った。望月は大剛の勇士なので烈しく繰り出だす鎗先は信玄の大口の端れをザクッと突いたので流石の信玄も痛手に堪り兼ね馬より仰け様に落ちる処を、「得たり」と望月が鎗を取り直して突こうとした。其処へ萩原弥三兵衛が駆け来たって、後ろから望月を唯一鎗に突き伏せ、信玄を介抱して後陣を指して漸々引き返した。是によって甲州勢は大いに破れ、右往左往に引き返した。謙信は此のことを聞くと直ぐ様、信玄の帰り道を遮ろうと川中島へ出張した（註③）。一方信玄は、是を聞いて、「今は帰る道がなく、後ろには長野信濃守が追って来ている。前には大敵の謙信が道を遮ったので、此処に来て真田の諫言が的中した」と悔んだが、致し方なく唯茫然として立っていた。

（註）

①『三代記』には、「長野信濃守政藤（まさふじ）」とあるが、訳者が「業正」に訂正した。

②上杉憲政は長尾景虎（かげとら）に上杉の姓と関東管領（かんれい）の職を譲ったが、その後に平井（ひらい）城（現藤岡市）の城主として復帰している。

③『三代記』には「信玄の帰り道を遮ろうと川中島へ出張した」とあるが、武田勢は上州箕輪に来ているのであり、信州川中島へやって来ても甲斐への帰路を断つことにはならない。弘治三年の出来事であることを考えると、第三次川中島合戦（上野原（うえのはら）の戦い）と重なり、混乱が感じられる。

四十　真田一徳齊（いっとくさい）、上杉謙信（けんしん）を破る事並びに昌幸（まさゆき）宿砂筒（しゅくしゃづつ）にて謙信を撃つ事

忽々（こつこつ）（等閑（なおざり））の謀（はかりごと）はしてはならないし、愓々（てきてき）（恐れ）の心は長じてはならないもので

ある。先にも述べた如く武田晴信入道信玄は真田の諫めを聞かず、軍を発し上野の箕輪を攻めた。しかし、城兵が強く味方は敗北し数多の諸卒を失って甲府へ逃げ帰ろうとした処、上杉輝虎入道謙信は此のことを聞いて川中島迄出張して武田の帰路を取り切った。その為、信玄は前後に敵を受け進退窮まり如何とも為す術がなかった。そこで、信玄は諸将に向かって、

「我は真田の諫言を用いず、此のような難儀を引き出してしまった。何の面目有って甲府に帰り、真田・山本に対面したら良いだろう。今潔く此処で討死にして名を末世に輝かそうと思う。諸将も忠を思うならば我と共に討死し、最期の勇名を揚げられよ。我は冥土へ行ってから、功を賞す積もりである」

と言った。すると、元来剛強の甲州勢は少しも猶予せずに、「君と共に討死しよう」と覚悟した。頃は弘治三年（一五五七）五月十六日、此処の後殿は甘利左衛門晴吉・武田太郎義信と定め、自らは川中島の方へ出張し、飯富兵部少輔・今福善九郎を先陣として指し向かった。飯富・今福の勢はドッと喚いて越後勢柿崎和泉守が八千余騎にて控えた中へ突き入った。柿崎が態と敗れて引き退くのを飯富・今福が采配を振って、

「敵は色めくぞ。追えや。追え」

と言う処へ、越後方の山吉玄蕃が五百余人で、甲州勢の横合へ打ち入った。その為、甲州

勢は又是に切り立てられて旗本と先陣と離れ離れに成ってしまった。それを見て謙信は指揮を伝え、直江山城守・柿崎和泉守・甘粕近江守等を進めて飯富・今福の後ろへ廻り信玄の旗本へ攻め入った。甲州勢は大いに乱れ立ち、あわや信玄は此処で最期と見えた。其処へ、東条山・関屋村・上野原（註①）の辺へ数万の旗翻り鬨の声が夥しく聞こえ、広瀬の渡りの近辺から越後口を切り取る体に見えた。謙信は大いに驚き、

「さては真田・山本等が、我が帰路を立ち切ると見える。此の機を外さず追い討ちにせよ」

と命じた。今迄敗けていた甲州勢が一度に取って返すのを直江・山吉は少しも動ぜずに、追い来れば取って返し、退けば心能く引いたので難なく御幣川迄引き取ることが出来た。そして、さて川を渡って越後へ帰ろうとすると、近くの芦原より一声の鉄砲が響くと同時に、六文銭の旗を飜し真田安房守昌幸・増尾新蔵・海野六郎・穴山父子五百余人、別の方からは真田源太左衛門信綱・舎弟兵部丞昌輝・筧十兵衛・相木森之助・伊勢崎入道・嫡子藤五郎・別府治部右衛門等大砲を一時に打ち掛け、潮が沸く如くに切って出たので越後勢は大いに驚いた。柿崎駿河守が心成らずも戦っている処へ、広瀬の方より真田弾正忠入道一徳齊・山本勘助晴幸・木辻別右衛門・根津甚左衛門・望月玄蕃等、是又五百余人鉄砲を撃ち立て横様に攻め立て謙信の旗本に乱入した。しかし、謙信は少しも動ぜず、

「敵は小勢成るぞ。引き包んで一人も余さず討ち取れ」

と下知しながら、小豆長光（註②）と言う重代の太刀を抜き翳し、自身真っ先駆けて進み、近づく敵を三騎迄切って落とした。真田の郎等筧十兵衛虎秀は是と見るより、「望む敵である。さあ来い。我が高名にしてやろう」と大太刀を以て隙なく切り掛かった。謙信は是を睨み、

「無礼者」

と言い様に追い掛け追い掛け戦った。是を見て、越後方江間藤左衛門は、「勿体なし」と馳せ来たって両馬の間へ割って入った。十兵衛は大いに怒り藤左衛門を唯一刀に切って落とし、猶も謙信を追い掛けた。其処へ柿崎和泉守の二百余人がツッと駆け出て虎秀を遮った。その隙に謙信は御幣川を渡って犀川に到り越後口に帰ろうと急いだ。此の時川中島は合戦最中で、謙信に従う者は僅か百余騎に過ぎなかった。犀川近くに到った処へ後ろから真田昌幸の一手が追い来たって、増尾新蔵は樫の木の一丈（約三メートル）ばかりの棒を打ち振り越後勢を散々に駆け立てた。越後勢の中から瓜生勘次郎と言う大剛力の者が増尾を討とうと切って掛かると、増尾は件の棒で瓜生の真っ向を微塵にしようと討ち掛かった。瓜生は馬乗りの達人なので縦横に馬を乗り廻し、大太刀で請けつ流しつ戦った。増尾がエイヤと声を掛け、瓜生の馬の後足を薙ぎ払った。瓜生が人馬諸共屏風を倒すが如くに倒れる処を、起こしもせずに増尾は一打ちに打ち殺した。是を見て、越後勢の過半は川へ

追い込まれてしまった。又真田安房守は予て習い覚えた宿砂筒を以て謙信を撃とうと味方を離れ唯一騎、物の陰より狙いを定めドウと打った。謙信の運が強かったのであろう、冑の吹き返しに当たった。その響きに目が暗んで馬から真っ逆様に落ちるのを真田方は見て、「スハヤ、謙信は死んだぞ」と鬨の声を作り攻め詰めた。越後勢は大いに驚き、我先にと逃げ出し犀川へ追い込まれて溺れる者は数を知れない程だった。然れ共安田上総之助・上田多門・北條安芸守（註③）等が謙信を助け、川を難なく渡り切った。続いて真田勢が川を渡って追った成らば謙信は此処にて討たれたであろうに、真田昌幸は越後の残兵に後ろを取り切られることを恐れて引き鐘を鳴らして軍を収めた。此の時謙信は早乙女の星冑を着していたので、彼の玉も裏までは通らず恙なかった。とは言え、落馬の時に腰を打って自由には動けず、越後に帰って保養した。又後に残った越後勢も戦いに大いに難儀し、直江・甘利・山吉・宇佐見等も戦っては走り戦っては走り、やっとの思いでに越後へ引きあげた。甲州勢は一旦は敗軍したが、真田の救いによって大いに勝ち軍となったので信玄は真田に対し、

「我は此の度軍師の詞に背いて危うい処を救われ、無事に帰国することが出来た。実に面目なき次第である」

と言った。幸隆入道は、

「きっと上野の国を攻め取られるであろうと存じて、此処迄山本と共にお迎えに参った処、此の有様でしたので微勢を以て何とか越後勢を追い退けました。依っては早々に御帰陣下さい」

と晴幸諸共に申し述べた。晴信は答える言葉もなく甲府へと帰陣した。正に真田の智計は、類希なものと言わねばならない。

（註）

① 『三代記』には「東条山・関村・上田原」と書かれている。「東条山」は東条村の尼飾山と思われる。「関村」については訳者が「関屋村」に訂正した。「上田原」は、川中島にはない地名である。第三次川中島合戦が「上野原の戦い」と言われることから訳者が「上野原」に訂正したが、上野原は善光寺の北方の地と言われ東条や関屋からは離れてしまう。

② 「小豆長光」は上杉謙信の愛刀で、鎌倉時代後期に備前国（岡山県東南部）で栄えた長船派の刀工長光の作と伝えられている。

③ 『三代記』には「北條安房守」とあるが、訳者が「北條安芸守」に訂正した。上杉家家臣の北條氏で安房守を名乗った人物は認められない。五十三の註①（281ページ）を併せて

参照されたい。

四十一　謙信甲府へ和睦を乞う事並びに上杉相州攻めの事

武田信玄は此の度真田の智計によって敗軍の名を汚さず、思いの外に勝ち軍し甲府へ帰陣した。しかし、その後上杉謙信は境を侵すこともなく、弘治四年（一五五八）二月上旬に謙信の方より甲府へ脇坂帯刀を使者として、

「数年来武田・上杉の両家が弓矢を争ったのは偏に村上義清に謙信が頼まれ、武門の意気地を以て止むなくしたことである。然るに頼まれた義清は既に病死（註①）してしまい、その労も皆水の泡となってしまった。然れば恨みもない両家が戦って士卒を苦しめるよりも以後和睦して唇歯（密接）な仲となり、その後謙信は越中・能登・加賀を切り従え亡父の供養に供え、又上杉憲政を上州平井へ永住させ度いと思う。此の儀同意頂けるならば両国の幸いである」

と申し寄越（よこ）した。信玄は此のことを聞いて、先（ま）ず使者を客間に留め置いて諸将を招き評議した。原大隅守（おおすみのかみ）・今福善九郎（いまふくぜんくろう）の両人が進み出て、

「此の度上杉の方より和睦を乞うのは、実（まこと）の和議を結ぶのではありません。先達（せんだっ）て川中島（かわなかじま）に於いて彼方（かなた）が敗れて以来、此方（こなた）を大いに恐れて使者を寄越したのでしょう。ですから此方から軍（いくさ）を起こし有無（うむ）の一戦をすれば、謙信の首を得るは必定（ひつじょう）です。疾（と）く合戦の用意を致しましょう」

と申し述べた。それを聞いて山本勘助（かんすけ）は、

「原・今福の両将が言われる処は一応道理（もっとも）のようですが、それは大いに違います。先達て川中島の一戦に勝利を得たのは、幸いにもに真田の謀（はかりごと）が図に当たったせいであり、全く味方の勝利と言うのでは有りません。就（つ）いては今彼方より和睦を乞うて来たのは願ってもない幸いです。早々（そうそう）、此の和睦を調（ととの）えられるのが宜しいでしょう。万一此のことを疑（うた）がわれるのならば、岩尾（いわお）へ人を走らせ真田に尋ねられてから返答致しましょう」

と言った。信玄は気は進まなかったが、「先達て過（あやま）ちが有ったので真田に聞く迄もない」と和睦と決め、上杉の使者脇坂帯刀を呼び出して、同意の挨拶に及んだ。此方よりも金丸（かなまる）筑前守（ちくぜんのかみ）を使者として、

「弘治四年（一五五八）五月十五日牛島（うしじま）の渡しから四・五丁（約四四〇～五五〇メートル）

大室の方へ寄せ、川を隔てて和睦の対面をしよう」

と申し送った。

さる程に日限になったので、上杉弾正大弼景虎入道謙信は、金小牌萌黄縅の腹巻に緋の法衣仕立ての陣羽折を着し、板東黒と名付けた名馬に紅の厚総をかけ静々と乗って出た。左右には、柿崎・直江・甘粕・宇佐見・脇坂を始め千曲川を隔てて控えた。一方武田大膳大夫晴信入道信玄は白糸縅の鎧に、法生の兜は取って馬脇に持たせ、緋の衣に赤地の錦の袈裟を掛け連銭月毛の駒に打ち乗って悠々と立ち出て、原・馬場・高坂・跡部・今福・土屋・金丸、其の他が付き従った。謙信は遙かに是を見て、内冑（註②）を見せてはならないと思ったのであろうか馬より飛び下り床机に腰を掛けた。信玄は己が勇に誇って馬から下りもせず、

「是は珍しや上杉氏。我等に対し下馬には及ばない。早々馬に乗り給え」

と大声で呼ばわった。謙信は大いに怒って一言の答えもせずに、その侭馬に飛び乗って陣営へと帰った。金丸筑前守が是を見て、

「謙信は太だ立腹の体である」

と言うと、信玄は、

「然ることも有るだろう。此方が望まない和睦なので却って良いだろう」

と言って大いに笑い甲府へ帰った。実に是非もないことであった。

此の時真田幸隆は岩尾にいたが、甲府から此の度謙信からの斯様斯様の趣きによって双方和睦とのことであると知らせたので、「晴信公と謙信が和睦して力を合わせたならば、天下に敵はないだろう。武田家の繁栄は間違いない」と大いに悦んでいた。其処へ五月十六日に、又人が来たって、

「千曲川を挟んで対面したが信玄公に無礼が有ったので、又和睦が破れてしまった」

と申し述べた。一徳齊は天を仰いで、「得失は一時に定め難いが、また一ツの憂いを引き出してしまった。悲しい哉。武田家の滅亡遠からず」と歎息した。

双方の和睦が破れてから上杉・武田は度々対陣したが華々しい戦いもなく、永禄四年（一五六一）二月上旬に上杉家より再三使者を送って来た。その故は、

「謙信は将軍義輝公に御礼を申す為に、今年上洛の望みが有る。是は公儀のことであって私の儀ではない。貴殿に上（将軍）を重んずる心があるならば、某が帰国するまでは我が領内へ出張御無用に願いたい。此の儀貴殿が承引なければ余儀なく上洛を止める積もりで有る。此のことについて承知有れば、謙信は快く上洛する積もりだ」

との由であった。信玄は是を聞き、

「謙信殿が、此の度御上洛を思い立ったのは神妙なことである。貴殿が帰国する迄は其方

の領地へ手出しはしない」

と立派に答えて使者を帰した。謙信は大いに悦び、直江山城守・甘粕近江守を留守居として急いで上洛した。


太田美濃守資正は、主人上杉民部大輔憲政を大将として総州利根川迄攻めて来て、北條の幕下千葉新助が籠る佐倉の城（註③）を攻め取った。北條父子が仰天している処へ、

「武州の忍・川越の両城が攻め取られました」

との注進に弥々驚いて、一宮随巴を甲府への使者とし、

「此の度上杉勢が某の領内へ攻めて来ました。何卒貴殿が越後へ御出馬下されば、彼は必ず帰国するでしょう」

と申し送った。信玄は諸将を集めて、

「此のこと如何に」

と相談した。山本勘助・真田一徳齊の両人が、

「若し越後との約に背かれる時は、必ず後難が有りましょう。謙信の帰国迄は御出馬は御無用」

と再三諫めた。信玄は、

「此のこと引き受け難い」

と一宮に答えて相州へ帰した。氏康（うじやす）父子は是を聞いて再度随巴を甲府へ遣わして、

「御出馬がなければ、北條家は自然と滅亡します」

と伝えて、又々越後を討つことを催促した。


（註）

① 村上義清が亡くなったのは元亀（げんき）四年（一五七三）であるから、弘治四年（一五五八）の段階ではまだ存命している。

② 「内冑」とは冑の眉庇（まゆひさし）の内側のことで、ここは矢で狙われやすい急所であると言う。

③ 「佐倉の城」は、現佐倉市にあった城である。

四十二　北條氏康出馬催促の事並びに山本・真田諫言の事

上杉民部大輔憲政・太田美濃守入道三楽齊は大軍を発して武総（武蔵・上総・下総）の地へ乱入し、佐倉・金沢・忍・川越の城を悉く攻め落とし、猛威を奮い北條を押し倒そうと攻め立てた。氏康は一宮随巴を再度甲府へ遣わして、越後への出馬のことを頼んだけれ共、予て謙信が上洛の留主中は領内へ攻め入る間敷き旨の約束があったので、その侭に打ち捨て置いた。北條氏康は越後勢に苦しめられたので、なお又使者を以て出馬のことを頼んで来た。信玄は、

「今は是非に及ばず。速やかに越後へ乱入しよう」

と高坂弾正忠昌信を先鋒として三月十七日に陣触れした。それを聞いて、真田幸隆・山本勘助の両人が信玄の前に出て、

「此の度越後国へ乱入のこと先達て申し上げた通り、見合わせられて然るべきです。その故は、今北條氏康が上杉・太田に苦しめられ当家を頼む処なので、暫し此処にて出馬の形状を成し、態と乱入せず謙信の帰国をお待ち下さい。その内北條家が憲政に亡ぼされたなら、是願う処の幸いです。所詮北條氏康は永く交誼を通ずる者では有りません。隙を見

て当家を押し倒そうとの気色も見え、何とも恐るべきことです。此の侭捨て置かれるならば、一ツには後難を退け、二ツには謙信の約を破らず、三ツには軍勢の労を助け、暫くは是に過ぎた謀は有りません。よって、越後へ御馬を向けてはなりません」

と詞を尽して諫めた。信玄は暫く無言だったが、

「其の方達の申す処は尤もとは思うが、我が娘は氏政の嫁である。殊に孫をも儲けたので、北條が若し上杉に亡ぼされたならば孫子の存亡も計り難い。親の身として、どうして是を見殺しに出来よう。謙信との約を破ったとしても何の問題が有ろうか」

と言って、両人の諫言を用いず強いて出馬と定めた。真田・山本も今は諫める力もなく、心鬱々として引き退いた。

信玄は予て触れた如くに八千余騎を率いて越後領へ乱入し、鰐ケ嶽の城（註①）を攻め落とした。上杉憲政・太田美濃守の両人は大いに驚き、忍・川越・酒匂・佐倉の城々を捨て置いて早々越後へ引き返した。氏康は大いに悦んで、一宮随巴・鳥居島之助の両人を使者として甲府へお礼をした。

是より先、上杉謙信は上洛して将軍義輝公に謁して、北国管領（註②）に任ぜられ、将軍の御諱の一字を賜って輝虎と改名し、万端首尾能く越後へ帰国しようとしていた。其処へ、

「武田信玄が約に背いて小田切（註③）迄乱入し、鰐ケ嶽の城を攻め落とした」

と知らせが有った。謙信は大いに憤り、

「我、十五年の間に此の坊主（信玄）に出し抜かれること幾度か。実に反覆表裏の者とは、晴信のことである。我急ぎ信州に出馬して、彼と手詰めの一戦を遂げない訳には行かないぞ」

と歯噛みをし、躍り上って帰国を急いだ。そして、陣触し永禄四年（一五六一）辛酉八月中旬柿崎和泉守・甘粕近江守・直江山城守・本庄越前守・柴田周防守・山吉玄蕃・北條安芸守等を始めとして、都合八千余騎を引率して信州へ乱入した。妻女山（註④）へ陣城（臨時の城）を構え、海津の城を足下に見下ろし、一攻めに攻め潰そうと武威を示した。高坂弾正は海津の城を守っていたが大いに慌てふためき、此の旨を甲府へ注進した。信玄は、然こそ有るだろうと惣勢二万七千余騎で速やかに出発した。そして、浦野（註⑤）を押し通って、四月二十四日には猿ケ馬場峠（註⑥）の北の茶臼山に打ち上って千曲川雨宮渡しを足下に見下ろし、越後勢の兵粮の道を取り切った。時に真田の家臣に、旧伊賀の国の住人で梁田新平と言う忍びの名人がいた。予て召し抱え置いた一徳齊が、妻女山へ忍ばせ敵陣を窺わせると、謙信の士卒は兵粮の道を立ち切られ皆々大いに驚いて、妻女山で餓死するのかと哀しんでいた。しかし、大将の謙信は少しも恐れる気色もなく、却って悦びの色顕れ小姓の松波太之助・北條三弥などと言う者に謡を謳わせ、自身は鼓を打って酒宴

を催していた。梁田は是を見て大いに驚き、急ぎ立ち帰って幸隆に対面した。そして、

「某が謙信の陣屋に赴いて様子を窺うと、越後勢は兵粮の道を立ち切られて諸卒は大いに哀しむ体でしたが、大将の謙信は酒宴を催し自ら鼓を打っていました」

と告げた。幸隆は茫然として色を変じ、さてさて謙信は恐ろしい。死地に入って必至の勝敗を争う覚悟と見えると心で呟き、急ぎ本陣に赴いて山本勘助に、斯くと様子を話した。

それから同二十九日に海津の北広瀬の後ろを打ち越えて軍勢を海津の城に引き入れ、越後の粮道を開き、再び梁田新平に敵陣の様子を窺わせた。此の度は先日と違って諸卒は兵粮の道が開いたのを大いに悦んでいたが、謙信は如何にも打ち悄れて物思わしい様子であった。新平は急ぎ立ち帰って、一徳齊に様子を報告した。幸隆は弥々恐れて、実に古今稀なる剛将であると感じ入った。さて又山本勘助は信玄の前に出て、

「抑々此の度謙信が八千余騎の小勢を以て深く死地に入り、戦いの危険を見ても恐れず、安きを見て患う。是には必死の相が有ります。実に大切な合戦です。然すれば先ず味方二万余騎を二手に分け、一万二千余騎を大正の備え（註⑦）とし、是を大将の旗本と見せ、その大正の備えを以て妻女山を攻めれば、謙信は負けても勝っても妻女山より川中島へ出て来て、必ず善光寺の渡しから犀川を目指して引き取ろうとするでしょう。その時に実の旗本は大奇として八千余騎の備えを以て是を討てば謙信の首を見ること間違い有りませ

ん」

と謀を説くと、信玄は莞爾と笑い、

「実に汝が妙計利に当たる。大正の備えには誰を遣わしたら良いだろうか」

と言った。晴幸は謹んで、

「その備えには飯富兵部少輔・高坂弾正・甘利左衛門・小山田弥三郎・小幡尾張守・小山田備中守・芦田下野守・相木市兵衛に一万二千余騎を添え、軍師として真田一徳齊を遣わされるのが良いでしょう。大奇の旗本の前備えは飯富三郎兵衛、左は武田左馬之助・穴山伊豆守、右は内藤修理進・諸角豊後守、左の脇備えには原隼人佐・武田孫六入道逍遙軒、右は太郎義信・望月三郎・浅利式部、惣軍八千余人としましょう」

と言った。信玄が是に同意し手配が悉く定まったので、信玄は山本勘助を遊軍として味方の弱い方を救わせることとした。斯うして山本の謀った如くに諸将に達して、急ぎ合戦の準備をした。

（註）

① 『三代記』には「鰐ケ嶽の城」とあるが、上水内郡信濃町の「割ケ嶽の城」のことと考えら

れる。

②『三代記』には、上杉謙信は上洛して将軍義輝公に謁して、「北国管領」に任ぜられたとあるが、果たして室町時代の管領職に「北国管領」があったかどうか疑問である。

③『三代記』には「大田切」とあるが、訳者が「小田切」に訂正した。

④『三代記』には「西条山」とあるが、訳者が「妻女山」に訂正した。

⑤「浦野」は「現上田市浦野」であることから、武田信玄は千曲川左岸を進んで、川中島に向かったことがわかる。

⑥『三代記』には「桜ケ馬場峠」とあるが、訳者が「猿ケ馬場峠」に訂正した。

⑦「大正の備え」は「本隊」で、その対語の「大奇の備え」は「別動隊」のこと。

四十三　川中島(かわなかじま)合戦軍議の事並びに真田遠計符合の事

山本勘助晴幸(かんすけはるゆき)入道道鬼(どうき)の智計によって諸将の手分けが定まったので、皆々準備をした。

その中で信州岩尾の城主真田一徳齊は此のことを聞いて妻女山の方を窺い見た。そして、急ぎ大将信玄の前に出て、

「山本道鬼の手分けによる大正・大奇の備えは道理ですが、謙信は武勇と智謀兼備の大将ですから此の術には乗らないでしょう。此方の実の旗本が川中島にあることを知れば、大正の軍勢を十分に妻女山に引き付けて置いて、雨宮の渡しを渡って朝駆けに川中島へ仕掛かり不意に旗本へ切り入るでしょう。そうすれば、味方は大いなる難儀となりましょう。宜しく謀を御賢察下さい」

と申し述べた。信玄は急いで道鬼を招いて、

「此のこと如何に」

と尋ねた。山本は少しも動ぜず、

「成る程真田の見方も道理では有りますが、謙信は我が勇に誇り遠計が有りません。どうして然様な智計が有るでしょうか。敵を侮る者は亡ぶと言います。此の程の振る舞いは死地に入ったものであることを知るべきです。見ていて下さい。謙信の首を得ることは一寸先に有ります」

とこともなげに言った。一徳齊も心では心配に思ったが、「道鬼程の者の仕損じはよもないであろう」と我が陣に帰った。そして、その夜の子の刻（夜の十二時頃）に兵粮を遣い、

明朝卯の刻（午前六時頃）に合戦の用意をした。信玄の旗本は丑の刻（午前二時頃）に打ち立って川中島に押し出し、西に向かって犀川から一里東の方二枚畑の坤（南西）の方に備えを立て、越後勢の退き口を切り崩そうと備えた。真田一徳齊はとかく心元なく思ったので、子息源太左衛門信綱に相木森之助・望月玄蕃の両臣を付け百五十人を旗本に残し置いた。そして、次男兵部丞昌輝・三男安房守昌幸と臣下の筧十兵衛・増尾新蔵・海野六郎・穴山入道・同小助安次・由利権太夫・根津甚左衛門・伊勢島五郎兵衛入道・木辻別右衛門・別府治部右衛門・布下弥四郎貞家を始めとして三百余人を率いて妻女山の寄手に加わり第三番に備えた。先鋒は高坂弾正・飯富兵部少輔、四番は甘利左衛門、五番は馬場民部少輔、六番は小山田備中守、七番は相木市兵衛、八番は芦田下野守、九番は小山田弥三郎、十番は小幡尾張守、惣勢一万二千騎であった。然るに、その夜上杉謙信は高櫓より海津の城中に煙りが両度立つのを見て、「さては信玄、大正・大奇の両備えをして、一手は妻女山を攻めさせ、又一手は我が勢が川中島へ出て越後へ引こうとするのを待ち受け、信玄の旗本を以て我を討とうとの計略か。信玄が然様の謀をするのなら、我は今宵の中に雨宮の渡しを越えて思いも寄らぬ川中島に打ち出て信玄の肝を冷してやろう」と諸将に向かい、

「今度の合戦は謙信の面目に関わる軍である。義を重んじ忠を思う者は我が馬前に於いて

身命を捨てて戦え」と下知を伝えた。そして甲州勢と擦れ違いに打ち立って、雨宮の渡しを渡り川中島へと打ち出た。それは未だ寅の刻（午前四時頃）のことであった。越後方の先鋒は柿崎和泉守、二陣は上杉謙信。左は旧村上義清の家臣本庄越前守・柴田因幡守、右は山吉玄蕃・北條安芸守、後備えは甘粕近江守、次は直江山城守を小荷駄奉行として備えさせた。精兵僅かに八千余騎ではあるが、謙信の秘術の備え立てであった。一陰一陽に一備えが敵に当たる時は、先きの一備えは後ろに退き、屈伸往来して終始相助ける陣法で、俗に是を車掛かりと言う。越後勢は、次第次第に信玄の旗本を指して進んで来た。折しも秋の末なのでまだ東雲の川風に朝霧が深く立ち蔽い、散り残った樹々の葉の雫が弓筈（註①）を湿らせ敵が寄せて来るとは露知らなかった。甲府方が川靄が深い侭に眼の辺りに、越後勢が押し寄せるとは夢にも知らないでいる処へ、卯の刻（午前六時）頃朝霧が漸く晴れ渡り南の方を見渡すと、真っ先に竹の丸に三羽雀の大旗・大根の打ち懸けの大馬験を押し立てて越後勢が雨宮の渡しを打ち渡ったと見えて、姥捨山の東、川中島の広野に忽然として控えていた。武田勢は大いに驚き、「スハヤ。謙信は幸隆の遠計に違わずに雨宮の渡しから此処へ出て来たぞ」と、皆々恐怖の色を顕わした。信玄も、「やはり」とは思いながら先ず浦野源之丞を呼び、

「謙信の備えを見て参れ」

と命じた。浦野は、

「畏まりました」

と馬に飛び乗り一散に馳せて行き、しっかりと謙信の備えを窺って急ぎ立ち帰り、

「必ず驚き給われませんように、敵兵は次第に越後へ引き取ろうとしています」

と報告した。信玄は眉を顰め、

「謙信程の者が宵に川を渡りながら、故なくして越後へ引き取る筈はない。是は予て伝え聞く上杉の車掛かりに違いない。さてさてしっかりと備えなければ。急ぎ山本道鬼を招け」

と命じた。山本は軍議をしていたが「謙信が已に川中島へ出張った」と聞き、「南無三宝（註②）、幸隆の遠慮を知らずに仕損じてしまった」と急ぎ大将の前に出た。信玄は大いに驚いた体で、

「先に幸隆が申したように、謙信が雨宮の渡しを越え我が旗本へ切り入ろうとしている。如何にして是を防いだら良いか」

と問うた。晴幸入道は暫く思案してから、

「此の道鬼、是迄数度の軍慮に斯かる失錯はなかったのに、此の度真田の考えを聞かずに

難儀に及んでしまいました。某何の面目有って、再び真田に面を合わすことが出来ましょうか。今防ぐべき術が尽きたのでは有りませんが、謙信の備えを見るに勢気優れて唯黒雲の起こった如く必死の相が顕れています。一工夫して謙信の備えを防ぎ、妻女山へ向かった味方を待ち受ければ此の軍の勝利は疑い有りません。是大奇の備えを割って、大正の備えを待ち受けるので、味方に備えるように申し伝えましょう」

と申し述べた。信玄は、

「然らば宜しく計らえ」

と言った。道鬼は、

「畏まりました」

と暫くの間に備えを立て変え、謙信の車掛かりの堅陣を防ぐ術を巡らした。

(註)

① 「弓筈」は、弓の両端の弓弦をかけるところである。

② 「南無三宝」は、失敗した時や驚いた時、また事の成功を祈る時などに発する語。ここでは「しまった」の意。

四十四　武田信繁・諸角・山本討死の事
並びに謙信、信玄の旗本へ切り入る事

真田入道一徳齊が言った如く、謙信が雨宮を越えて川中島へ打ち出て来たので、山本勘助は此の度の合戦では真田に負けたことを重く考え、忽ち味方の備えを立て直して謙信を喰い止めようと計った。先ず武田家重代の旗は嫡男太郎義信の前に立てさせ、大将の纏である孫子の旗は信玄の床机の元に立てて、謙信が寄せ来るのを待っていた。上杉方先備えの柿崎和泉守の一手が、飯富三郎兵衛・内藤豊後守の備えに会釈もなく切って掛かった。双方千変万化して戦い、東西南北縦横に追い捲り追い返し暫く揉み合ったが、内藤豊後守の備えが遂に乱れて敗走するのを内藤は大いに怒って、

「汚き者の振る舞いである。今日の合戦は大将の御身の上に係わるのだぞ。皆々年来の報恩に討死せよ」

と自身鎗を取って突いて入った。是に励まされ諸士がドッと返し合わせて戦う処に、上杉方の北條安芸守・本庄越前守の両将が左右より挟んで揉み立てたので遂に叶わず大崩れ

と成った。すると、又も越後勢の須田・安田・山吉の三将が左馬之助信繁・諸角昌清の備えに切って入った。是によって、双方乱軍と成って東西に馳せ違い南北に駆け廻わった。その有様、血は混々と流れて大河となり、屍は累々と堆で山の如く、名将と智将の軍であり敵も味方も身命を捨てて戦ったので、何時果てるとも見えなかった。然れども不意を討たれたことなので、武田方が大いに敗走した。是を見て武田左馬之助は、「我が討死すべき期が到来した」と紺糸の鎧を着し、法華経の文字を書いた紺の母衣を懸けていたのを解いた。そして、鞍の前輪に縛り付け、連銭葦毛（註①）の馬に朱鞍を置いて三間（約五・四メートル）柄の鎗を取り、群がる越後勢の中へ真一文字に唯一騎突き進んだ。是を見て、

「大将を討たすな」

と信繁の郎等五十騎ばかりが後に続いて駆け入った。然るに越後勢の牧野甚弥と言う者が信繁を討とうと、横合いより太刀を翳し打って掛かった。信繁は大いに怒って、甚弥を一鎗に突き殺してなお敵中へ討って入った。甚弥の弟為蔵は目前で兄を討たれて口惜しく思い、鎗を追っ取って信繁に突いて掛かった。信繁は少しも騒がず、二・三合突き合っていたが、一声喚いて突き出す鎗で為蔵の馬の太腹を突き貫した。馬は跳ね上がりざま倒れる時に、為蔵が立ち上がろうとする処を信繁は一鎗に突き伏せた。藪田善次郎と言う鉄砲の名人が信繁の働きを見て、「自分が討ち取り高名しよう」と鉄砲で狙い撃つと、過たず信

繁の咽を打ち貫いた。信繁が馬から真っ逆様に落ちる処を善次郎は走り寄って首を掻き切って引いて行った。それを信繁の近習山本妙之助が追っ掛け来たって、透さず藪田を切り殺し主人の首を取り返した。時に諸角昌清は信繁が討死するを見て、「我も後れてはならない」と敵中へ切り入って十六騎に手を負わせて、乱軍の中で討死した。甲州勢は信繁・昌清が討死した後は弥々敗走した。穴山伊豆守・飯富三郎兵衛は少しも備えを乱さず敵を切り崩していたが、原隼人・武田孫六入道・跡部大炊助・今福善九郎の備えは越後勢の柴田因幡守・北條安芸守の両将に切り崩されて広瀬の渡しに追い込まれ水に溺れる者は数知れなかった。その為、武田方は穴山・飯富の二備えが残る而巳であった。山本勘助は先刻より諸方を下知して廻っていたが味方が大半破れたのを見て、「我大切の軍を仕損じ、数多の大将を討たせてしまった。何の面目あって真田と対面出来ようか」と一途に思い詰めて、黒革縅の鎧、同じ毛の冑に枇杷の葉の前立を打ったのを着し、山本流の鈎鎗を取って敵中に突いて入った。付き従う人々には條野九八郎・前波藤平・久留島左兵衛・滝口輪蔵を始め百五十騎。晴幸の前後を囲って四方八方に馳せ廻って、北條安芸守の千余騎を難なく切り崩し、山吉玄蕃の三千余人に切って入り、千変万化して戦う有様は鬼神の如くであった。しかし、追々従兵も討死して、今は漸く七・八十騎に成ってしまった。流石に軍師と仰がれた山本勘助入道道鬼も、「最早是迄なり」と最期の覚悟をし、妻女山へ向かった味方の帰る迄も堪えずに自身敵十四・五騎を討ち取って、その後終に腹を掻き切って死んでしまった。残された郎等も、皆同時に討死した。甲州勢に初鹿野源五郎と言う大剛の士が有ったが、「大将の旗本が危うい」と見て、是も討死と覚悟を極め、一族郎等七十三人白き布に南無阿弥陀仏の六字を書いた笠印を付け、先に進んだ甘粕近江守の備えに切り入って、射れども突けども一足も引かずに討死した。謙信は思いの侭に勝ち軍をしたのだが、「手間取っている内に、妻女山へ向かった敵兵が我が小荷駄を切り崩せば大変である」と、森惣兵衛を使いとして直江山城守の陣へ、

「軍の様子は斯々なので、信玄の首を得るは此の時である。もう暫く堅固に敵を支えて呉れ」

と申し送った。すると、軍旅に馴れた直江山城守は、

「千曲川の流れを堰き止め、専ら防戦の用意をしています」

との趣きを伝えて来た。それを聞いた謙信は安心し、「然らば信玄の旗本へ切って入り、勝負を一時に決しよう」と六十四間の星冑を脱ぎ捨てて白練りの鉢巻をし、紺糸の鎧の上に萌黄純子の法衣を着し、放生月毛と言う名馬に打ち乗って三尺六寸（約一・〇八メートル）の小豆長光と言う名剣を真っ向に指し翳し、味方を離れて唯一騎武田義信の備えに切り入った。そして、敵二・三十騎を切って落とし、難なく駆け抜けて信玄の旗本に切り

入った。遙かに見れば信玄は白糸の鎧・諏訪法性の兜を戴き、緋の衣に錦の袈裟を重ねて南蛮鉄の軍扇を右手にとり、信玄と同じ行装の武者七人が皆床机に腰掛けていた。流石の謙信も惘れ果て、「何れが信玄、孰れが晴信」と暫く眺めていたが、頓て謙信は真一文字に馳せ寄って第三番目の床机に腰掛けた武者へ切って掛かった。是が実の信玄だったので、騒がずに彼の軍扇を以て謙信の太刀を請け留めるのを三太刀迄重ねかけて打ち込んだ。そして、「スハヤ。信玄は討たれたか」と見える処へ、金丸平八郎・原大隅守の両人が二百人ばかりで謙信と信玄の間を取り切って戦った。謙信は大いに怒り、猛虎の荒れたる如く彼の長光の太刀で切り払い、瞬く間に鎧・兵器も瓜を割るが如くに三十六騎切って落とし、東西に駆け破った。しかし、大勢に取り切られ信玄と引き離された。原大隅守は「遁すものか」と追い掛け、青貝柄の鎗で謙信の総角と思う処をハタと突いたが、重ねが宜いので通らなかった。大隅守が再び鎗の石突で謙信の馬の鞦を打っと、名馬とは言え大いに驚いて跳ね上がりざまに倒れた。謙信が馬と共に倒れる処を大隅守は、「得たり（上手く行ったぞ）」と馬から飛んで下りて謙信に組み付いた。しかし、謙信は大力の猛将なので大隅守を引き掴んで三間（約五・五メートル）ばかり投げ飛ばした。其処へ越後勢の西條・山吉の両将が五百余騎で馳せ来たって、謙信を急いで馬に乗せ引き包んで退こうとした。すると左の方より六文銭の旗を翻し、真田源太左衛門信綱が相木森之助・望月玄蕃

を左右に従え、

「大将上杉殿へ、真田信綱見参」

と言い様三人張りの重籐（しげとう）（註②）に十三束（ぞく）三ツ伏（ふせ）の矢を鏃際（やじりぎわ）まで引き絞りヒョウと放せば、謙信の肩の外れに射当たった。その矢を折った侭（まま）、謙信が太刀を打ち振（ふる）って引き返すのを、山吉玄蕃・北條（きたじょう）安芸守等が駆け隔て真田に切って掛かった。透（す）かさず、信綱は相木森之助には山吉を防がせ、望月玄蕃には北條と戦わせ、自らは謙信に打って掛かった。すると、謙信は能（よ）き程に此処（ここ）を外して本陣へ引き返したので、真田もむやみに追わないで備えを立て直した。是は一徳齊が、

「自分が妻女山へ向かった後に合戦が有ったら、帰るまで待って謙信を挟み討ちにしよう」

と言い置いたので、信綱は斯様（かよう）に様子を見合わせて遅く出て働いたのである。尤（もっと）も一つには、敵を十分に疲れさせてから一戦に破る為でもあった。


（註）

①「連銭葦毛」は馬の毛色の名で、葦毛（白い毛に黒や茶褐色などの差し毛のあるもの）に灰色の円形の斑点の混じったもの。

② 「重籐」は下地を黒塗りにし、その上を白い引き籐で繁く巻いた弓。

四十五　真田昌幸雨宮を渡すの事並びに穴山入道源覚討死の事

妻女山へ向かった人々は此のようなことを知らずに、「空濠を越えて攻めよう」と控えていた。一方、真田一徳齋は家臣の梁田新平・望月宇八・根津新兵衛等を、「若しや、謙信が川中島へ出張ることも有るのではないか」と千曲川の辺に残して置いた。すると、幸隆の遠計に違わず、「上杉が雨宮の渡しを越えた」と聞こえて来たので、早馬で真田一徳齋の陣へ駆け付け注進した。一徳齋は是を聞いて遙かに川中島の方を見ると、黒烟が天を蔽い、鬨の声・矢叫びの音が遙かに聞こえ、間違いなく合戦の最中と判ったので、布下弥四郎・青山又六に命じて此のことを、それぞれの陣へ触れさせ、

「イザヤ。皆で一時も疾く空濠を攻め破り、謙信の小荷駄（註①）を奪って彼を挟み討ちにしよう」

と真田父子が真っ先き駆けて進んだので、高坂弾正・馬場民部少輔・芦田下野守・甘利左衛門尉・小山田弥三郎・同備中守・小幡尾張守・相木市兵衛等は、「遅れてなるものか」と駆けに駆けて千曲川に来て見ると、予て直江山城守が堰止めて置いたので水が深く底をも知れないので渡ることが出来ないと一同が躊躇っていると卯の花縅の鎧に鹿の角の前立物の冑を着けた武者が一騎川端に立ち現れ、

「真田安房守昌幸、雨宮の一番乗りをし味方の為に瀬踏みをしよう」

と呼ばわって渦の巻く川中へザンブと打ち入った。昌幸は乗馬の達人なので、白波を立てて渡って行った。水が深いので馬の平首（註②）も隠れ、終には馬の首と冑の鉢ばかりが白波の中に見えるだけとなった。一徳齊は手に汗を握り、

「穴山・筧はいないか。助けよ」

と鞍上に立ち上がって下知した。すると、筧十兵衛・穴山入道・梁田新平・布下弥四郎を始めとして我も我もと馬で打ち入った。中々に底が深いので馬の足が立ち兼ねて皆やっと游がせている間に、真田昌幸は難なく川の向こうに打ち渡り、武者振いして莞爾と笑う有様は実に希代の勇将と見えた。直江は是を見て、

「スハ。敵は川を渡るぞ。矢玉を使って縮ませよ」

と下知した。真田昌幸は鎧の袖を翳して飛び来る矢を防いでいたが弥々危うく見える処

へ、筧十兵衛・穴山伊勢入道・布下・梁田・望月・根津等が追々に駆け付けた。続いて、高坂弾正・芦田・小幡・小山田・飯富・馬場・相木・跡部等が押し渡って、一万二千の大軍が一度に掛かった。その為、直江の備えも遂に切り崩されてしまった。川中島の信玄の旗本は、敵が後ろの方から乱れるのを見て、

「スハヤ。妻女山へ向った味方が帰って来たぞ。引き包んで一人も遁すな」

と下知したので、甲州勢は俄かに勇気を増して打ち掛かった。真田源太左衛門は是を見て、

「時分は良し。相木森之助・望月玄蕃、進むぞ」

と真っ先駆けて攻め立てた。謙信も今は必死と成って駆け向かい、当たるを幸い切り立て切り立て散々に合戦した。真田昌幸は「謙信を仕留めよう」と、鎗を追っ取って縦横に駆け廻った。穴山入道は北條新左衛門と戦っていたが、穴山に突かれた北條は馬を返して逃げて行った。穴山入道源覚は是を見て、

「汚き者の有様なり。返せ。返せ」

と追い駆けた。処が、源覚の馬がどうしたのか膝を折って倒れてしまった。源覚が真っ逆様に落ちるのを見た新左衛門は馬を引き返えし、馬上より切っ先下げて源覚に切り付けた。穴山は運が尽き、眉間を切り割られて起きることが出来なかった。其処へ北條家の家人が馳せ来たって、穴山の首を掻き切った。新左衛門が大いに悦んで引き返そうとする

処へ一人の若者が後ろから声を掛け、

「父の敵（かたき）、遁（のが）さぬぞ」

と太刀（たち）を打ち振（ふる）って切って掛かった。新左衛門は、「生意気な童子（こわっぱ）め生け捕りにしてやる」と引き返し大手を広げて追い廻った。処が童子とは思いの外（ほか）で、太刀打ち烈しく遂に新左衛門を馬上より切って落とした。そして、首を取って鞍の前輪に付け、なおも敵中深く馳せ入った。その姿は、実（まこと）の勇士と見えた。是こそ、穴山小助安治（やすはる）であった。

（註）

① 小荷駄は、戦場に運ぶ兵粮（ひょうろう）や弾薬・陣地の設営道具などのこと。

② 馬の平首とは、たてがみの下で左右の平らなところ。

四十六　真田昌幸、宇佐美を討つ事　並びに真田一徳齊病死遺言の事

川中島の合戦は謙信が不意に討ち掛かったので、甲州勢は正に敗れようとした。其処へ妻女山に向かった諸将が引き返して来た。真田一徳齊を始めとして皆が切り入ったので、謙信は必死と成って戦いながら犀川の方へ引き退こうとした。謙信は味方を離れ、高野左馬之助・和田喜兵衛と僅か三騎で引き揚げた。その後は直江・甘粕・北條・山吉等が、離れ離れと成って戦っていた。真田安房守は、「謙信を討とう」と越後勢の中を彼方此方と駆け廻っていたが是ぞと目指す敵にも出逢わなかった。偶々紺糸の鎧に同じ毛の冑を着した大将が犀川の方へ引いて行くを見て、「是こそ謙信に違いない」と思い鎗を捻って追い駆け、後ろから突いて掛かった。しかし、謙信ではなく宇佐美駿河守だった。昌幸は、謙信と思ったので一際烈しく鎗を突き出した。左の膝を突かれた宇佐美は鞍坪に堪り得ずに落ちようとした。其処を昌幸が石突で胸板を突くと、駿河守は真っ逆様に落ちた。昌幸が一鎗に差し殺し首を取って見れば、謙信には非ずして駿河守であった。越後勢が大崩れして犀川の方へ引くのを、我も我もと追い討ちにした。真田兵部丞昌輝も抜群の働きをして、下次郎と言う者を討ち取った。

その外一徳齊の手には首数千余級を得た。よって信玄は大いに悦んだ。しかし、此の度の戦いで舎弟左馬之助信繁・諸角豊後守・山本勘助入道道鬼・初鹿野源五郎を始めとする諸将が夥しく討たれたので、以ての外に悲しんだ。真田の家臣でも老功の忠臣穴山入道源覚が討たれたので、一徳齊の愁傷は大方でなかった。しかし、「嫡子の小助安治が北條新左衛門を討ち取った武勇は父にも優る」と不覚涙に噎んだ。

さて、此の度の合戦は謙信・信玄の何れが勝ち共負け共定め難い。しかし、「信玄が終始床机を離れずにいたのだから、武田方の勝ちであろう」と言う者も有り、「武田は旗下の将士が多く討ち取られたのだから、上杉方の勝ちである」と言う者もあった。

既に初年の暮れ（註①）に信玄は一人の男子を儲けた。信玄は先に滅亡した諏訪頼重の娘を側室にしたが、その側室が母親である。信玄は可愛がって育て、後に諏訪の家督として諏訪四郎勝頼と名乗らせることとなった。

その年も暮れ、明ければ永禄六年（一五六三）正月に至って一徳齊は何となく老病に冒された。あれ程に古今の智将と呼ばれた幸隆にも黄泉の迎えが来たので生を延ばす手術もなかった。実に、果敢なきものは人の生死である。幸隆は正に命の終わろうとする時、密

かに三男昌幸を呼び近づけ、

「子を見ることは、親には叶わない。兄信綱・昌輝があるとは言え、其の方の高才は是に優れ、天晴君の御為にも成るべき者である。幸隆の此の度の病気は寿命である。就いては其の方に遺言するので、我に替わって是を守れ。抑々晴信公は幼年より才智優れた大将ではあるが、大きな瑕瑾（短所）がある。御父信虎公を廃し、その勢いが広大なのに乗じて奢侈に長じ、美女を数多集め音楽酒宴に耽って軍議を忘れ、武門に生まれながら禅学を好むこと、是智将の為す処ではない。然しながら禅学も諸悪莫作修善奉行（註②）の道に寄るべきであるのを、然はなくして詩作・問答を好み座禅を為す。是何事か。且つ又、諸将を見ること芥の如くである。必ず恨み背く者が出て、敵方へ内通するであろう。是は大い成る禍である。其の方我に替わって、諸将を馴付け能く君を諌めるように。さて又、先達て駿府へ廃去された信虎公は今は円福寺と言う禅寺に引き籠り物憂く暮らされていると聞く。その故は去る永禄三年（一五六〇）五月十九日に今川義元が上洛しようとして、尾州（尾張）桶狭間に於いて織田信長の為に討たれた。その後、家嫡氏真が国を治めてはいるが、父の仇を報じようとも思わず、民を苦しめ栄華に驕り我意を振るって、寵愛の美童で元服して三浦右衛門大夫と言う者に万事を計らせ、重代の老臣を斥け、終に寵臣朝比奈兵太夫迄も恨み疎んじた。更に三浦は先主義元が寵愛の側室の菊鶴と言う美婦と密通して、弥々権威を振るっている。義元が存命の間は信虎公を大切にしていたが、義元が討死した後は是を軽しめ誰一人尊まず、信玄と内通して今川家を亡ぼす心が有るなどと讒言する者がある。その為、信虎公は入道して円福寺へ移り浅ましい暮らしをしていると聞く。それなのに信玄公は是を聞き流しにして、自身は贅沢に暮らしている。誠に不孝の振る舞いである。信虎公が駿府へ廃去された後側室に男子と女子が生まれ、男子は信友君（註③）、女子は義元が在世の時に我が娘として今出川大納言晴季卿（註④）の御簾中とされた。信友君は父信虎公と共におられるので、幸隆は何とかして此の御父子を迎え奉ろうと思っていたが合戦の止む時がないので思いもよらず延引してしまった。我が死んだなら早速其の方が計らうように。且つ又我熟々後世を思うのに、猛将は沢山おるが天下を治むべき大才はいない。此の争乱を治める者は尾張・三河両国より出ると思う。是れこそ幸隆の明言と思って呉れ。武田家の滅亡は旦夕に迫っている。恐ろしや。恐ろしや」

と遺言をした。そして、七十四歳を一期として永禄六年（一五六三）岩尾（註⑤）に於いて病死した。子息等は言う迄もなく、一門・郎等が歎き悲しんだ。とは言え、何時までもそうしていられないので慶雲寺へ葬り、法名は英譽院殿清雲仁翁大居士と号した。子息の源太左衛門信綱が父の家督を継いだ。次男兵部丞昌輝は病身であった。三男安房守は若輩であるが父の遺言を守り、岩尾は兄信綱・昌輝に任せ置いて、その身は密かに布下弥四郎貞

家を引き連れ、岩尾を出て駿府に赴き円福寺に行き信虎に面謁した。信虎は訝し気なる体で、

「遥々此処に来て我を訪れるのは如何成る者か」

と尋ねた。昌幸は謹んで、

「某は真田弾正忠幸隆の三男、安房守と申す者です。父幸隆が此の程果てんとする折に某を近くに呼び、我が死後は我に代って信虎公を訪れてお会いし、且つ又上野介様の御用をも承まわれ。武田の御家に数多の臣があるとも、新しきを得て古きを忘れる者而巳なので、先君を訪れる者は一向にない。某に代わって幸隆が無二の心をお知らせせよと申しました」

と涙ながらに申し述べた。信虎入道は大いに悦び、

「我は諸臣の諫言を聞かず、短慮の余り近臣を害した罪によって此のような姿になったのであり、強ち人を怨むこともない。子息信玄は我に勝って勢い猛く古今の勇将であることや、我子の勝ち軍の様子を風の便りで聞いては嬉しく思っている。その上に幸隆は無二の忠臣であって、其の方に我を尋ねさせたことを嬉しく思う。是は、幸隆の申した上野介信友である。今年二十三歳になるが、甚だ柔弱なる生質である。誰でも良いから此の忰を預かって呉れる者があれば、我は此処で身を屈めているよりも京都に上りたい。今出川大納

言殿は我が婿なので、其処へ行って老体を養おうと思う。汝が此処に来たのを幸い、此の信友を預かって帰り、信玄は兄なので宜しく推挙して小禄であっても与え呉るように頼みたい」

と打ち悄れて言った。昌幸は不覚に涙を落とし、

「さしも猛将と呼ばれた信虎公の御有様、申し上げようも御座いません。是に召し連れて参りましたのは、布下弥四郎と申して父から我に仕えています。此の者の父は君に討たれた今井貞国で、その嫡男です。父幸隆を頼って遁れて参ったのを某方で養って参りましたが、唯今では大剛の者になりました」

と申し述べた。信虎は弥四郎の手を握って大いに歎き、

「信虎智浅く、其の方の父を害したのは皆佞臣のせいである。必ず父の敵と思って呉れるな」

と古のことを語り歎いた。貞家は大いに驚き、

「我が父が不幸にして君のお手討に逢ったことは、強ち悔むに足りましょうか。君の為に死ぬのは臣の常です。黄泉の父は唯今のお言葉を聞いて、定めて成仏致すでしょう」

と神妙に申し述べた。信虎は黄金の冑と来国俊の太刀を持ち出し、冑を昌幸に、太刀を布下に与えた。そして、

「我が心に掛かる一子を真田に預けたので、此の上に思うことは少しもない。是よりは一(いっ)時(とき)も早く京都に上(のぼ)って老いを養う積(つ)もりである。是を信虎の形見と思って呉れ」と言って、落涙数刻に及んだ。

（註）

① 『三代記』には「既に初年の暮れに」勝頼が誕生したと書かれており、初年とは永禄(えいろく)五年（一五六二）を指しているように思われる。しかし、勝頼が生まれたのは天文(てんぶん)十五年（一五四六）であり、大きなずれがある。

② 「諸悪莫作修善奉行」とは、「悪しきことをせずに、善きことをしなさい」の意。

③ 『三代記』には「信澄(のぶずみ)」とあるが、駿河で生まれたのは「信友」なので訳者が信友に訂正した。なお、この後「上総介(かずさのすけ)信澄」とも出てくるが信友は「上野介(こうずけのすけ)」なので、訳者が訂正統一した。

④ 今出川大納言晴季は、戦国時代から安土桃山時代にかけての公卿。正しくは権大納言(ごんだいなごん)か。

⑤ 『三代記』では「幸隆」は「永禄六年（一五六三）」に「岩尾」（現佐久市鳴瀬）で病死し、「慶雲寺」に葬られ、戒名は「英譽院殿清雲仁翁大居士」となっている。しかし、「天正(てんしょう)二年（一五七四）」に「真田」（現上田市真田町）で病死して、「長谷寺(ちょうこくじ)」に葬られ、戒名は「一翁(いちおう)

干雪大居士」と言うのが通説である。

四十七　昌幸父の遺言を受け先君に謁する事並びに布下弥四郎武勇の事

さて、真田安房守昌幸は信虎入道に面謁し、父の忠義の心を述べると、信虎は大いに悦び、上野介を真田に預け、自身は上京を望んだ。そこで昌幸は、「上野介殿は昌幸がお預かりしますので、御気遣いの必要は御座いません。安心して御上京下さい。道中の付き人には、布下をお召し連れ下さい」と述べた。そして、昌幸は上野介を伴い暇を告げて、上下十六人にて甲府に帰って行った。信虎は布下弥四郎始め真田の従者二十人ばかりを引き連れて、明日京都に出発する用意をした。処が、どうして洩れたのか今川氏真に告げる者があった。氏真は大いに驚き、三浦右衛門大夫を呼んで評議した。すると、三浦は、「是迄信玄が此の国を攻めなかったのは、信虎父子がいたからです。それを密かに連れ出すのは、異心を懐き当家を押し倒そうとする所存と思われます。急ぎ今宵の内に追手を遣わして、信虎入道を生け捕り下さい」

と威丈高に言った。元来愚昧の氏真故に何の思慮もなく、曲淵庄左衛門を大将として二百余人を円福寺へ押し寄せさせた。斯かる事とはつゆ知らず、信虎入道・布下貞家を始め密かに旅の支度を調えて臥せている処へ、曲淵の軍勢が四方から鬨を作って押し寄せて来た。従者も寺僧も皆々大いに仰天し、上を下へと騒ぎ立てた。信虎入道は猛将なので枕元の太刀を追っ取り、

「信虎歳七十を越えたが、太刀打ちは古に劣ってはいない。恩情を忘れて向かう逆徒は出て来い。微塵にして呉れるぞ」

と牙を噛んで怒り立った。弥四郎貞家が躍り出て、

「鶏を裂くのに、どうして牛の刀を用いることが有ろうか（註①）。貞家が参って蹴散らしましょう」

と、先に賜わった国俊の太刀を横たえ腹巻き（註②）ばかりをつけて討って出た。是に続いて真田の従者二十人が切先を揃え切って掛かった。曲淵は、

「敵は小勢である。一人も遁さず討ち取れ」

と下知して十重二十重に取り囲んだ。布下弥四郎は獅子の荒れたる如くに当たるに任せて切り捲った。曲淵庄左衛門の舎弟庄九郎は大剛の者なので、「弥四郎を討つぞ」と馳せ向

かった。貞家は莞爾と笑い、「我が敵には似合わないが、向かって来るとは可愛いらしい」と二・三合戦った。布下の打つ太刀を請け損じ、庄九郎は冑の真っ向より胸板迄切り割られ二言と言わず息絶えた。庄左衛門は是を見て、

「眼前にて弟を討たれ、どうして堪えることが出来ようか」

と諸卒を下知して布下一人を取り巻いた。其処へ、一人の法師武者が紫縅の鎧に白練絹にて鉢巻し四尺余（約一・二メートル）の大長刀を水車のように廻し、群がる今川勢を四方八方へ追い捲った。布下は是に力を得て、共に敵を切り崩し切り崩し追い討ちにしたので、庄左衛門は手勢を過半討たれ駿府を指して逃げ帰った。布下弥四郎が寺内に立ち帰って見ると、曲淵を切り捲ったのは何と信虎であった。人々は、古に劣らぬ猛将であると感じ合った。布下弥四郎は、

「必ずや、再び敵兵が押し寄せて参ります。早々京都へ赴きましょう」

と言って、その用意を調え円福寺を打ち立った。今川氏真は曲淵が敗北して帰って来たが、再度討手の沙汰にも及ばず、その侭に捨て置いた。

そうしている内に、武田信虎は京都に到着して、今出川大納言晴季卿の方へ赴いた。頓て布下は暇を頂いて甲府へと帰った。何者がしたのであろうか、一首の狂歌が今出川殿の門に書き付けられた。

婿入りを未せぬ先に舅入り菊亭よりは武田入道
是は今出川殿を菊亭殿とも号す故であった。

（註）

① 『論語』の「割鶏焉用牛刀」より来た言葉で、ここでは「小事を処理するのに大人物を用いる必要はない」の意。

② 単なる腹巻きではなく、軽便略式の「腹巻き鎧」のことである。

四十八　信玄、嫡子義信と不和の事並びに真田昌幸忠諫の事

真田安房守昌幸は父幸隆の遺言を守り、駿府に赴き信虎に面謁し、武田上野介を預かって帰り岩尾で養育した。

一方信玄は嫡子義信を疎んじ四郎勝頼を寵愛したため、嫡子の威勢は次第に衰え、勝頼に阿り諂う者が多くなった。此のことを真田昌幸は大いに歎き、何とか諫めようと甲府へやって来た。早速登城して来た安房守を遥かに見た信玄は、

「能くぞ参ったな。幸い裏庭の桃の花が今盛りなので諸将を集めて酒宴を催し、軍労を慰めようと思うが如何か」

と何時になく上機嫌であった。昌幸は平伏し、

「是は良き折に参上しました。是非、そのようにお願いします」

と言った。信玄は裏庭に出ると共に、美酒と佳肴を集めて諸将を招いた。甘利左衛門・飯富兵部少輔・馬場民部少輔・跡部大炊助・今福善九郎・長坂入道釣閑・小山田備中守・真田安房守を始め宗徒の諸将が居並び、中央には晴信入道、右は諏訪四郎勝頼、左は孫六入道逍遙軒、皆座席を設け酒宴を開いた。庭前の桃の花は爛漫と咲き乱れ春色が映ろい、盞盃の数も巡ったので諸将士は労を忘れて興に乗じて已に酒宴が酣になった。頃合いを見て昌幸は座中を眺め信玄の前に進み出で、

「何故に、義信公は此の座には見えないのですか」

と問うた。信玄は、

「義信は我が心に応じないので、此の座から省いたのだ」

と答えた。昌幸は大いに歎いて暫く言葉もなかったが、漸々に首を上げ、

「前車の覆えるは後車の戒め（註①）と承る。我が父が病死する際に某に遺言したのは、君は已に御嫡子を斥けようとの萌しがある。是は先君が君を廃そうとしたのと同じである。義信公には元より過失がないので、臣下の中には是を他処に見る者而巳ではない。必ず腹心の病の生ずる憂いがある。先達て川中島の合戦の時の義信公の天晴なる御働きを御覧になられたでしょう。必ずや、君の御後に立たれるべき勇将と存じます」

と諫めた。信玄は、

「幸隆の悴とは言え、此の信玄に向かって諫言するとはおこがましい。我既に甲信を手に入れ、飛騨・下野もほぼ半国ずつ切り従えた。勢いが勇猛なので、老臣であっても我が顔を見る者がない。それなのに、乳嗅い嘴啄を以て我を諭そうとは何事か。義信は我が悴である。どうして他人の教えを受ける必要があろうか」

と大いに怒って奥へ入ってしまった。その為、酒宴も是を限りとして皆々退出した。跡に残った昌幸は、歎息して座をも立ち兼ね暫く落涙していた。其処へ長坂釣閑がやって来て、

「真田殿は何を然様に歎いているのか」

と声を掛けた。昌幸は、

「武田家の危うきこと旦夕にあるに、飯富・跡部・馬場を始めとする老臣が君を諫めずに

滅亡を待っているのが恨めしい。斯かる不忠の輩が多いので、君は我を若輩だと侮って言うことを聞いて下さらない。此の上は昌幸、剱の上に臥して諫言するしかない」

と言って諸肌を寛げ已に自害すると見えた。長坂は慌てて、

「ヤレ待たれよ。真田殿」

と刀を押さえた。昌幸は振り放して、

「君の為に死するは武士の習い。止めて下さるな」

と争った。すると信玄が走り出て、

「天晴なり、昌幸。其の方若輩にも関わらず斯くまで我を思って呉れるのか。我今我が非を知った。以後は慎む。昌幸、自殺を止まり忠勤を尽して呉れ」

と言った。昌幸は、ハッと平伏し、

「未熟の某が申したことをお聞き頂けるとは、実に有難きことです」

と嬉し涙に暮れた。信玄が再び酒宴を催し真田を饗応したので、昌幸は大いに悦び、やがて岩尾へと帰って行った。

一方飯富兵部少輔は、その夜我が屋敷に帰り能く能く考えるに、「今日の酒宴の座席に於ける真田の諫言は、実に理に当たっている。自分が思うには、御嫡子義信公の器量は天晴国を保つべき君である。しかし、信玄公は勝頼殿を深く寵愛している。聊かのことが

あっても惣領を廃し、勝頼殿に家督を譲るだろう」と思った。飯富は後に、そのことを義信の守役の曽根周防守（註②）に語った。すると、曽根は智はありながら愚かで、口先が上手く悪賢い者なので大いに怒って、義信に種々悪事を勧めた。勇猛ではあるが考えの浅い義信は、牙を噛で大いに怒って密かに謀反の企てをした。曽根周防守が腹心の者と語らうと、長坂源五郎・初鹿野小兵衛・松村豊後守（註③）を始め宗徒の面々三十余人が加わった。時に長坂源五郎が進み出で、

「先日の桃の宴席で、真田昌幸は義信公に関わって信玄公に諫言しました。ですから、きっと一味に加わるでしょう。誰かを岩尾に遣わして真田を味方に加えたならば、是に過ぎたる悦びはないでしょう」

と言った。曽根周防守は、

「是こそ心強いことである。早々使者を遣わそう」

と言った。そこで、義信は弁舌に勝れた大谷刑部左衛門を岩尾へ遣わした。

是より先真田昌幸は岩尾へ帰り、武田上野介信友と兄源太左衛門・兵部丞の両人に対面し、信玄に諫言したことなどを話して我が屋敷へと帰った。一両日過ぎて、大谷刑部左衛門が密使としてやって来た。大谷は対面の上、

「信玄公は近頃嫡子太郎殿を憎み、四郎勝頼殿を家督に立てようと内々に巧むのみなら

ず、義信公を害そうと計っています。是により家老飯富兵部・曽根周防等の老臣は先君信虎公の例に倣って信玄公を廃して、義信公に家督の相続をしていただこうと相談が一決しました。就いては、昌幸殿にも義信公を見捨てず御同心下されたい」

と述べた。昌幸は大いに驚き、「人倫の道に反する口上」とは思ったが色にも出さずに、

「御使者の趣き承知した。然し昌幸の一存でお味方するとは言い難いので、兄信綱・昌輝にも相談し追って此方からお返事しましょう」

と言って大谷を返した。そして、直ちに兄信綱の許に行き義信からの使者の趣きについて、

「予てことが起こるだろうと思っていましたが、果たして義信公に陰謀を勧める者が有って、信虎公の例に倣って父君を追い出し、家督を継ぐことに一決したと言います。如何取り計らいましょうか」

と語った。信綱は暫く思案してから、

「是は大変である。信玄公へ告げれば義信公を我々が讒言して殺すことになるし、聞きのがしにすれば主君の御身の大事になる。双方の無事を計るには、義信公へ諫言して父子の仲を穏やかにする外に策はない」

と言った。昌幸は、

「兄君の御思慮と、某の心中も全く同じです。急ぎ甲府へ行き、和議を調えましょう」

と答え、早々甲府へと赴いた。

（註）

①「前車の覆えるは後車の戒め」は『漢書（かんじょ）』にある諺（ことわざ）で、先人の失敗は後の人の戒めになるの譬（たと）え。

②『三代記』には「義信の守役の曽根周防守」とあるが、実際の守役は飯富兵部少輔（虎昌（とらまさ））であり、曽根は義信の乳母（うば）の子である。

③『三代記』には「松村豊後守」とも「村松豊後守」とも出て来るが、武田家の家臣団には「松村」も「村松」も見当たらない。訳者が「松村」で統一した。

四十九　武田義信（よしのぶ）逆心今川家合戦の事　並びに陰謀（いんぼう）露顕（ろけん）方人（かたうど）召し捕られる事

飯富兵部（おぶひょうぶ）・曽根周防守（すおうのかみ）・長坂（ながさか）源五郎等を始めとする者共が逆心を勧めたので、若輩（じゃくはい）ながら勇気盛んな武田太郎義信は速やかに同意した。そして、先君信虎を父晴信が廃したのに倣って、岩尾与市と言う腹心の武士を使いとして駿府へ遣わし、氏真を方人（味方）に頼んだ。今川家では、此のことを三浦右衛門（註①）を呼んで評議した。三浦は大いに悦んで、

「是こそ今川家に取っては吉事です。信玄は威勢を近国に振るい、向かう処破れないと言うことがありません。近々上洛を遂げ、天下を掌握しようとの心底です。然れば、当家をも攻め潰そうと謀ることは間違いありません。それにも関わらず、嫡男の義信が陰謀を企て信玄を廃そうとするのは、天が武田の領国を当家に取る機会を与えたのと同じです。よって此の度の企てに一味して信玄を廃去すれば、自然に武田は幕下となりましょう。甲信の勢を催して、徳川家康を攻めて服従させ、先君義元公の敵である織田信長を攻め亡ぼして、天下を手にするのは此の時です。此の機会を絶対に取り外されませんよう、此の度の陰謀に是非一味下さい」

と勧めた。元々愚昧な氏真なので、特に思慮もなく義信へ一書を送り、「必ず本意を遂げさせよう」と起証文を添えて遣わした。義信は是を見て悦び、「我が大望は必ず成就するぞ」と飯富・曽根・長坂を始めとする者共と酒宴を催した。義信は、

「今川家が味方に荷担する上は、是に過ぎる悦びはない。しかし、父信玄は祖父信虎公と

は違い智謀の深い人なので、如何（いかが）して欺（あざむ）いたら良いだろうか」

と言った。すると長坂源五郎が進み出で、

「戦国の最中なので越後か、飛騨か何方（いずかた）かへ出馬のある時を狙って留守の中（うち）に甲府の城を攻め取って家督すれば、信玄公を悪（にく）く思う輩（やから）が味方に参るのは必定です。その時に和平を申し入れ信玄公を諏訪の城（註②）に押し込め隠居させて、義信公が甲府を治められるのは如何でしょう」

と手に取る如くに述べた。飯富虎昌（とらまさ）は眉（まゆ）を顰（ひそ）めて、

「それは如何か。そのようにした時は不義・不孝の名を義信公一人が負うことになってしまう。そのような大将に従って、忠を尽くす者が有りましょうか。就（つ）いては、若輩ですが昌幸（まさゆき）が来るを待って評議されるのが宜しいでしょう」

と、その日は評定（ひょうじょう）を止めた。

　然（さ）る程（ほど）に真田安房守（あわのかみ）は、「何とか信玄・義信父子（ふし）の仲を穏やかにしよう」と思い甲府へやって来た。そして、先（ま）ず信玄へ謁（えっ）して、

「兄の信綱（のぶつな）が、愚弟の某（それがし）を以（もっ）て申し上げます。御父子（ごふし）が不和であるのは御当家の破滅の基（もとい）です。何卒（なにとぞ）宜しく御賢慮（ごけんりょ）下さい。なお、嫡子義信公は我々に暫（しばら）くお預け下さい。臣不才（ふさい）ではありますが、良からぬことは諫言（かんげん）し御得心なさるように計らいます」

と謹んで申し述べた。信玄は是を聞き、

「さてさて其の方は、念の入った者である。我既に桃の宴の折に委細は聞き届けた。義信も勝頼も我が子であるから、どうして疎略にすることがあろう。昌幸は未だ若輩で子を持たないので、そのように心が片寄るのだ。能々弁えよ。流石に幸隆の子だけあって、臆せずに我を諫めるのは有難い」

と言った。昌幸は、

「有り難き仕合わせ」

とお礼を述べた。そして、信玄の前で諸方の手配りの軍議に数刻を費やしている処へ、義信の横目付である坂本武兵衛・萩原豊後守の両人が急拠走り来て何やら密意の書き付けを出した。信玄は是を見て俄に顔色を変じ、

「其の方等、一人も逃がさず召し捕れ」

と怒ると、坂本・萩原の両人は畏まって急ぎ退出した。昌幸は怪しく思い、信玄に向かって、

「如何成ることが出来して、然様に怒られるのですか」

と問うと信玄は大息を吐いて、

「義信は已に我が老臣の飯富兵部少輔・守役の曽根周防守と談合し、此の信玄を廃去しよ

うと今川家に諜じ合わせたことが聞こえて来た。就いては、徒党の者を今坂本・萩原に申し付け生け捕りにしようと計ったのだ」

と顔色を焔火の如くにして言った。昌幸は、「さてはことが露顕したか。我が思慮とは大いに相違してしまった」と思ったが、驚いた様子で、

「これは一大事です。しかし、粗忽の御成敗をされないように、篤と実否をお糺しの上御賢慮下さい」

と申し述べて退出した。

　既に義信の陰謀が露顕したので、坂本武兵衛・萩原豊後守は捕手の人数を引き連れて一味の人々の処へ馳せ向かった。坂本武兵衛は先ず初鹿野小兵衛方へ行って何気ない体で、

「君より密命が有って参った」

と言うと、小兵衛は早くも気を覚って、「さては此の度の陰謀露顕したか」と側らの刀を引っ提げて逃げようとするのを、坂本武兵衛は手早く捕えて押さえつけ縄を掛けた。

　一方萩原豊後守が松村方へ赴くと、丁度長坂源五郎が来合わせ密談をしている処だった。萩原が対面を請うと、「何事であろう」と松村豊後守が立って出るのを萩原の家人の石原平蔵が捕って押さえ縄を掛けた。その外家内の男子十六人を搦め捕ったので、長坂源五郎は大いに周章て逃げ出そうと屋敷の塀を乗り越えようとした。しかし、元来能く肥っ

ているので越すことが出来ずに、彼是(あれこれ)している中(うち)に生け捕られた。

（註）

① 今川家の家臣三浦右衛門は、通称を「右衛門大夫(うえもんのだいぶ)」と言い、諱(いみな)は「真明(さねあき)」とも「義鎮(よししげ)」ともいう。

② ここで言う「諏訪の城」は、「上原城」（現茅野(ちの)市上原）を指すものと考えられる。

五十　飯富兵部少輔(おぶひょうぶのしょう)切腹の事並びに織田信長(のぶなが)、勝頼を婿(むこ)にする事

善事(ぜんじ)門を出ず、悪事(あくじ)千里を走る（註①）とか言う。武田太郎義信(よしのぶ)は曽根周防守(すおうのかみ)の勧めによって逆心を起こし、父信玄(しんげん)を廃そうと今川氏真(うじざね)を頼み専ら(もっぱ)陰謀(いんぼう)を企てた。しかし、ことが露顕して松村・長坂(ながさか)・初鹿野(はじかの)の三人は生け捕られてしまった。然(しか)るに飯富虎昌(とらまさ)は少しも知らずに、閑所(かんしょ)で書を読んでいた。其処(そこ)へ舎弟の三郎兵衛昌景(さぶろうひょうえまさかげ)が忙(せわ)しく入って来た。虎

昌は怪しみつつ、

「何事か」

と尋ねると、昌景は両眼に涙を浮かべ、

「兄上、何故に重恩の君を廃去しようと逆意を企てられたのか。是臣たる者の慎まねばならない処であって、是より大なる不忠はありません。又我が家は代々忠臣と呼ばれて来たのに、その名を汚し不忠不義の人となるのなら如何なる企てであっても成就することはありません。早々思い止まり下さい」

と歎き諌めた。虎昌は然あらぬ体で、

「某、先君の時より戦場に赴き君の馬前に於いて命を塵芥よりも軽んじ、大敵を追い退ぞけること、その数を知らない。然るに我今更何の不足あって、不忠不幸の行いをして家名を汚すことがあろうか。其の方、何を以て斯かる不浄の語を発するのか」

と言った。三郎兵衛は涙を払って、

「此の度太郎義信君は父信玄公を廃そうと、今川と語らい逆心の企てをしました。その首謀者は、飯富虎昌であることが既に露顕しています。是は不浄のことではないのですか」

と詰った。虎昌が黙然として詞なく指し俯向いたので、三郎兵衛はスッと膝を進めて、

「斯くなる上は是非もありません。軈て此方へも討手が向かって来るでしょう。討手の来

ない中に潔く切腹して下さい。某、兄上の首を持って君の御前に出で不忠のない申し訳をし、その場で腹を掻き切りましょう。急ぎ用意下さい」

と急き立てた。そこで虎昌も、「実にも」と思い諸肌脱いで腹を十文字に掻き切った。昌景は泣く泣く介錯し、その首を袖に押し包んで、信玄公の御前へと急いだ。


さて、「虎昌が切腹し、舎弟の三郎兵衛が首を討って大将の御前へやって来た」と言うので、萩原豊後守は五十人を引き具して曽根周防守の宿所に押し寄せた。周防守方では思いも寄らないことなので、家老の梁田弥太夫は鎧も着けず素肌の侭追っ取り刀で躍り出て、近寄る者を七・八人矢庭に切り倒しなおも勇を振るった。梁田一人に切り立てられ近寄る者がないのを見て、萩原は、

「彼は勇成るとは言え一人である。手に余るならば鉄砲で撃ち殺せ」

と言う間もなく、雨霰の如く撃ち掛けた。その身は鉄石でないので、乱軍に撃ち立てられ、梁田は立った侭死んでしまった。此の間に曽根周防守始め七・八十人が鎧を着し、我も我もと打って出て秘術を尽して防いだ。しかし、矢玉に打ち縮められ遂に討ち取られた。曽根周防守・同嫡子兵衛尉の二人は猶も屈せずに戦う処へ、萩原豊後守の家臣の菅野又七郎が、周防守を目掛けて討って掛かった。周防守は、「心得たり」と渡り合い暫く戦ったが遂に生け捕られた。兵衛尉は、「今は是迄」と覚悟を極め群集る敵中へ駆け入っ

て討死した。斯くて武田太郎義信は、辻六郎兵衛に座敷牢へ押し籠られた。

　此の時三郎兵衛昌景は大将の御前に出で虎昌の首を出し、

「我が兄虎昌は先君信虎公の時からお仕えし数度の軍功を立て、山より高く海よりも深い厚恩を蒙りました。それなのに如何成る天魔に魅られたのか、此の度太郎義信公の陰謀に与し君を廃去しようと謀ったのは、不忠ではなく不義と申すべきでしょう。しかし、此のことは虎昌の身に覚えの無い旨を呉々申し述べて切腹しました。就きましては、申し訳の為に首を御覧に入れます。又兄弟の某は一向存じてはいないのですが、人々が疑うことも有るでしょうから御前にて自害仕ります」

と已に切腹の覚悟と見えた。信玄は、

「ヤレ逸まるな昌景。其の方の忠節は予てより知っている。如何して疑うことが有ろうか。切腹を止めよ」

と声を掛けた。そして、虎昌の首を見て信玄は、

「屡々戦功を立て、我に代って働いた忠烈の士も武運拙なく不忠の名を取って自害したか。その心が不便である」

と涙を浮かべ声を曇らせて言ったので諸将も袖を潤した。是より後、山縣の家督を飯富に与え山縣三郎兵衛昌景と改名させた。是は、先に信虎の為に手討ちに逢った山縣河内守虎

清の名跡が絶えていたからである。

さて又曽根周防守・長坂源五郎の両人は、国境に於いて梟首にされた。その外松村豊後守・初鹿野小兵衛等は誅せられ、武田義信は禁獄と極まった。

話かわって、美濃・尾張両国の大守織田弾正忠平信長は、織田備後守信秀の二男であり、幼年の頃から大志のある実に希代の猛将であった。永禄三年（一五六〇）の春尾州（尾張）鳴海の桶狭間に於いて今川義元を一戦に討ち亡ぼし、続いて斉藤龍興を倒し美濃・尾張両国に威を振るい、次第に郡国を蚕食し「天下を掌握するだろう」と思われていた。しかし、近国では武田大膳大夫晴信入道が甲信両国に威名を轟かせており、一朝一夕には亡ぼし難かった。そこで、「先ず暫くは和議を結んで置かなければ、我が大望の妨げと成るだろう」と思って種々謀を廻らしていた。信長の臣下の木下藤吉郎秀吉と言う者は、尾州愛知郡中村の百姓弥助と言う者の忰であるが、天性の才智に優れ、孫子と呉子の秘書は深く学んではいないが、その奥義深謀遠慮が図に当らないと言うことなく、実に古今稀なる智士であると、その名を遠近に轟かしていた。それ計りか、桶狭間の一戦には敵将義元を討ち取り（註②）、稲葉山の城攻めには洲股川の砦を築き、奇功・異勲が屡々あるので、信長公は此の度のことをも相談した。秀吉は謹んで、

「某熟々思うのに、今武田の勢いは広大であり、今川義元如きの輩ではありません。先達

て川中島の一戦に山本勘助が討死し、その後真田一徳齊が病死したとは言え、未だ臣下に智勇の士が多く容易くは攻め亡ぼし難いでしょう。然りとて此の侭にして置けば、往々は邪魔になりましょう。就きましては一旦唇歯の交わりをして置き、我が君のお望みが成就したなら、信玄を討つことも容易と成りましょう。今和議を結ぶのが宜しいでしょう。その訳は、信玄は嫡子を退け四郎勝頼を寵愛しています。我が君の御妹婿遠山勘太郎殿（註③）の御息女を君の御養女として、婚姻の儀を申し入れ下さい。ことが調いましたら、又如何ようにも謀があります」

と囁いた。信長は、

「実に妙計である」

と言って、織田掃部介（註④）に万事を言い含めて甲府へと遣わした。

（註）

① 『三代記』には「善事門を出ず、悪事千里を走る」とあるが、中国・宋の孫光憲の著した『北夢瑣言』の「好事門を出でず、悪事千里を行く」から来た言葉であるという。「良い行いはなかなか世間に伝わらないが、悪い行いはすぐに世間に知れ渡る」と言う意味。

②『三代記』には、「桶狭間の一戦には敵将義元を討ち取り」と秀吉の手柄の如くに書かれているが、義元に一番鎗を付けたのは服部小平太で、討ち取ったのは毛利新介というのが通説である。

③『三代記』には「遠山甚太郎」とあるが、訳者が「遠山勘太郎」に訂正統一した。勘太郎は「直廉」と言い、苗木の城主。妻は織田信秀の四女で、信長の妹聟に当たる。

④織田掃部介は信長の家臣で名を忠寛と言い、尾張国日置城主である。

五十一　武田信玄上州厩橋を攻る事並びに真田信綱夜討ちの事

永禄八年（一五六五）九月九日に、織田信長の使者織田掃部介が甲府へやって来た。そして、信玄に面謁し、

「信長は未だ信玄公に対面してはいませんが、武田家の英名は予てから承知しております。信長は近頃尾張と美濃を切り従えたので、貴領の信州木曽と境界を接することとなり

ました。就いては民百姓の往来も互いに問題がないよう、日頃武功の秀名なる諏訪四郎殿へ信長の娘を送り舅婿の交わりをしたいのです。処が信長の嫡子奇妙丸（註①）でさえ漸く十歳であり、婚姻を取り結ぶべき娘を持っていません。妹婿の美濃苗木の城主遠山勘太郎の娘を予て養っていますので、是を勝頼殿へ参らせ永く親しみを結び度く存じます」

と礼を尽くして述べた。是を聞いた信玄は大いに悦び、

「我日頃寵愛する勝頼なので、何卒似合の嫁をと思っていた処なので今天下に名を得る信長殿を舅にすることは此の上もない悦びである」

と早速承知したので、掃部介は急ぎ岐阜へと帰って行った。

　此の時真田安房守昌幸は甲府にいたが、此の儀を聞き甚だ不快の体にて布下弥四郎に、

「此の度岐阜より勝頼公へ婚姻のことを勧めるのは、信長に天下統一の望みがあるものと見える。然れども、武田家は容易く攻め難いのを知っている。信長の家臣で専ら軍慮に賢いと伝え聞く木下藤吉郎とやら言う者が指図して、娘を餌食にして信玄公を欺こうとするのであろう。彼の藤吉郎とやらが如何様に計る共我而已は欺くことが出来ない」

と大音声で罵った。布下は制して、

「真田殿は物に狂われたか。然程に思うなら、早く信玄公に諫言されよ」

と言った。昌幸は首を振って、

「信玄公が既に約を結ばれた上は、諫めても益がない」

と言って、布下が言うのを聞かなかった。弥四郎はすべきようなく、

「先ずは、岩尾へ帰られよ」

と勧めたので、真田は「実にも」と思い、それより暇を乞うて岩尾へと帰った。

斯くして同年十一月十三日に岐阜から信長の養女が信州高遠の城へ輿入れし、織田・武田の両家は水魚の交わりをし、両家の臣等は万歳を唱えた。

翌永禄九年（一五六六）正月十三日には、京都より比叡山明国院の阿者利尊勧が綸旨（註②）を捧げて甲府へやって来て、信玄に「大僧正」の号を給わった。予て望んでいたことなので、信玄の悦びは斜めでなかった。

時に、謙信は二万余騎の勢を以て北條氏康の領分へ乱入し、相模地方の処々を打ち破り放火して帰陣することが度々あった。北條氏康は此のことを難儀に思ったので甲府へ使者を送り、

「御加勢あれば、上州厩橋の城（註③）を攻め落とし度い」

と申し送って来た。信玄は早速承知して、急ぎ出陣の触れを出した。従う人々には甘利左衛門尉・山縣三郎兵衛・諏訪四郎勝頼・相木市兵衛・馬場美濃守等、その勢十万余騎。

岩尾へも催促があったので、真田源太左衛門信綱・同弟兵部之丞昌輝、家臣の望月玄

蕃・同宇八・別府治部右衛門・穴山小助・木辻別右衛門等を始め千五百余人が甲府勢に加わった。頃は永禄十年（一五六七）九月九日、上州厩橋の城に押し寄せ、十重二十重に取り巻き、「一息も継がずに攻め潰そう」と揉みに揉んで攻め立てた。城中には上杉弾正大弼謙信自からを大将として、家臣の甘粕・直江等の勇将を従えて籠ったので少しも痿む気色がなかった。寄手は手を替え品を替えて千変万化に攻めたが、城中も是に応じて防いだので寄手は手立てが尽きてしまった。そこで、竹束を擔ぎ出して攻め詰めた。謙信は是を見て急ぎ下知を伝えて、挾間の外れから松明を投げ出させたので、何かは以て堪るであろうか、甲府勢の先手が隙間なく築き並べた竹束に火が燃え付き、周章てふためく処を城中からキッと見済まし、大将謙信が真っ先に突いて出た。甲府勢がドッと崩れて敗れようとする処へ、真田源太左衛門信綱が千五百余人の精兵を以て無二無三に横鎗を入れ揉み立てた。越後勢は、「中を割られては成らぬ」と早々に城中へ引き取った。此の後、甲府勢は攻めようともせずに城を囲んでいた。真田信綱は諸士に向かって、

「徒らに城を見物しているよりも、明朝抜け駆けして城を乗っ取ろうと思うが如何か」

と言うと、望月玄蕃・別府治部右衛門等が言葉を揃え、

「そう致そう」

と言った。そして皆々で用意をし、真田の一手千五百人は味方にも知らせず、その夜子の

刻（十二時頃）に打ち立って厩橋の城下に押し寄せ、一時に鉄砲を撃ち掛け空堀に飛び入り飛び入り一揉みに乗り入ろうとした。城中は大いに騒動し、

「スハヤ。敵は朝駆けと見えるぞ」

と一時は周章てたが、予て用意し挟間に伏せて置いた鉄砲を一時にドッと撃ち放し、大木・大石を投げ出したので真田勢は撃ち倒され、或は手足を損じ死する者数知れない程であった。然共勇に矜る信綱なので、

「一寸も引くな。引くな」

と真っ先に進み難なく塀を乗り越えた。真田勢は、

「逸大将は城中に乗り入られたぞ。続け。続け」

と攻め入った。城中は釜中の沸くが如く上を下へと騒動したが、大将謙信は少しも動せず、

「仮令敵が討ち入ったとしても小勢であろう。取り囲んで討ち取れ」

と下知したので、犇々と群がり十重二十重に囲んだ。信綱は勇なりとは言え多勢に叶い難く、数ケ所疵を負って已に討たれると見える処へ、猛将の木辻別右衛門が刃渡り三尺（約〇・九メートル）ばかりの大斧を片手に打ち振りながら駆け来たって近寄る敵を切って捨てた。是に恐れて近寄る者がなかったので、別右衛門は信綱・昌輝の兄弟を後ろに擁って一方を切り破ろうと当たるを幸いに切って廻った。謙信は遥かに是を見て大いに驚き、

「是は凡人に非ず。斯様の者を討とうとて、我が兵を多く失うのは無益である」と一方の木戸を開かせた。別右衛門は悦んで真田兄弟を救い、東門より走り出たが誰も追う者がなかった。とは言え、寄手が我も我もと逃げ出るのは見苦しい有様であった。謙信は図らずも勝軍をし、取った首数百五十級・生け捕り二百人であった。此の戦いで真田方の別府治部右衛門・望月玄蕃が討死し、信綱は朝駆けを仕損じ大いに力を落とし、陣中で疵の治療をしたのであった。

（註）

①「奇妙丸」は、後の織田信忠のことである。

②「綸旨」は、勅命（天皇の命令）を受けて蔵人が書いた文書のこと。

③「上州厩橋の城」は、現前橋市にあった平城である。前橋は古くは「厩橋」と言った。

五十二　真田信綱後殿を望む事並びに木辻別右衛門勇戦の事

真田源太左衛門信綱と兵部丞昌輝は厩橋の城へ夜討ちを掛けたが、寡は衆に敵せずの諺の如く城中の大軍に当たり難く、信綱・昌輝は数ケ所の疵を蒙り已に危うく見えた。其処へ猛将の木辻別右衛門が大斧を以て大勢を駆け散らし、真田兄弟を難なく救い出した。けれども、真田方にては頼みの望月玄蕃・別府治部右衛門を始め多くが討死を遂げ、その上に夥しく生け捕られてしまった。是によって源太左衛門は気力を失い、茫然として戦う気もなく唯城を見守っていた。

一方、謙信は生け捕った者を皆庭前へ呼び出し、

「今、其の方等の首を刎ねることは簡単だが、それぞれ主君への忠義の心から斯く生け捕られたのであろう。それを強いて殺すのは堪えがたいによって、命を助け返すので、是迄の通り忠を尽くせ。助命の恩を思うならば重ねて主君の馬前にて討死せよ」

と述べて、皆々の縄を解き酒を飲ませて真田の陣へ返した。是を聞いた人は皆深く感じて、

「実に天晴の大将である」

と誉めない者はなかった。此のことが本陣へも聞こえて来たので信玄は諸将を呼び集めて

評議し、

「此の城は何時落ちるとも知れない。それを強いて攻めれば、味方は数多亡くなるばかりで所詮勝利はなかろう」

と甲府への帰陣を決めた。そして、謙信が後を慕うことを恐れ、

「後殿は誰に申し付けようか」

と座中を見渡していると、馬場美濃守が進み出で、

「此の度の後殿は拙者が仕ります」

と言うや否や、甘利左衛門尉晴吉が進み出で、

「否拙者がやらせて頂きます」

と両人が争った。すると、遙か末座より、

「某にこそ仰せ付け下され」

と望む者があった。誰であろうかと見れば、真田源太左衛門信綱であった。信玄は、

「其の方は先達て朝駆けの時に数ケ所の疵を蒙り、数多の士卒を失ったではないか。それなのに又後殿を望むのか」

と問うた。信綱は両眼に涙を浮かめ、

「父が卒してから是と言う功をも立て得ず、且つ父から引き継いだ忠士を数多討たせたこ

と、是に過ぎた不覚は御座いません。それ故、何卒此の度の後殿を勤めさせて頂き、敵が追い掛けて来たら信綱死に換えて防ぎ、先敗を雪ぎ度く思います」

と如何にも思い詰めた体で述べた。是を聞いた信玄は、

「流石幸隆の総領である。然らば其の方、後殿を勤めよ」

と言って、夜叉丸と号する来国行（註①）が打った赤銅作りの太刀を手ずから給わった。信綱は大いに悦び、三度も押し頂き御前を退き我が陣へ帰った。そして、此の太刀を諸卒に見せ、

「何と方々、此の度信綱に後殿の役を命ぜられた。若し真田は汚い敵だと後ろ指を指されたなら、末代までの恥辱而已ならず、先敗の恥を雪ぐことも出来ない。よって真田の浮沈は此の時である。我と共に討死して、名を末代に止めよ」

と下知を伝えた。その為、穴山小助・木辻別右衛門を始め諸卒に至るまで心を金石の如くに固め後殿を勤めた。

　さて、甲府勢が先陣より次第次第に引き取るのを見て、越後勢の斥候が早速告げたので、謙信は是を聞いて、

「敵が引き上げるならば、その侭に致すように」

と言って捨て置いたので、直江山城守兼続（註②）は謙信の前に急いで出、

「甲府勢は所詮（しょせん）叶わないと考え軍勢を引き揚げますので、追い討ちを掛けるのが宜（よろ）しいでしょう」

と申し述べた。謙信は、

「否々（いやいや）今日の敵は決して追っては成らない」

と止めたので、直江は為すべきようなく我が陣に帰った。すると甘粕近江守（あまかすおうみのかみ）が直江の陣へ来たって、

「今敵兵は甲府へ引き退（の）こうとしている。利根川を越すのは間違いない。是を追い討ちすれば必ず信玄の首を得られるだろう。然（しか）るを何故に追わないのか」

と言った。兼続は、

「然（され）ば我もそのように思ったので本陣へ参って追い討ちのことを申し上げたが、君が堅く止められた。よって余儀なく控えている」

と述べると、近江守は笑って、

「眼前の逃げる敵を見遁（みのが）すことが有ろうか。大将の許可がなく共、我々の手勢を以（もっ）て追い掛ければ敵を喰い留められないことがあろうか。急ごうぞ」

と言った。直江も同意し、両人は手勢五百人を率いて鬨（とき）を作って追い掛けた。

　此の時真田信綱と弟の昌輝は、

「後ろの方(かた)に鬨の声が聞こえるぞ。さては早(はや)敵近付くと見える。定めて謙信は多勢にて追い来たるであろう」

と木辻別右衛門・穴山小助に備えを立てさせ待っていた。敵勢は僅か五百ばかりで真田の備えに鉄砲を撃ち掛け、無二無三に突き入った。信綱は自ら諸卒を励まし、夜叉丸の名剣で当たるを幸い切って廻った。是に続いて木辻別右衛門は大斧を片手に打ち振り切り擲(なぐ)ったので、直江の精兵は切り立てられ備えが乱れた。それを見て、甘粕近江守が横様に切り入ると真田勢は色めいた。兵部丞昌輝・穴山安治(やすはる)の両人は勇を振(ふる)って戦った。直江の郎等(ろうとう)の横田孫八(まごはち)と言う大力(だいりき)の勇士が六尺（約一・八メートル）余りの大太刀を引き抜き、木辻を目掛けて切って掛かった。別右衛門は少しも動ぜず、斧を振って両人で二・三十合も戦い合う中(うち)に、横田孫八が太刀を打ち落とされ馬を返(か)えそうとした。斧を取り直した木辻が躍(おど)り掛かって真っ向から切り付けると、横田は血煙(ちけむり)立てて死んでしまった。是を見て越後勢が色めく処を、信綱は下知を伝えて大返しに取って返し切って掛かった。その為、越後勢は一支(ひとささ)えもなく厩橋(うまやばし)指して引き退いた。真田は追うことを止めて、静々(しずしず)と引き揚げた。此の隙に、先陣・二陣・三陣と段々に利根川に馬筏(うまいかだ)（註③）を造って渡り終わった。信玄が無事に引き揚げられたのは、偏(ひとえ)に信綱が勇による処であった。

（註）

①「来国行」は、鎌倉中期の刀工。山城国の来派の刀工国吉の子で、名工との名が高い。通称は太郎。

②『三代記』には「兼継」とあるが、訳者が「兼続」に改めた。

③馬筏は、大きな川を騎馬で渡るために、何頭もの馬を繋いで筏のようにして渡ること。

五十三　今川・北條合戦塩止めの事　並びに上杉謙信武田へ義使を送る事

直江山城守・甘粕近江守の両将は若干の諸卒を討たれて厩橋の城に帰り謙信の前に出て、

「今日大将御自身が追い討ちを掛けられたなら、天晴信玄の首を利根川に於いて討ち取ることが出来たのに、惜しくも我々小勢の為に敗軍してしまいました」

と申し述べた。謙信は笑って、

「定めて後殿は真田で有ったであろう。よって我は追い討ちを止めたのだ」

と言った。直江と甘粕は大いに驚き、

「君の深智は、とても我々が及ぶ処ではございません」

と言って陣所に帰って行った。それから謙信は一月ばかり此の場にいたけれども、北條安芸守（註①）に城を守らせ、自身は越後へ引き返した。


一方、武田信玄は先頃陰謀を企てた嫡子太郎義信に切腹を申し付けた。義信は既に覚悟していたことなので、潔く切腹を遂げた。義信時に三十歳、上下惜まない者はなかった。


今川氏真は予て諜じ合わせた陰謀が露顕し、太郎義信・飯富虎昌・曽根周防守を始めとして誅罰されたことを聞いて以ての外に驚き、

「何とかして、此の怒りを散らしたいものだ」

と寵臣三浦右衛門大夫（註②）に相談した。三浦は暫く思案して、

「此処に良い計略があります。相州の北條氏康公は既に信玄と唇歯の交わりを為すとは言え、正しく君には舅君です。使者を遣わして氏康公と心を合わせ、両家の領民に命じて武田の分国へ食塩を送ることを禁止すれば、甲斐・信濃・上野は海のない国なので、塩がなければ民は大いに難儀するでしょう。その虚に乗じ軍を発したなら、信玄が如何に勇であっても、梅の実が湯に沈むのと同じ位に容易でしょう」

とこともなげに言った。元来思慮の足りない氏真なので、

「是こそ妙計である」

とて早速使者を相州へ送り密意を委しく伝えた。北條氏康は、我が婿である氏真の言うことなので直様承知して、両家心を合わせて塩を止めて甲斐・信濃・上野へは一切送らせなかった。その為、彼の国々の民は大いに難儀した。信玄は大いに怒って、

「曽て我が娘を氏政に嫁がせ、氏政は我が婿なので是迄に何回か加勢をしたり兵粮を送ってやったりもした。それにも係わらず、今川氏真と諜じ合わせて我が国を苦しめるのは許し難い。急ぎ北條を攻め敗ろう」

と軍議を廻らしている処へ、謙信の方から太田石見守が使いとして来て、

「信玄公にお伝えし度いことがあります」

と言うので、信玄は、「さては戦書（註③）でも送って来たか」と思って対面した。石見守は、

「近国の諸侯が其許を憎み、御分国に塩を入れるのを止めたとのこと。全く卑怯の振る舞いと主人謙信は思っています。此のようなことは末代迄武門の笑い種と成るでしょう。近国の腰抜け大将達は弓矢を以て敵対し難いので、此のような謀で其許を困らせることしか出来ません。とは言え、第一に民の困難を見るに忍びなく思います。就いては謙信の国元から如何程でも塩は送りますので、入用の程をお知らせ下さい。とは言え、下々の民の考えで高値に商うようでしたら、此方へお知らせあればきっと申し付け、下値にし

て如何程なりとも送らせます。謙信は、そのような卑怯な振る舞いは致しません。唯運を天に任せ、戦場に於いて勝負を決しようと思っています」

と懇ろに申し述べた。信玄は大いに感じ、

「御深切の一儀を仰せ下され、忝けなく存ずる。就いては塩入用の節は御領分へ申し遣わす積もりなので、宜しく頼み入る」

と言って太田石見守を返した。

それからは甲・信・上野に至る信玄の領分へは謙信方から追々塩を運送したので、是迄よりも塩の相場が下値になったので、今川・北條の両将が考えた折角の計略も皆空言に成ってしまった。そこで、

「此の後、どのようにして苦しめようか」

と評議したが、区々で纏まらなかった。

さて又、諏訪四郎勝頼の内室は織田弾正忠信長から嫁いで来た姫君であった。去る春の頃より懐妊し、永禄十年（一五六七）十一月上旬（註④）に至り男子が出生したが、難産のため内室は逝去してしまった。けれども、男子は恙なかった。歎きの中の悦びにて、幼名は竹王丸と名付けた。後の太郎信勝である。

十一月二十七日に織田信長の使者として織田掃部介が甲府に来たって、姫君死去のこと

を弔うと共に、

「今年七歳に成る姫君を申し請け、信長の嫡子奇妙丸に妻合わせ度いが、御承知下されば本望です」

と信長の思いを申し述べた。信玄は異議なく承知の旨を述べた。

甲府にいた真田源太左衛門が岩尾の城へ此の趣きを知らせると、安房守昌幸は大いに驚き、

「是こそ、信長の深き計略である。一刻も早く止めなくては成らない」

と岩尾は兄兵部丞に預け置いて、布下弥四郎一人を召し連れ早馬で一散に馳せ来たって兄信綱に対面した。信綱は大いに不審って、

「何故其の方は早馬で来たのか。異変でも出来したか」

と尋ねた。昌幸は大息を継いで、

「岩尾の城には変わったことはありません。甲府に異変があるので急ぎ馳せて参りました」

と答えた。信綱は不思議に思い、

「甲府は随分平穏である。何の異変があると言うのか。それは全くの風聞であろう」

と言った。昌幸は笑って、

「信長からの使者は来なかったですか」

と言った。信綱は、

「然れば、信長からの使者は姫君を申し請け度き旨を申して来た」

と答えた。昌幸は重ねて、

「此の度姫君を送ることは、後々に至って大いなる害と成りましょう。よって是を止める為に来ました。兄君、早々此の儀を断念するよう信玄公に諫言下さい」

と勧めると信綱も横手をハタと拍ち、

「其の方の妙論は理に当たっている」

と言って、それから兄弟連れ立って「主人を諫めよう」と大将の御前へ出た。


（註）

① 北條安芸守は名を「高広」と言い、上杉謙信に仕えた北條（現柏崎市北条）の領主。

② 『三代記』には「三浦右衛門尉」とあるが、訳者が「三浦右衛門大夫」に訂正した。四十九の註①（259ページ）を併せて参照されたい。

③ 戦書とは、開戦の通知書（宣戦布告の文書）のこと。

④ 『三代記』には「十一月上旬に」と書かれているだけで年号が無かったので、訳者が「永禄

十年（一五六七）」と書き加えた。ついでながら、竹王丸（太郎信勝）の出生したのは十一月一日であるという。

五十四　武田信玄駿府へ乱入の事並び真田昌幸斥候の事

既に述べた如く、織田弾正忠信長は遠山勘太郎の息女を我が養女として、信玄の子の四郎勝頼（註①）の内室とした。しかし、此の度難産で卒去してしまったので再度秀吉に計った。すると秀吉は、

「それは易きこと、信玄には七歳に成る娘がいると言いますので、御嫡男の奇妙丸君の御内室にと約束されれば弥々信玄入道を欺くことができましょう」

と述べた。信長が同意し掃部介を以て申し入れると、信玄も異議なく承知した。信長は大いに悦び、

「我が謀計は疾くも成ったぞ。結納の印を送ろう」

と言って、虎の皮三枚・大和錦三十巻・緞子百巻・厚板百反・紅梅織百反・金蒔絵鞍十背・韋皮二百枚・鳥目千貫文を、再び掃部介を使者として甲府へ送った。此の時真田源太左衛門信綱と舎弟安房守昌幸は信長の計略であることを知って、両人で信玄の前に出て、

「此の頃織田信長殿より姫君婚姻の儀申し越された由、君は如何御返答遊ばされましたか」

と尋ねた。信玄は、

「今信長は将軍義昭公（註②）を執り立て奉って上洛を遂げ、威勢を四海に振るうこと朝陽の昇るが如くである。然るによって信長の嫡子奇妙丸に我が娘を妻合わせること承知の趣きを申し送った。奇妙丸を我が婿として、舅婿の交わりをすれば武田家に取って悦ばしきことではないか」

と然も嬉しげに見えた。昌幸が兄信綱へ頻りに目配せしたので、信綱は意を悟って、

「君、お知りになりませんか。信長は偽りの多い大将です。齊藤龍興は愚将の為、終に信長に欺かれました。信長は龍興の譜代の功臣に龍興を怨ませ、稲葉山の城を攻め取ってしまいました。偏に偽りの多い証拠です。信長の家臣に木下藤吉郎と言う謀士がいます。此の度も間違いなく彼の計らいでしょう。当今諸侯の多い中で、当家は威勢が広大です。急速に攻め難いのを知って重縁を結び、己が大望が叶いそうになるのを待って直ちに兵を起こし、当家を討とうとする謀であるのは鏡に掛けて見る如くです。然れば疾く信長との

約を棄て、上杉謙信と和議を調え共に心を合わせ上洛を遂げ、信長の大望を妨げ四海を併呑するのは君のお心次第です。若し此処で迷っていると、当家は信長の喰物となってしまいます。疾く計略を廻らし下さい」

と言葉を尽して諫めた。信玄は、「其の方が申すことは一理有るとは言え、信長は実に重縁を結び永く我が家を慕うに相違ない。その故は、毎度信長より此方へ小袖を入れて送って来る唐櫃には黒塗で武田菱を蒔絵で画いてある。その体は甚だ細密であり、金銀を鏤めてある。又、その櫃を削って見ても皆無類の堅地である。その上此方からは二年間に一度も使者を送らないのに、信長からは一年に七・八度ずつ必ず音物を送って来る。その音物は、皆々念の入った珍物・珍器である。是が信長の実の心であって、斯様に念を入れることに何の偽りが有るであろうか」

と言った。信綱は是を聞いて、理に伏した体に見えた。その時、昌幸は大いに笑いながら、

「狐が人を化すのに、化すと見せて化すでしょうか。是こそが信長の計略であることを能くお察し下さい」

と言った。信玄は是を聞いて、

「我が心は既に決している。昌幸、多言してはならぬ」

と言い、諫めを用いようとしなかった。昌幸は、

「盛んなる時は人を制し、衰える時は制せられる。油断大敵、是非もなき次第です」

と長歎した。信玄は笑って、

「其の方は、それ程信長を恐れるか。我が見る時は群がった蟻の如くで、後ろにあっても恐れるに足らぬ」

と言った。昌幸が又言おうとするのを信綱は遽しく止め、信玄に向かい、

「君の御明察を承り、我々安堵仕つりました。実に宜しき儀にてお目出度く存じます」

と祝いを述べ昌幸を伴って退出した。その後も信長から頼みの印として数多の音物が送られて来たので弥々約は極まった。

此の時に当たって管領上杉入道謙信は相州の北條氏康と和睦して、氏康の七男三郎を養子とし上杉三郎景虎と名乗らせた。謙信は、

「我、信玄と度々合戦に及んだが、是と言う仇はない。唯村上義清に頼まれたことから起こったのである。今一度和睦して、信玄が承知すれば心を合わせて上洛したいものだ」

と和睦を申し入れた。此の頃信玄は織田家と舅婿の交わりをし、是を能きことと思っている折柄なので上杉へ、

「抑々古より、老いたるを敬うは父の如くと承っている。信玄を父と思い人質を送るならば和睦しよう」

と答え、使者を返した。謙信は此の趣きを聞いて、

「此の謙信に対して歳の長少を論ずるとは、何とも無礼な返答である。此の上は最早是非もない。我は信玄の首を見ない内は、死んでも目を閉ぐまい。悪き心の坊主である」

と躍り上って怒った。是より後、信玄と讐敵の如くになったのは是非もない次第である。

然る程に信玄は専ら「四海を併呑しよう」と計り、上洛のことを思い立った。そして、

「手初めに今川氏真を攻め亡ぼそう」と甲斐・信濃・上野の勢六万余騎を催し、永禄十一年（一五六八）（註③）十二月六日甲府を出陣した。付き従う人々には山縣三郎兵衛を先陣として、甘利左衛門・真田源太左衛門・同安房守・諏訪大炊助・今福善九郎等を宗徒の大将として駿河に打ち出た。信玄は真田昌幸を呼んで、

「其の方内府山に登って敵の備えを見定め我に知らせよ」

と言った。昌幸は、

「畏まりました」

と布下弥四郎・相木多八・筧金五郎（註④）始め百余人を引率して内府山へと赴いた。


（註）

①『三代記』には「信玄の次男勝頼」とあるが、実際には勝頼は信玄の四男なので、訳者が「信玄の子四郎勝頼」と訂正した。

②『三代記』には「将軍義照」とあるが、訳者が「義昭」に訂正した。

③『三代記』には「同年」と書かれているだけで年号がなかったので、訳者が「永禄十一年（一五六八）」とした。

④『三代記』には「筧金五郎」について、この後「筧金六」「筧金八」とあったりするが、同一人物と考えられるので訳者が「筧金五郎」に統一した。

五十五　真田昌幸妙計今川方敗軍の事並びに岡部忠兵衛討死の事

真田昌幸は、布下・相木・筧の三人を引き連れて内府山より見下ろした。今川上総介源氏真は三河・遠江・駿河三ヶ国の軍勢三万余騎を従え駿府の城を押し出て、先陣の飯原安房守・新里式部少輔は千五百余人で沢田山・金沢の辺に陣し、岡部忠兵衛・倉橋内蔵助は五千余人で八幡平に陣取っていた。その余の精兵は後に続いて野に満ち山に蔓延り、冑の星を輝かし鎧の袖を引き連れ指物を翻し、今川氏真の本陣は清見寺（註①）の辺りであった。昌幸は篤と見積って頓て馬を引き返して本陣に来たった。そして、信玄の前に出て、

「敵兵の備えは斯様斯様」

と申し述べた。信玄は篤と聞き終えて、

「其の方、是を如何して破ろうとするか」

と問うた。昌幸は謹んで

「某早、その設けをして置きました。その手立ては斯くの如くです」

と密かに告げた。信玄は頷いて、

「是定めて上手く行くであろう。然れば我が備えを立てよう。其の方は早く向かえ」

と命じた。昌幸は命を受けて、兄信綱と共に手勢五百余人を引率して内府山へと赴いた。

信玄は、先ず先陣を山縣三郎兵衛・甘利左衛門、二陣は四郎勝頼・跡部大炊助・今福善九郎、旗本の押えは土屋惣蔵・金丸等とし、下知して興津川（註②）の川上より横山通りを打ち立った。

今川勢は八幡平に待ち掛けた。そして、双方が近付くと疾く鉄砲を撃ち掛け、矢を射違えて命を惜しまず矢玉を限りに射立て撃ち立てた。今川家で勇士と聞こえる岡部忠兵衛・

小倉内蔵之助が陣頭に進み出で諸卒に、

「各々、今日は存亡を極める大切の軍であるぞ。日頃君の高恩を思う輩らは今我が君の馬前にて潔く討死せよ」

と下知すると同時に、山縣の備えへ真一文字に切って入った。三郎兵衛は大功の者なので少しも騒がず駆け合わせ、千変万化して双方火水になり戦った。未だ勝負も見えない折から、新たに今川方の牧野上総介が横合いより打って掛かった。是を見て甲府勢からも甘利左衛門尉が千余人を率い、死骸の上を乗り越え乗り越え攻め戦った。互いに名を惜しむ勇将なので、追いつ返しつ入り乱れ此処を先途と揉み立てた。甲府勢の二陣に備えていた武田勝頼・跡部・今福の三千余人がドッと喚いて切り掛かると今川勢は堪え兼ねて岡部・小倉・牧野を始め大いに崩れた。そこで、今川方の飯原安房守・新里式部少輔の二千余騎は勝頼の備えへと横鎗を入れた。当たるを幸い薙ぎ立て突き立て追い捲ったので、勝ち矜っていた甲州勢も少し白けて見えたが、山縣を始めとする勇将共が切り入り切り入り盛り返えした。その為、飯原・新里等の今川方も叶わず敗れて引き退いた。氏真は遥かに見て、

「味方は色めくぞ。救え。救え」

と下知したので、今川方の瀬名陸奥守・同中務少輔・朝比奈備中守・葛山式部大輔を

始めとする三千余騎が我も我もと轡衛を列べて突いて掛かった。甲州勢も鬨の声を作って、「破られて成るものか」と戦った。此の時真田源太左衛門信綱は木辻別右衛門・望月卯八郎・根津甚左衛門・塚山七兵衛を真っ先に進ませ、二百五十余人で瀬名陸奥守・朝比奈備中守・葛山式部大輔の後ろへ内府山より突いて下り、一散に駆け破った。今川勢は大いに狼狽え、

「スハヤ。敵は後ろへ廻ったぞ。二手に別れて戦え」

と備えを引き分けようとした。其処へ真田方の布下弥四郎貞家・穴山小助安治・近藤権之助・荒川太兵衛等二百余人がドッと喚いて、岡部忠兵衛・小倉内蔵之助の備えへ切って掛かった。是によって今川勢は小勢の敵に駆け立てられ、此方・彼方と駆け隔てられて戦った。此の間に真田安房守昌幸が増田新蔵・別府太郎・海野六郎・相木多八・筧金五郎等三百余人を引率して裏山伝いに忍び来て、一っ時に鬨を作って氏真の本陣へ突き入った。思いも寄らぬことなので氏真を始め皆が、陣中が全て敵に成ってしまった心地がして、

「スハヤ。味方に変心する者があって、裏切りを為したぞ」

とて上を下へと騒動した。氏真は元来臆病の大将なので是を実と心得て大いに周章て、家臣の三浦右衛門を引き連れて駿府を指して逃げて行った。真田昌幸は、「我が計略の如く敵は逃げて行くぞ」と大いに喜び、此処に現われ彼処に鬨を作り多勢が討ち入った如くに

見せた。その為、駿府勢は我先にと逃げて廻り、元来大軍の破れたる習いとて、親が討たれても是を救う遑なく、子死すれども是を助けること能わず、武具を捨て馬を乗り放し赤裸と成って逃る者数知れず、見苦しい有様であった。

　爰に岡部忠兵衛は黒革の鎧に桃形の冑を着し、三尺（約〇・九メートル）余りの大身の鎗を引っ提げ逃げる諸卒に、

「言う甲斐もなき者の有様だぞ。是ばかりの敵に何ぞ斯く恐れることが有ろうか。宜し宜し、逃げる者は足手纏いだ」

と下知し、大身の鎗を捻って甲府勢に突いて入り、忽地十六・七人を突き落とした。増田新蔵は是を見て、「天晴な敵である」と樫の木の棒に筋金の入ったのを真っ向に翳し岡部忠兵衛に打って掛かった。忠兵衛は莞爾と笑い、

「優しき者の振る舞い。此の世の暇を取らせようぞ」

と鎗を取り延べて渡り合い三十余合戦った。岡部が争って突き出す鎗を増田は身を背けたので草摺の外れに突き入った。薄手なので新蔵は怯まずに棒を取り直し、岡部の冑を、微塵に成れと打ち据えた。さしも大剛の忠兵衛も大力で討たれたので、目眩み心も消えて鞍壺に堪らず差し俯いた。其処を新蔵が、「得たり」と棒を投げ捨て無手と組み付いた。忠兵衛も大力なので両人は暫し揉み合っていたが互いに馬を乗り放して、両馬の間に落ち重

なって上になり下になり捻りあった。終に新蔵が忠兵衛を取って押さえ、頓て首を掻き切った。斯うして、今川勢が頼みと思う岡部が討死したので右往左往に敗走した。それを甲府勢は追い詰め追い詰めて、「一人も残らず討ち取ろう」と息も吐せずに追い掛けた。今川氏真は此の時漸々七・八十人で落ちて行く処へ、後ろから鬨の声をドッと作って真田源太左衛門信綱が勢い烈しく追い掛けた。氏真は今は戦うことも出来ず一鞭加えて逃げ走った。その耳元へ雷の落ち掛かる如くの大音を揚げて木辻が、

「今川氏真、逃げること勿れ。木辻別右衛門見参」

と呼ばわって大斧を打ち振って向かった。氏真は擔魂いも身に添わず震え恐れて、

「我を助けよ。助けよ」

と呼ばわった。その声を聞いて松野坂之助が踏み止まって木辻に渡り合い討死した。氏真が此の間に三・四十間（約五四～七二メートル）逃げ延びた処へ、飯原安房守が三百人ばかりで走り来たって、大将の一大事と踏み止まって一足も引かずに討死した。大将の氏真は危うき生命を助かって、府中の城へ逃げ入った。今川勢は今朝迄三万余の大軍であったのに、今は漸々三百余人に成ってしまった。

（註）

①「清見寺」は、現静岡市清水区にある臨済宗妙心寺派の寺院である。

②「興津川」は、静岡市清水区を流れる河川である。註①と②からして、合戦が行われたのは静岡市を中心とする一帯であったと考えられる。

五十六　徳川家康(いえやす)公、信玄(しんげん)へ使者を送る事並びに真田智計(ちけい)演説の事

　今川氏真(うじざね)は真田昌幸(まさゆき)の智計の為に敗軍し、三百余人の小勢(こぜい)で府中の城へと逃げ籠(こ)もった。しかし、頼みの朝比奈備中守(あさひなびっちゅうのかみ)は居城の掛川(かけがわ)へ引き退(の)き、岡部忠兵衛(ちゅうべえ)は討死(うちじに)し、その他の諸将・一族郎等(ろうとう)は皆々落ち失せてしまった。その為、「此処(ここ)で生け捕られるのを待つよりは、掛川の城へ落ちて行こう」と今川上総介(かずさのすけ)氏真・三浦右衛門大夫(うえもんのだいぶ)・瀬名頼母(せなたのも)・朝比奈兵太夫を始めとして漸々(ようよう)五・六十騎で落ち失せた。斯(こ)うして府中は忽(たちま)ち明(あ)き城となったので、甲府勢が我も我もと乱れ入っ

て城に火を掛けた。折節山風が烈しく余煙四方に吹き覆い、一時に灰燼と帰した。将軍尊氏に繋がる今川家代々の栄華を誇った府中の城も氏真の代に至って焼け野原と成ってしまった。実に人間の栄枯は一夕の夢であり、浅さましくも又果敢ないものと言えよう。

　今川氏真は予て徳川三河守家康から人質として舎弟松平源次郎（註①）を預かっていたが、是をも打ち捨てて落ち失せたので、信玄は労って我が陣に留め置いた。

　一方今川の残党、駿河西山の花沢の城には小原肥後守が、藤枝の一色の城には長谷川次郎右衛門が、遠州掛川の城には朝比奈備中守がいた。此の掛川の城へ今川氏真は落ち来たったので、朝比奈は直ちに本丸へ請じ入れて防戦の用意を調え三千余人で楯籠った。

　三河岡崎の城主徳川三河守家康は、今川氏が舎弟源次郎を駿府に置き去りにしたことを憤って、菅沼次郎右衛門・近藤登之助・鈴木三郎太夫を始め遠江井谷に差し置き、其の身は七千余人を率いて浜松橋輪の法華寺に馬を立て、植村與三郎・山岡半左衛門を両使として信玄に、

「徳川は自分の手勢を以て掛川へ押し寄せ、氏真が不仁不義を誅伐し大井川を隔てて遠州を切り取る積もりである。信玄殿には駿州を切り取り給え」

と申し送った。信玄は是を聞いて両使を止め置き、「此の儀如何しよう」と評議した。真田信綱は、

「何故徳川は我々が粉骨を尽して今川を一戦に駆け破り、言わば羽を取った鳥の如くになった氏真を討って遠州を取ろうと言うのであろうか。言語同断である。家康の人質は此方にあるのだから、使の者の首を刎ね、人質をも切って捨てようではないか」

と大いに怒って言った。信玄は、それを聞いて、

「其の方が申す処も道理であるが、駿河・遠江を切り従えた訳でもない。今川家の残党は未だ彼方此方にある。とすれば此の度は先ず徳川に任せ、家康に遠州を取らせ置いて、後で是を亡ぼすに何の難しいことが有ろうか」

と言った。信綱は、

「確かに君の御威勢は破竹の如くですので、徳川に遠州を取らせ置いて、後で是を討ち取られるのも容易でしょう」

と述べた。そして、両使へは承知の趣きを伝えて帰した。

その席には昌幸もいたが、一言をも言わずに信玄の顔を見て密かに笑っていた。信玄は、「昌幸は若輩の身に有りながら、我を軽んじあざ笑うとは悪い奴だ」と思ったが、此の席では何も言わなかった。

諸将が退散すると、「今日我を軽んじた罪を糺さずには済まさないぞ」と早々に昌幸一人を呼び出した。昌幸は、信玄のお召しと聞いて密かに笑いながら前に出た。信玄は、

「さて、昌幸。今日徳川方から両使を以て、今川氏真の栖籠る掛川の城を攻めると申して来た。其処で我は徳川に攻めさせ、その代わりに遠州を攻め取ることを許した。其の方の兄信綱が徳川が申すことを怒って、両使を切って捨て人質を殺せと言ったのは如何にも忠臣の発言である。しかし、我は思う処が有って徳川に承知の趣きを申し遣わした。にも係わらず、其の方は何の異見（いけん）も言わずに、どうして此の信玄を笑ったのか。若輩の身を以て我を欺（あざむ）こうとしても此の度は許さないぞ。覚悟せよ」

と大いに怒って言った。昌幸は少しも恐れる気色（けしき）なく、

「強き者は表情に顕（あらわ）さなくても強（ごう）ですし、弱き者は表情に強（ごう）を見せようとしても弱です。余り怒ってはいけません。某（それがし）が申すことを篤（とく）とお聞きあって、その後死罪になりともして下さい。死を恐れるは大丈夫（立派な男子）のすることではありません」

と言った。信玄は是を聞いて、

「然（しか）らば、その申し訳をせよ」

と息巻いた。昌幸は面（おもて）を正して、

「君は予てから徳川を軽んじています。家康の心をしっかりとお知りですか」

と問うた。信玄は、

「彼は広忠（ひろただ）の長男であって、芥（あくた）（ごみ）のような者だ」

と言った。昌幸は、

「ささて、敵を侮(あなど)る者は必ず亡ぶと言います。家康は謀(はかりごと)もなく智勇もないように見えますが、軈(やが)て天下に広く英名を顕すでしょう。実(まこと)に恐しい大将です」

と言った。信玄は笑って、

「其の方はどうして、徳川の器量を知ったのか」

と聞いた。昌幸は、

「家康は詞少(ことばすくな)くして人を懐(なつ)け、賞がなくとも人は挙(こぞ)って進み、罪することなくして人は能(よ)く法を守っています。家康は人の和を大切にする人です。譬(たと)えれば漢の高祖(こうそ)（註②）に等しく寛仁(かんじん)の長者と言えましょう。某は予て此の家康こそ天下に名を得るであろうと思っていました。それを君は並の大将と侮り、暫(しばら)く遠州を切り従えさせてから攻め取ろうなどとお聞きしたので笑いました。昌幸が誤っているかも知れませんが、君必ず御油断されますな。又恐しいのは織田信長(のぶなが)です。能々(よくよく)見ていて下さい。頓(やが)て婚姻の約をされたことが失錯(しっさく)となり、武田家の仇(あだ)となって彼に亡ぼされるのを歎(なげ)いているのです」

と誠心(せいしん)の涙で混々と袖を潤(ぬら)しつつ述べた。信玄は暫く黙して聞いていたが、大息(おおいき)をホッと吐(つ)き、

「道理(もっとも)なる其の方が一言、我(われ)今は得心した。とは言え、既に織田と婚姻の儀を約した上は

今更申しても由がない。我が思わず勇に誇ったればこそ、徳川を軽んじてしまった。是からは謹む積もりである。其の方、若輩なれども諸国の大将の気質を知っているのはどうしてか」

と問うた。昌幸は泪を払い、

「父幸隆は遺言で、合戦の肝要は能く諸国の大将の気質を知って地の利を考え臨機応変の智を以てせよと申しました。其処で、我が臣下の梁田新平と申す者に十六人を付けて諸国を廻らせ、地理の絵図・大将の性質、何の合戦は斯様斯様と一々図を以て報告させました。その為、某は諸国の大将の気質や臣下の何某と言う者が智がある、勇がある、弱である等皆々知っています」

と答えた。信玄は深く感じ入って、

「我此の年になったが、未だ此のように深智の謀臣を知らない。さてさて、頼母しく思うぞ」

と喜んだ。そして、

「我は計らずも斯かる忠臣を得た。此の後は天下に我と敵対する者があろうか」

と重ねて問うた。昌幸は、

「某が此の術計をするのは、皆父幸隆の教訓なので驚くには足りません。しかし、信長の臣下の木下藤吉郎と言う謀臣は、我が父同様に間者を入れ諸国・諸将の心を探り知っています。此の陣中にも、秀吉の間者が五・六人は入り込んでいるでしょう。君、御油断されませんように」

と述べた。信玄は大いに驚いて、

「如何様恐るべきは秀吉である。昌幸、其の方宜しく陣々の用意をせよ」

とて盃盞を給わって、軍議は数刻に及んだ。良あって、昌幸は御礼を述べて我が陣所へと帰った。信玄は遥かに昌幸の後ろ姿を見て、「父と言い、子と言い天晴の器量者である」と深く感じ入り、幸隆のことを思い出されたのであろうか、涙ぐんで寝所へと入った。此の時山縣三郎兵衛は次の間に控えていたが、余りに昌幸が利発なのを憎み、「己今度の合戦には比類なき働きをして、真田の鼻を開かせて呉るぞ」と思っていた。斯うして、山縣は真田と遂に不和になった。

（註）

①『三代記』には家康の「舎弟松平源次郎」とあるが、家康の兄弟には源次郎を名乗った人物は見当たらない。同時代で源次郎を名乗るのは松平家乗であるが、家乗は大給松平氏であ

り、該当しない。

② 高祖は前漢の初代皇帝の劉邦のことで、心が広く情け深い人であったと言われている。

五十七　徳川家掛川城攻の事並びに山縣三郎兵衛勇戦の事

徳川家は、酒井左衛門尉忠次・石川伯耆守頼正・鳥居彦右衛門尉元忠・大久保七郎右衛門忠世・大須賀五郎右衛門康高・松平右近・石川日向守家成・本多平八郎忠勝・榊原小平太康政等を宗徒（中軸）の大将として掛川の城へ押し寄せた。そして、十重二十重に取り巻き昼夜を分かたず攻めたので、城中の千余人は防ぎ兼ねて見えた。此の時相模の北條氏康は、「我が婿の氏真が武田信玄に攻め破られ掛川へ逃げ籠ったのを、徳川勢が大軍を以て攻め詰めた」と聞いて大いに驚き、

「是を救わない訳には行かないぞ」

と言って、永禄十一年（一五六八）正月十八日に小田原を出陣した。従う者共には、北條

陸之助・松田新三郎・同尾張守・牧野入道一庵・大島伊賀守・大道寺駿河守・多目周防守・荒川豊後守・成田下総守・千葉之助国胤・原式部少輔・松本次郎右衛門・内藤大和守を始めとする総勢四万八千余騎。薩埵峠（註①）・八幡平・蒲原・三島まで段々に備えを立て、野山に蔓延る有様は実に勇ましく見えた。

信玄は是を聞いて、

「それならば、此方からも打って出て敵を破ろう」

と言って興津山に本陣を据えた。一方、山縣三郎兵衛を先陣とする甲州勢は、「先ずは北條の後詰を遮ろう」と興津川を前に当てて控えた。山縣三郎兵衛昌景は、「此の度の合戦では比類なき働きをして、真田安房守に何としても恥辱を与えたいものだ」と、我が手勢二千余騎を率いて興津川を一番に打ち渡ろうとした。折りしも睦月（註②）のことなので余寒未だ厳しく、川端には氷が張り詰め、水の冷たいことは言う迄もなかった。山縣の士卒が川中まで押し出した頃は、寒気身心に徹り弓・鉄砲を射たり撃ったりしようにも手屈まって出来なかった。鎗・長刀を遣おうとしても屈伸すらも自由でなかった。その為、大いに諸卒は困ったが山縣は追い立て追い立て無二無三に北條家の先陣松田尾張守の備えに鉄砲を撃ち掛け、煙りの下より突き入った。松田は予て期したることなので中を開いて、山縣勢を一人も余さず取り込んだ。昌景は勇猛とは言え多数の敵に包まれ、大いに苦戦に及ぶ処を荒川豊後守が見澄まして、「山縣を打ち取ってやるぞ」と三郎兵衛に切って掛かった。昌景は、「心得たり」と鎗を取って渡り合い秘術を尽し争った。荒川も大剛の者なので双方馬を馳せ違い七十余合戦ったが三郎兵衛の鎗先が鋭く精神も乱れないので、荒川も持て余し馬を返して逃げて行った。山縣は大いに怒り、

「汚いぞ。返せ。返せ」

と追い掛けようとする処へ、松田新三郎が五百騎で駆け隔てた。双方暫し戦っていたが、是も叶わずに引き退いた。なお入れ替わって下総守の五百余人が三郎兵衛を中に取り込めて、「逃がさないぞ」と戦った。昌景は勇なりとは言え、数多の敵に当たったので身体疲れ果て、諸卒を引き連れ引き揚げようとした。すると、

「スハヤ。敵は引き色だぞ。追い撃ちにせよ」

と言う間もなく、北條勢は勢いに乗じて追い掛けた。三郎兵衛昌景は追い来る敵を追い返し追い返し、数度取って返したが其の身も数ヶ所疵を蒙って、白糸の鎧も緋縅となり、月毛の駒も紅栗毛と変じた。北條勢も昌景の今日の戦いを見て舌を震わし、然迄長追いもしなかったので、昌景も漸々引き退き鎧に立つ矢を折り掛けたまま大将の前に出た。そして、

「臣余りに敵を軽ろんじ、今日斯かる負け軍を引き出してしまいました。願わくは軍法に従って罰して下され」

と言った。信玄は昌景の手を取って大いに歎き、

「我が手足共思う其の方は、此の信玄を思えばこそ全身を斯様に傷つけられたのだ」

と言った。そして、自ら昌景の疵に我が口を当て血を嘗め薬を与えた。見る者は皆、「此の大将の為には命は惜くない」と思った。是は信玄が真田昌幸の諌めの徳川家康は人の和を大事にすることを聞いて心を改め、将士の心を得る為にしたのである。

信玄は疵の保養をさせる為に山縣を後陣に止め、此の度は真田安房守昌幸に先鋒を替わらせた。昌幸は命を請けて、布下弥四郎・相木多八郎・筧金五郎・増田新蔵を従え山縣の備えを預かった。山縣三郎兵衛は後陣に止まっていたが、「真田が我が備えを預かった」と聞くと、大いに憤って信玄を怨んだ。

昌幸が手勢僅か二十八騎を従え敵陣を見積ると、山縣が敗して後は北條勢大いに勇み薩埵峠・倉沢山に陣を取って山風に旗指物を翻えし悠然と控えていた。昌幸は密かに敵陣を窺い、何やら打ち頷いて馬を返し我が陣へと帰った。

（註）

①『三代記』には「薩埵山」とか「薩埵嶺」とあるが、「薩埵峠」というのが一般的なので訳者

が「薩埵峠」に統一した。静岡市清水区の興津と由比の境にある峠である。

② 睦月は陰暦の正月。月の初めが立春であった。ついでながら、「余寒」というのは、立春後の寒気のことである。

五十八　真田昌幸智謀北條を破る事並びに荒川・多目両将戦死の事

真田安房守昌幸は薩埵峠・倉沢山に控える敵兵を篤と見積って我が陣に帰り、兄信綱に使いを遣わした。信綱は穴山・木辻・浅見・根津・望月・樫山等一騎当千の兵八百余人を率いて、昌幸の陣にやって来た。軈て酒宴が始まると信綱は不審って、

「其の方、如何成る謀を以て此の大敵を破ろうと思うのか」

と問うた。昌幸は笑って、

「謀には秘密が大事です。今は言いません。先ずは酒をお呑み下さい」

と言った。信綱は、「此の度は如何なる謀を用いるのであろうか」と心に思いつついた。

暫(しばら)くして昌幸は布下(ぬのした)弥四郎を呼び、

「其の方、是から此の近辺で酒を求めて来い」

と命じた。布下は畏(かしこ)まって急ぎ諸方を駆け廻って、数多(あまた)の酒を求めて来た。昌幸は大いに悦んで、悉(ことごと)く酒樽の鏡を打ち抜かせ、柄杓(ひしゃく)を用意して諸卒を呼び出し、

「方々(かたがた)、如何(いかが)であるか。今日は別(わけ)ても余寒(よかん)が堪え難い。皆々打ち寄って此の酒を飲み寒気を凌(しの)げ」

と言った。そして、大釜で味噌汁を用意させると共に、一人毎に柄杓(ひしゃく)を与えたので皆々大いに悦んで、

「大将のお免(ゆる)しで、寒気を凌ぐことが出来る。実(まこと)に嬉(うれし)いことである」

と言って、我も我もと酒を呑み味噌汁をすすって、舞う者もあれば謡(うた)う者もあり、如何にも勇ましく見えた。

信綱は昌幸に向かって、

「陣中で諸卒に酒を飲ませれば、必ずや過(あやま)ちも有ろう。此の儀は如何か」

と苦々しい体(てい)で言った。昌幸は、

「先ずは見ていて下さい。一計があります」

と言って士卒を呼んで、

「さて皆々、酒を呑み寒気を忘れたか」

と問うた。皆一同に、

「すっかり忘れました。大将のお情けで寒気を凌ぎ、手足が暖まりました」

と答えた。舌鼓（したつづみ）を打って笑い楽しむのを見た昌幸は、

「彼（あれ）を見よ、方々」

と指さし、

「薩埵峠・倉沢山等に備えている敵兵はさぞ寒く、弓を引くにも鉄砲を撃つにも手屈（てかが）まって進退すら自由でないに相違ない。平場（ひらば）にいる其（そ）の方等（ほうら）は寒気が厳しいのに酒で暖まった。此の勢いで、彼の敵を一気に攻めようと思うが如何か」

と言った。皆々は踊り上って勇み立ち、

「望む処です。酒を頂戴した代わりに、功名して敵の首を肴（さかな）に又々祝いの酒宴をしたいものです」

と力足（ちからあし）を踏んで勇み立った。昌幸は、

「然（さら）ば打ち立つぞ」

と下知（げち）し、真っ先駆けて馬を出した。三千余人は、「遅れてはならぬ」と酒の勢いで川を渡って薩埵峠へと押し登った。折節雨霰（おりふしあめあられ）が降って、その寒いことは言う迄もなかった。け

れども真田方はこと共せず、喚き叫んで押し来たった。

昌幸が思った通り、雨霰が降って寒気が殊に厳しかった。峠に控えていた北條勢は寒さを凌ぐ為に皆峠を下って民家に入り、陣所・陣所は旗指物のみ立て置いて一人もいなかった。昌幸が、

「早く小屋と言う小屋に火を掛け、鎧・武具は望み次第に分取れ。各々高名は此の時ぞ」

と大音に呼ばわったので、皆々日頃の勇に十倍して陣々に火を掛けた。北條勢は大いに肝を潰し、僅かに残った兵士共は我先にと逃げ走った。真田方の猛将木辻別右衛門・増田新蔵の両人が勇を顕して、逃げ行く北條勢を追い詰め追い詰め縦横に切って廻った。北條方の狩野入道一庵（註①）は逃げ行く味方を追い返し、

「汚き者の有様なり。敵は小勢成るぞ。引き包んで討ち取れ」

と呼ばわり呼ばわり戦った。北條常陸介・松田次郎兵衛・荒川豊後守の三将は、此の詞に励まされ引き返した。

増田新蔵は例の樫の棒を打ち振って、荒川豊後守に打って掛かった。豊後守は大太刀を指し翳し、請けつ流しつ劣らず戦った。怒った増田は、豊後守の鍬形半分から肩先に掛けて棒を打ち下ろした。豊後守は勇なりとは言え、大力の新蔵に打ち据えられ馬より真っ逆様に落ちた。新蔵は棒を取り直し、起こすことなく打ち据えて遂に首を掻き切った。多目

周防守は是を見て、新蔵を目掛けて馬を馳せ付けた。増田は同じく周防守と戦おうとした。折から木辻別右衛門が声を掛けて馳せ来たって、

「増田ばかりが手柄を上げ、此の木辻はどうしたら良いのだ。此の敵は我に任せよ」

と馬を駆け入れて多目周防守に切って掛かった。周防守は聞こえる勇将なので大身の鎗を捻って、木辻に突いて掛かった。別右衛門は彼の大斧を以て打ち払い打ち払い、両人は暫し戦ったが、周防守の鎗は遂に千段巻より切り折られてしまった。周防守が鎗を投げ捨てて太刀を抜き掛かる処を、「得たりや。オウ」と斧を以て討ち入った。周防守は鞍壺迄切り割られ、二つに成って死んでしまった。


専ら敗れた北條勢は、此の両人が討死したので一返しもせずに引き退いた。穴山・増田・木辻の三将がなおも追い行くのを、昌幸は引き鐘を鳴らし急いで軍を収め、敵の捨てた旗指物・鎧・冑・太刀の類まで悉く分捕らせて我が陣に帰った。


信綱に対面した昌幸は討ち取った首を見せ、それより大将の御前に出て今日の働きを、

「増田新蔵・木辻別右衛門が、多目・荒川の両将を討ち取りました」

と申し述べた。信玄は是を聞いて、

「天晴である」

と言って、当座の褒美として両人へ太刀を一振り宛下さった。信玄は、此の度の真田の働

きを深く感じて悦び酒宴を催した。其処へ斥候の者が馳せ来たって、

「真田の僅かの勢で北條方は数多の大将を討れたことを憤って、此の度は大将氏康自から勝負を決しようと八幡平迄打って出て参りました」

と報告した。真田昌幸は信玄に向かって、

「仮令氏康が打って出て来ても恐れるに足りません。氏康は婿今川氏真を救おうと言うのは偽りで、その実は駿府を攻め取ろうとする志なので味方が強ち戦いに隙取るのは益のないことです。今一度手痛い合戦をし、是を機に甲府へ御帰陣有るのが宜しいでしょう」

と言った。信玄は、

「我も、そのように思う。併しながら一戦を快くするのは如何か」

と言った。昌幸が、

「斯様斯様」

と申し述べると信玄が承知したので、昌幸は陣中へ帰った。

その翌日、信玄は四郎勝頼を大将とし甘利左衛門尉・長坂入道釣閑・跡部大炊介を差し添え、惣勢一万五千余人で八幡平に打って出た。敵兵は真田に昨日切り立てられ多目・荒川の両将を討たれたことを安からず思い、双方箭合わせ（註②）をし鬨を作って散々に戦った。跡部大炊介は真田が敵中へ深々と切り入るを見て、「我も手柄を顕そうぞ」と日

の丸の指物を押し立て三百余人で敵中へ切り入ったが、北条方は、「昨日の敗軍を雪（すす）ごう」と思いの外（ほか）に切り廻り、跡部は四度路（しどろ）に成って見えた。長坂釣閑は、「是を救おう」と馳せ入ったが、共に大敗し引き退いた。跡部が敵中に取り巻かれ已（すで）に危（あやう）く見える処へ、四郎勝頼・甘利左衛門尉の一万余人の大軍が敵の中軍（ちゅうぐん）を切り破って跡部を救い出した。是より双方入り乱れ追いつ捲（まく）りつ戦ったが、既に夕陽に赴いたので双方ともに引き揚げた。

（註）

① 「狩野入道一庵」は北条氏康（うじやす）の馬廻り役を務め、後に北条氏照（うじてる）の奏者番となった武将として知られる。

② 「箭合わせ」は、開戦の合図として敵味方から矢を射出し合うこと。多くの場合、鏑矢（かぶらや）が用いられた。

五十九　木下秀吉遠計を以て信玄を欺く事並びに真田昌幸、木下が遠計を砕く事

その夜真田源太左衛門信綱と安房守昌幸は穴山・木辻・望月・根津・増田を従え、その勢千五百余人に大筒・小筒を多く持たせ、倉沢山の腰を廻り北條氏康の本陣の後ろへ出たのは夜も三更（註①）（午後十二時）の頃であった。暫く敵軍を窺うと、昼の戦いに疲れ果て篝火を焚き捨てて大いに油断の体であった。真田は悦んで、「時は好し」と大・小砲を本陣の後ろから一度に撃ち掛けたので北條の陣中は、

「スハヤ。夜撃ちが来たぞ」

と上を下へと騒動した。真田勢は鬨の声を作って此処に現れ彼処に隠れ縦横無碍に切って廻りながら、昌幸は相図の火の手を上げた。甲府勢は是を見て、

「さて、相図だぞ」

と言って四郎勝頼・甘利左衛門尉・跡部大炊之介・長坂釣閑の一万五千余騎が鬨を作って攻め寄せた。北條方は前後を敵に取り囲まれ、「所詮叶わないぞ」と命辛々小田原指して敗走した。甲府勢は逃げるのを追い掛け、各々手柄を顕した。

真田は軍を収め大将の御前に出て、

「是を機に御帰陣下さい」

と勧めた。信玄は先ず勝鬨の式を取り行い、「甲府へ帰陣しよう」と諸勢を纏め引き揚げを開始した。勝手明神と言う社の前へ来掛かった時に、信玄の馬が急に跳ね上ったので信玄は落馬した。近習の諸将は大いに駭き、急いで介抱しようとしたが、然迄のこともなかったので信玄は乗物に移った。そして、

「此の社は何と言う神を祀っているのか」

と尋ねた。近習の者が、

「是は勝手大明神と申します」

と答えた。信玄は、「勝手と言う神の前で落馬したのは、如何にも不審だ」と心に掛けつつ甲府へ帰った。

一方、織田弾正忠信長は義昭将軍を京都へ上洛させて、その威勢を畿内近国に振るい、「何とかして天下統一の志を果たそう」と思っている処なので、何分武田信玄の威勢には当たり難い為、色々と心を砕いていた。家臣の木下藤吉郎秀吉は、その身は京都にありながら諸国に間者を入れ、国々の変を窺っていた。すると、此の度武田信玄が今川を攻め潰し、北條の後詰と戦ったが、真田昌幸と言う者が智計を以て北條家の大軍を破ったこと、その後甲府への帰陣の途中信玄が勝手大明神の前で落馬したことなどを委曲く告げて

来た。秀吉は大いに悦び、

「既に信玄の命を縮める時が来たぞ」

と密かに一首の歌を作って間者を甲府へ遣わして、是を歌わせ何国ともなく流行らせた。

その歌に、

頼む甲斐なきに付きては誓いなし　勝手の神の名こそ惜しけれ

信玄は落馬の後色々心に掛けて昼夜思い煩い、「若しや我が命数の限る兆候で有ろうか」

と気にしている折に、甲府近辺で怪しい歌が流行った。

「頼む甲斐なきに付きては誓いなし、勝手の神の名こそ惜しけれ」

と歌った。信玄は、「さては我が命が尽きる前兆である。我が大望も水の泡と成るのか」

と此のことを寝ても覚めても苦にして、日増しに疲労が積もった。諸方の名医を集めて
種々治療を加えたが、その甲斐なく食事も進まなくなった。甲斐の諸将等は大いに驚き、

「此の頃何処から共なく、怪しい歌の流行り出したのは、此の前兆で有ったのか」

と皆々恐れを成した。真田安房守は是を聞いて、

「さては織田家の猿冠者が、我が君を欺いたのであろう。我が君の病を癒そう」

とて甲府へやって来て急ぎ登城し、信玄の病床を訪った。信玄が頼りなさそうだったので、昌幸は進み寄って、

「君、お具合は如何ですか」

と尋ねた。信玄は、

「とても苦しい。此の度はとても本復は覚束ない」

と声を曇らせて答えた。昌幸は是を聞いて、

「君の御病気の根元を治す良薬があります。是を用いられれば忽ち平癒します」

と言った。信玄は起き直って、

「それは如何なる良薬であるか」

と尋ねた。昌幸は、

「御病根は頼み甲斐の歌で御座いましょう」

と言った。信玄は驚いて、

「其の方、我が病の元を如何して知ったのか」

と尋ねた。昌幸は笑って、

「是は信長の家臣木下の謀であって、是こそ人を欺く子房の智略です。君必ず欺られて万金にも替え難いお命を失ってはなりません」

と言った。信玄は限りなく悦んで、

「其の方の一言で我が病気は既に治った。疾く北條を討って上洛を遂げ、予ての望みを遂

げよう」

と言った。昌幸も共に悦んで、

「童の歌を使って、我が君の命を縮めようとした秀吉こそ面悪い。我此の度返報に一つの書翰を遣わして秀吉の肝を冷して呉れましょう」

と大いに怒った。信玄は、昌幸の予てからの智略を感じ、

「古今に得難き名士である」

と言って信州上田の城（註②）を与えた。昌幸は恩を謝し、それより上田の城へ移った。その後、昌幸は何やら書翰を認めて京都へ送った。

（註）

① 三更とは、午後十二時頃。またはそれを中心とする二時間のことで、子の刻とも言う。

② 『三代記』には「信玄が昌幸に上田の城を与えた」と書かれているが、実際は上田の城は天正十一年（一五八三）に徳川家康の支援を得て真田昌幸が着工し完成させたものである。

六十　真田一計秀吉を欺く事並びに昌幸、信玄へ諫言の事

敵を知り己を知る者は、戦いに必ず勝つと言うのは道理である。真田安房守昌幸は未だ若年ではあるが能く彼此の機を慮り、北條の大軍を追い崩し勝利を得た。武田信玄は大いに悦んだ。けれども北條と度々戦いを交える内に、「若しかすると上杉謙信が、その虚を襲うのも謀り難い。早々帰陣しよう」と取って返した。そして、勝手大明神の社前を通行した時に、「如何したことか落馬したのは甚だ不吉である」と君臣共に大いに心を痛めていた。

織田信長の家臣木下秀吉（註①）は是を伝え聞いて、「時は来たぞ。遠計を以て信玄を害そう」と計った。真田昌幸は早くも此の事を悟って、主君信玄に諫言し秀吉の謀を砕くと共に、京都へ書翰を送った。此の時木下秀吉は京都の政事を掌どっていたが、甲府へ入れ置いた間者から、

「信玄は此方の謀に当たって、病床に打ち臥せています」

との注進があった。秀吉は、「我は既に成功した。信玄を亡ぼすのは正に此の時である」と独り悦んでいた。其処へ、

「信州上田の城主真田安房守方から、使者が入来しました」

との知らせがあった。秀吉は怪しみ、「昌幸は漸々此の頃上田の城を与えられたと聞くが、何用有って我が方へ書翰を送って来たのか。織田と武田は縁者でもあるので、多分通例の見舞いであろう」と使者を呼び入れ、昌幸の書翰を披いた。処が文言はなく、唯一首の和歌が書かれていた。


　難波津の芦わけ舟に脅されて菅の庭鳥立ちさわぐなり

秀吉は是を見て暫く考えたが、当時は軍事に紛れて未だ歌学（歌道）の心掛けがなかったので、その意味に合点が行かず繰り返し繰り返し読んでいる処へ竹中半兵衛重治（註②）がやって来た。秀吉は、

「竹中、好い処へ来た。武田家の家臣真田昌幸が、怪しい歌を送って来た。某が無学なのを侮って体もなき歌を以て我を迷わし、返事の様子を探ろうとするのであろう。憎き真田の振る舞い。引き裂いて捨てて呉れる」

と大いに怒って言った。竹中は制して、

「真田昌幸は未だ若輩なれども、中々尋常の者では有りません。如何して童蒙（幼稚）な戯れをするでしょうか。処で歌で何と申し送って来たのですか」

と尋ねた。秀吉が彼の歌を出して竹中に見せると、重治は是を篤と見て眉を顰め、

「難波津の芦わけ舟にとは誰を指した辞かは分かりませんが、萱の庭鳥とは歌道の秘密で蛙のことと聞いています。立ちさわぐと言うのが分かりません」

と考えていたが、暫くして手を拍って、一度は驚き一度は感じ、

「さて、怖ろしいのは真田です。先達て君の遠計によって甲府表で童謡を流行せ信玄の心を苦しめたのを、彼は必ずや此方の謀であることを知って、蛙の為す如きことを幾度行っても、昌幸が芦わけ舟となって謀の穴を見付け、相手を立ちさわがさせようとのことでしょう」

と言った。秀吉は突っ立ち上って、

「我は、昌幸の生首を見ずには置かないぞ」

と立腹の体で言った。竹中は笑って、

「昌幸は忠臣です。信玄が在ることを知って、信長公が在すことを知りません。臣として君の為に尽くすのは当然の理です。此のような智謀の士は、味方にすることこそ良将の工夫すべき処です。何故に、そのように怒られるのですか」

と言った。秀吉は大いに笑って、

「是は偽りである。此のような智将をむざむざと失ってはならぬ。見ていよ。秀吉は恩を施し、頓て幕下に付ける積もりだ」

と言った。そして真田の使者を厚く饗応し、早々返簡を認めて返した。その深意は凄まじいもので有った。時は永禄十二年（一五六九）六月のことであった。

真田昌幸は、「使者が帰った」と聞くと急いで呼び寄せ、京都の様子を尋ねた。そして、「秀吉の返事は如何に」と書状を披いて見た。その文体は甚だ丁寧で怒りの心が少しも見えないので、昌幸は心中に恐れを懐き、「実に秀吉は地中の龍に等しい武士である」と弥々深く心に感じた。

一方、小田原の北條は数度武田と鉾先を争ったが武田方の諸士が手分けをして諸方の道を取り切って攻めたので、北條方は是を見て諸軍を此方彼方と分け遣わしたので小田原の本城は殊の外無勢になっていた。それを武田の忍びの者が窺い知って急ぎ帰って、

「斯くの如くです」

と告げた。信玄は大いに悦び、

「我が此の度諸方から小田原を攻める体に見せたのは、小田原の兵を減らす為である。それなのに氏康父子は此の謀に乗って諸方へ手配りをし、小田原の兵力を減らしたので、我が謀は成就した。急ぎ軍馬を発するぞ」

と言った。そして、高坂弾正忠昌信（註③）に六百余の勢を加え上杉勢の押さえとして海津の城を守らせ置いて、信玄自らは一万余騎を従え速やかに小田原へ発向と定めた。昌

幸は此(こ)の由(よし)を聞いて急ぎ登城して信玄に謁し、

「当年は暑気が甚(はなは)だしい。それなのに軍(いくさ)を起こせば、陣中で諸卒が病を受け対陣は心に任せないでしょう。とは言え勝利が慥(たし)かであるならば、進退は暑寒(しょかん)によるべきではありません。君には何を目的(めあて)にして軍(いくさ)を発(おこ)そうとするのですか」

と問うた。信玄は、

「我遠計(えんけい)を以て北条の枝葉の城々へ軍馬を向かわせる体を見せた。是は偽りにして、実は小田原の軍勢を減らさせて無勢なる処へ押し寄せて直ちに小田原を攻め破ろうと思う。そうして、根を断ち葉を枯らすと言うの如く、枝城(えだしろ)の降伏するのを待ちたい。今、氏康が小田原の勢(せい)を諸方へ手分けするのは、既に我が計略に掛かっている。よって速やかに軍を発し、小田原へ攻め入ろうと思う。是こそ其の方が言う目的である」

と答えた。昌幸は眉をひそめ、

「此の儀は遠計ではありません。大いなる誤りです。その訳は、上杉謙信は予(かね)て北条と交わりを結んでいます。君が小田原を攻めると聞けば必ずや、その虚を襲うでしょう。その手当は如何(いかが)されますか」

と問うた。信玄は冷笑(あざわら)って
「若輩者の過言である。老功の我がどうして斯程(かほど)のことを抜かろうか。上杉勢を防ぐ為既に高坂に海津の城を守らせた。それ故、後ろを遮られる憂(うれ)いはない」

と答えた。昌幸は、

「その軍勢は幾何(いくばく)ですか」

と問うた。信玄は、

「六百余人である」

と答えた。真田は面(おもて)を正して、

「上杉は智勇兼備の古今の英雄であり、今天下に双(なら)ぶ者が有りません。それなのに、僅かの勢を以て是を防ごうとは如何成(いかな)ることでしょう。若(も)し謙信の為に海津の城を攻め取られ、更に甲府へ乱入されたなら、何様(なによう)の術(てだて)が有っても小田原を攻め取ることが出来ましょうか。何とも心配です」

と言った。信玄も此の言葉によって心付き、暫くの間思案に及んだ。


（註）

① 『三代記』の六十には「羽柴秀吉」と書かれているが、秀吉が羽柴姓を名乗るのは天正(てんしょう)三年（一五七五）以降なので「木下秀吉」に訂正した。

②　竹中半兵衛重治は、黒田官兵衛孝高と並ぶ羽柴秀吉の参謀である。しかし、彼の軍功に関する逸話や美談は後世の創作が多いと言われている。

③　高坂弾正忠昌信は、武田四天王の一人と数えられる譜代の家臣で、春日虎綱とも言う。

六十一　小山田信茂軍議の事並びに信玄小田原へ進発の事

真田安房守の軍議に、さしもの信玄も当惑の体であった。昌幸は膝を進め、

「最前も申し上げた如く、君のお目当ては相違しています。此の度北條氏康が小田原の勢を処々に分け遣わす手配りは、謙信が既に武田の後ろへ備えている故です。更に北條家には、大道寺駿河守・松田尾張守と言う老将がいます。武田方が小田原の無勢なるを窺い、攻めることを知らないことが有るでしょうか。甲府勢が諸城を攻める真似をするので、若しやと危ぶみ此のような手配りをしたものでしょう。君、必ず侮ってはなりません。兎に角前後に心を付け下さい。北條・上杉の何れも深計があます。若しも攻め掛かれば、大きく破れるでしょう」

と申し述べた。信玄は、

「然らば如何するのが能いか」

と問うた。昌幸は、

「君には兎に角国家を保ち、仁恩を以て百姓を撫育し、諸将を労い心安く時の来るのをお待ち下さい。昌幸、及ばずながら一計を以て、北條・上杉の両家と戦わずに労れさせること掌を返すが如くです。時に応じ、一気に攻めるならば忽ちに破ることが出来ましょう。必ずお心を苦しめられませんように」

と述べた。その詞に信玄も心決しかね、その日の軍議を止めた。

　真田が帰った後へ、小山田兵衛尉信茂が参上した。信玄が何やら工夫の体に見えたので信茂は進み寄って、

「君には何を御思案遊ばしておいでですか」

と尋ねた。信玄は小山田に向かい、

「我、此の度遠計を以て小田原へ軍馬を発しようと考えたが、真田安房守が強て是を止めた。それにも一理あるので、我が心は未だ決せずに思慮を廻らしている処だ」

と答えた。小山田は、

「真田は如何申して止めたのですか」

と重ねて問うた。信玄は、

「真田は謙信を恐れてか、此の軍は無用。今暫く軍を止め国を護って動くことなく見合わせれば、戦わずに上杉・北條の両家を破る謀があると言った。是によって、如何しようかと迷っているのだ」

と言った。信茂は、

「君は、真田の詞が当たっていると思われますか。それとも軍を発そうと思われますか」

と尋ねた。信玄は、

「我は偏に軍を発そうと思ったからこそ、工夫をしたのだ」

と答えた。小山田は聞いて、

「それならば、思案に及びません。速やかに兵馬をお発し下さい」

と言った。信玄はなお躊躇って、

「真田が申す如く敵方に備えがあるのを恐れる故、未だ心が決まらないのだ」

と言った。小山田は笑って、

「真田の言葉は一理あるに似てはいますが、その一を知って、その二を知らない。古語にも、先んずる時は人を制し、後れる時は人に制せらると有ります。今君の遠計の如く、眼前に北條の無勢なるを知りながら、是を他処に見ることが有りましょうか。且つ又、当家は既に北條とも上杉とも数度合戦に及びました。しかし、未だ曽て負けたことは有りません。上杉に於いても、武田方の鉾先は予て知っている処です。ですから、急に甲府へ攻め入ることはないでしょう。それならば、高坂の押えでこと足りるでしょう。その間に君は小田原へ攻め入り下さい。某は是から郡内に帰り、精兵を率いて武蔵の戸取山（註①）へ向かいます。そうすれば、仮令敵方に如何成る奇計が有っても、どうして攻められないことが有るでしょうか。追っ付け、北條父子の首を見るのは信茂の鉾先にあります。真田のように恐れていれば、何時を期して合戦することが出来ましょうか。彼の言葉に迷わされてはなりません」

と勧めた。信玄は手を拍って悦び、

「其の方の言葉は極めて我が心に適った」

と言って、直ちに諸将へ「近日出馬の用意あるように」と伝えた。

昌幸は退出してから兄源太左衛門方へ到って、今日信玄を諫めたことなどを語っている処へ信玄から、「弥々軍を発する」と陣触れの使者が来た。それを聞いた昌幸は驚いて早速使者に対面し、

「此の軍は誰が勧めたか」

と問うた。使者は、

「小山田信茂です」

と答えて帰った。

　その後で、昌幸は信綱・昌輝に向かって、

「ことが迫ったのでは是非も有りません。斯くなった上は、某是から海津へ到って高坂と共に謙信の勢を防ぐ積もりです。兄君達には此の度の軍、斯様斯様にして下さい」

と計策を申し述べた。そして其の身は、

「直様海津へ赴きます」

と甲府へ告げ置いて、翌日手勢百五十騎と信玄からの加勢五百騎を合せて六百五十騎を率いて海津の城へ赴いた。信玄は真田の諫めを聞き入れずに出馬の用意を整え已に発しようとした時に、真田源太左衛門信綱・兵部丞昌輝の両人が馬前に出て、

「此の度の出陣に付いて直ちに小田原へ寄せるよりは、敵の備えが未だ整っていない名倉の城（註②）に発向しましょう」

と申し述べた。信玄は莞爾と笑って、

「流石は幸隆の忰、天晴の軍慮である。我も、そう思う。其の方等先陣せよ」

と命じた。信綱・昌輝の両人は畏まって打ち立った。

　山縣三郎兵衛が進み出でて、

「此の度の合戦では是非とも先鋒し、天晴高名を上げようと思っておりました。何卒某に先陣を仰せ付け下さい」

と願った。信玄は首を振って、

「否々、先陣は疾真田に申し付けた。よって二陣に進むように」

と言った。山縣昌景は、心中に大いに怒りを含んで退出した。

（註）

①『三代記』には「戸取山」とあるが、それに該当しそうな山が武蔵にはない。あるいは西上州から秩父に入る要害の地、戸蓋山のことかと思われる。

②「名倉の城」のあった場所は、残念ながら確認できない。

六十二　真田勢名倉城攻めの事並びに名倉下野守戦死の事

武田信玄は、真田信綱・同昌輝を先鋒に、二陣は山縣三郎兵衛、三陣は甘利左衛門尉、中軍の前備えは諏訪四郎勝頼、それから晴信入道信玄の旗本、後陣は小山田・諏訪衆都合二万八千余人で、永禄十三年（一五七〇）六月二十八日府中を出馬し、武州（武蔵）江戸葛飾へと向かった。道々の民家へ放火しつつ名倉の城を目指した。此の名倉の城には北條方の名倉下野守正俊（註①）が楯籠もっていた。よって、

「先ず手始めに此の城を攻め落とし、その後小田原へ乱入しよう」

と言って惣勢で城を取り囲み、鯨波の声を発して攻め掛け攻め掛け城際迄到った。城中は予て待っていたので狭間の陰から弓・鉄砲を雨霰と連発に射掛け撃ち掛け、此処を先途と防いだので、大手に向かった真田の先手は矢玉に射縮められ矢庭に討たれる者数知れず。是を見て後に備えた真田勢は攻め倦んで唯城を打ち眺めていたので、信綱は大いに怒り、

「主命によって先手に進みながら、おめおめと城を眺めている訳にはいかない。者共、我に続け」

と鎗を追っ取って、真っ先に打ち掛かる矢玉をこと共せずに鎧の袖に受けとめ受けとめ進

んだ。相木・筧・増田・穴山・別府・根津・望月等の勇士等は主人に励まされ、我も我もと攻め登ったので城中争でか堪るであろう。難なく三の曲輪を乗っ取られ、二の丸に引き入って猶死力を尽して防ぎ戦った。さしもの真田勢も少し労れを生じ、始めの勝ちを好機にして一息吐こうとした。山縣三郎兵衛は、「今度こそ先陣に進み、高名し様と思っていたのに、真田に先を越されたのは如何にも残念」と心中に怒りを含んでいたので、「時を得たぞ。此の城を攻め落とし、真田の鼻を明かしてやろう」と五百余人の精兵を引き具し入れ替って唯一揉みと攻め掛かった。城将の名倉下野守は、「今は此の城保ち難い。潔く一戦して討死しよう」と心を定め、浅黄糸の鎧に金の芭蕉の前立を打った冑を着し、城門を開かせ屈強の精兵三百余人を前後に従えて、山縣の備えに面も振らず切って入った。そして、右往左往に切り立て切り立て自ら鎗を取って突き廻った。その為、山縣勢は突き立てられ散々になった。すると、山縣の家人の石川九郎兵衛と言う者が、鎗を捻って名倉を討とうと突き掛かった。下野守は、「健気な振る舞いである」と二・三合戦ったが、終に石川を唯一鎗に刺し貫いた。是を見た真柴が、

「真柴鬼市兵衛なり」

と名乗って、刃の径二尺（約〇・六メートル）余りの大斧を打ち振り名倉を目掛け打って掛かった。名倉は、「心得た」と請け流して暫く戦った。下野守は、「此の敵は我が及ぶ処

ではない。一計を以て討ち取ろう」と態々鎗の手を乱し馬を返して逃げ出した。真柴は是を実と思って、「討ち取って我が手柄にしてやろう」と斧を振り上げ追い掛けた。名倉は、「謀り得たぞ」と心に悦んで十分に偽引き寄せ、振り返りざまにエイと鎗を突き上げた。真柴は内冑から頭にかけて突き砕かれた。どうして堪るであろうか、アッと叫ぶや否や馬より落ちて息絶えた。此の勢いに辟易して山縣勢は大いに乱れたが、三郎兵衛は大太刀を真っ甲に差し翳して下野守に切って掛かった。名倉は真柴を討って猛勇盛んの折なので、「オヤ。稜威しい有様だ。汝も共に冥途の客にして呉れよう」と上段下段と戦った。しかし、名倉が勇であると言っても数刻の戦いに身体が労れて山縣の尖い太刀打ちをあしらい兼ねて、鎗の柄中を切り折られ太刀に手を掛ける処へ、山縣は、

「得たり」

と大喝一声雷の如く切り付けた。名倉は真っ甲から胸板迄割り付けられ、血煙り立てて馬よりドッと落ちたので山縣は首を取った。是によって、名倉の残兵は右往左往に敗走した。それを追い立て追い立てて、分取り高名は数を知れず。遂に難なく名倉の城を攻め落として、「手始め好し」と勝鬨を作り勇気凛々として直様綱島（註②）まで押し来たった。その頃には早日も西山に傾いたので、

「勝手を知らない敵地への深入りは無用である」

と言って、その夜は此処に陣を据えた。

此の度の武田勢の乱入によって氏康は大いに驚き、諸将を招いて、

「甲州勢が破竹の勢いで攻めて来た。如何して是を防ごうか」

と評議した。大道寺駿河守・松田尾張守が詞を揃え、

「予て上杉に好宜を通じ交際を結んで置いたのは、斯かる時の為です。急ぎ使者を送り信玄の後ろを襲わせ、その後で此方の方術を考えましょう」

と述べた。其処で、先ず上杉家へ使者を以て、「斯く」と申し送ると、謙信は異議なく承知した。

一方、「信玄が諸軍を率いて武州へ出張し、急に名倉の城を攻めました」との注進が櫛の歯を挽くが如くであった。氏康は加勢として北條陸奥守氏照に横地監物・布施出羽守等二万千余人を差し添えて、

「武田勢が上州から攻め入ることも考えられる。戸取山は難所なので、此処に伏兵を置いて敵の大軍を切り崩せ」

と遣わした。北條氏照は後援を命ぜられ勇み進んで馳せ行くと、早くも名倉城は攻め落とされたと聞いた。暫く思案し、

「名倉が落城したのであれば、定めて敵兵驕り怠る心を生じ、今宵は然迄用心しないだろ

う。就いては敵の不意に乗じ此の大軍で夜討ちを掛ければ上手く行かないことが有ろうか。急いで其の手配りをせよ」

と言った。そして、白鳥の羽を合印として是を冑に差し、合言葉を定めて手配りが整ったので、

「弥々打ち立つぞ」

と下知した。北條勢が「遅れてはならない」と小仏坂を越えて網島の本陣に押し寄せると、氏照の軍慮に違わずに、武田勢は名倉の一戦に打ち勝って諸卒大いに勇み悦んで、今宵敵兵が向って来るとは夢にも知らず篝を焚き捨て何の用意もなかった。殊に真田信綱は父にも舎弟にも似ず心悠なる者なので、夜討ちの備えも心掛けなかった。名倉の城を攻めることを信玄へ勧めたのは、弟の昌幸が申し残した謀であった。

　時に北條方は易々と小仏坂より甲州勢の後ろへ廻り、

「時分は好いぞ」

と言う侭にエイエイと声をあげて攻め入った。軍事に怜悧き武田勢も、今宵夜討ちが入るとは思いも寄らなかったので大いに驚き騒いだ。そればかりか本陣へ切り入ったので、弥々周章ふためく処へ、北條方の横地監物の五千余人が本陣を切り破り切り破り、

「信玄を遁すな。生け捕れ」

と無二無三に攻め立てたので何かは以て堪(たま)るであろう。信玄の旗本は上を下へと逃げ迷い、散々に敗走した。

（註）

① 「名倉下野守正俊」という人物は見つからない。あるいは「名倉下野守重則(しげのり)」かと思われる。

② 「綱島」は、現横浜市港北区の地名。

六十三　小山田信茂(おやまだのぶしげ)敗軍の事並びに真田昌幸(まさゆき)万全の謀(はかりごと)を述べる事

真田源太左衛門(げんたざえもん)・同兵部丞(ひょうぶのじょう)は大いに周章(あわ)て、

「アッ、大将の旗本が危ない。弟昌幸が言ったのは此(こ)のことだ。我等のほか本陣を守る者がいない」

と手勢五百余人で北條勢の大軍へ割って入り、右に当たり左を破り漸く信玄を救い出し備えを立て直した。信綱・昌輝の両人は信玄に向かい、

「一先ず軍をお収め下さい」

と勧めた。信玄は、

「然らば疾く引き取ろう」

と山縣・馬場を後殿とし敗兵を引き纏め、甲府を指して引き退いた。


斯うしている内に、夜も白々と明け渡った。北條方は夜討ちによって思う侭に勝利を得て、

「今は追い討ちを掛けるにも及ぶまい。是を汐に帰国しよう」

と勝鬨を作って帰陣した。此の時小山田兵衛尉信茂は、此の度北條方を一戦に破り、稀代の手柄を顕して真田の鼻を明かそうと郡内の軍勢五千余人を引き具して（引き連れて）武州の戸取山に指し掛かった。先陣が既に川原宿（註①）迄進んだ処へ、一声の鉄砲が響くや否や、戸取山の難所から、右には松田、左には大道寺が真っ黒に成って討って出たので、小山田信茂は大いに驚き周章狼狽大方でなかった。急いで、

「備えを立てよ」

と下知した。しかし、敵は目に余る大軍であり殊に待ち伏せていた処なので、

「得たりや。オウ」

と散々に駆け立てた。是に引き換え、味方は小勢の上に思いも寄らないことなので大いに乱れ、右往左往に敗走した。此の時、小山田の老臣の潮田右京は大声に呼ばわって、

「此の勢、何程のことか有ろう。唯一揉みに駆け散らせ」

と鞍上に立って下知した。松田の鉄砲組の窪新十郎と言う者が鉄砲を撃ち掛けると、アッと言って潮田右京は馬より真っ逆様に落ち死んでしまった。

小山田の家臣の秋月九郎兵衛と言う名を得た勇士が、窪の有様を見て取り、「是は易からぬことである」と群がる北條勢を打ち破り打ち破り、獅子の荒れたる勢いで息をも継がずに駆け立てた。松田・大道寺の精兵は秋月一人の猛勇に切り立てられ散々に敗そうとする処へ、三浦宮内少輔・北條河内守等が新手を繰り出した。その為、乱れ立った松田・大道寺は備えを又立て直して攻め戦った。秋月九郎兵衛は心は矢猛に思え共防ぐことが出来ず終に乱軍の中で討死した。北條勢は勝ちに乗って駆け立て駆け立て攻め付けたので、小山田勢は散々に切り破られ這々囲みを切り抜けて蜘蛛の子を散らすが如く郡内指して敗走した。

一方、真田昌幸は海津の城にあって種々軍慮を廻らし、「若し謙信が裏切ったならば、秘計を以て防ごう」と思っている処へ、

「早くも甲府勢は北條方に切り立てられ敗北した」

と知らせが有った。それを聞いた昌幸は、「然も有るだろう。併し上杉が出陣しないので仕合わせであった」と心中に悦びつつ甲府の城に帰った。


斯くて信玄は、「此の度真田安房守の諫言を用いずに出陣し、北條に打ち負け大いに失敗したのは残念の至り。如何して会稽の恥（註②）を雪ごうか」と思案に暮れていた。折柄、「真田昌幸が帰って来た」と聞き、早々に呼び寄せた。そして、如何にも恥入った面持ちで、

「実に其の方が言ったのに違わず利なくして敗軍した。全く其の方が諫めを用いなかったために斯かる失敗をしてしまった。実に残念の至りである」

と言った。昌幸は笑って、

「君の仰せは相違しています。某が申したのは、上杉が後ろを襲って攻め来ることを怖れたのです。謙信が出張しなかったのに、北條勢の夜討ちに敗したのは、昌幸の考えなかった処です」

と申し述べた。信玄は心を大いに屈し、「今度こそは昌幸と軍議をしよう」と毘沙門堂へ招いて、

「さて、昌幸。予て其の方も知る如く我が先祖武田大膳大夫信義は右幕下（右近衛大将）

の頼朝公にも従わず、独立の志深かった。しかし、運気を計り迚も叶わざるを知って、止むを得ず頼朝に従い甲信を守って安んじ、遂に素志を遂げることが出来なかった。其れは如何にも遺憾の至りである。よって我不肖とは雖も此の意を襲ごうとしているのだ。今天下は糸の乱れた如くで、東に北條、北に上杉、西に織田、南に徳川等英雄豪傑が輩出して雌雄を争っている。之を切り鎮め武名を四海に轟かし、武田の天下にしようと思っている。如何なる謀を以てしたら良いか」

と言った。昌幸は、

「一朝一夕に此の大敵を破り、天下の大乱を鎮めることは勿々困難です。君には先にも申しましたように、甲信を保って時の来るのをお待ち下さい。昔、三国時代（註③）に魏の曹操・呉の孫権・蜀の玄徳と各々別れ、英雄は蜂の如く、群卒は蟻の如く勃興って合戦の止む時が有りませんでした。その時諸葛亮・龐統・仲達・周瑜等比類なき者共が出て、互いに天下を争いましたが、終に一に帰して司馬炎（註④）が天下を取りました。是は独り司馬炎が強かったからでは有りません。どうして呉・魏・蜀に勝つことが出来ましょう。けれ共、天は此の人に治を授け給わったのでしょう。終に天下を治め、三国を亡ぼしました。治極まる時は乱生じ、乱極まる時は治生ず。君甲信さえ安んじ給われれば、頓て治を生じて武田の天下とも成りましょう」

と譬を引いて銀玉の答えを申し述べた。信玄は、

「実に其の方が申す処、当然の理にして万全の謀である」

と表には悦びの体を見せたけれ共、心中甚だ快くなかった。そして、只管に天下を取ろうと急いだ。我が命数の限りあるのを知らずに、唯天下を望む気持ちが益々激しくなって行った。


(註)

① 「川原宿」は、現八王子市下恩方町付近。

② 「会稽の恥」とは、中国の春秋時代に越王の勾践が呉王の夫差との戦いで、会稽山で敗れ屈辱的な講和を結ぶ羽目になった故事から出た詞である。

③ 中国の三国時代は、華北を魏が、華南を呉が、四川を蜀が領土とした。それぞれの建国者が、曹操（孟徳）・孫権（仲謀）・玄徳（劉備）である。諸葛亮（孔明）と龐統（士元）は玄徳に、仲達（司馬懿）は曹操に、周瑜は孫権に仕えた武将であり、政治家でもあった。

④ 司馬炎は仲達（司馬懿）の孫で、魏の皇帝（曹奐、曹操の孫）から禅譲を受け晋の初代皇帝武帝となった人物である。

六十四　信玄再度小田原へ発向の事並びに相模川合戦の事

真田安房守昌幸が諫言した処、信玄は理の当然であるのにより表では真田の勧めに従ったが、心中では先達ての綱島の敗軍を口惜く思いつつも、「如何しようか」と、その侭に打ち過ぎて軍馬を出さないでいた。然るに小山田信茂は、「何とかして此の度君に軍議を勧め、我先鋒に進み戸取山で敗軍した恥辱を雪ぎたいものだ。それなのに甲府で何の沙汰もないのは、全て真田の諫言によって再度の出馬を止めたのであろう」と心中深く残念に思っていた。けれども、先日君に軍を勧めた甲斐もなく敗軍してしまったので、

「此の度は何共言い出すことができない」

と密かに長坂・跡部・山縣の方へ内意を申し送った処、何れも先敗を快く思っていなかったので聞くと直ちに、

「道理である」

と言って、それより各々打ち寄って謀し合わせ急ぎ甲府へ赴いた。そして、信玄に謁し、

「今や上杉謙信は、武田の鉾先を恐れて未だ軍を出しません。北條は此の間の勝利に気を良くして何の備えも有りません。此の間に乗じて急に軍を進めたならば、きっと北條方は周章ふためき小田原へ逃げ籠るに違いありません。その時我々が粉骨して切り入るならば小田原を攻め潰すことは簡単と思い、皆一同に陣触れを待っていましたが、何のお沙汰もないのは如何したことでしょう。今天下に於いて、破竹の勢いの者は織田信長です。その上に徳川と合体したのは、甲府を攻める兆しです。それにも係らず、おめおめと北條方を差し置くのはどうしたことでしょう。前後には上杉・徳川がいます。左右には織田・北條の大敵がいます。此の大敵は如何成る謀が有っても、容易には防ぐことが出来ません。偏に甲信の危うきこと、旦夕に迫っています。それなのに、安閑と手を束ねて滅亡を待つのですか。君、能く此処をお考えいただき、早々軍馬を発して北條を攻め亡ぼし、その後上杉を討ったなら、仮令信長に如何成る方術が有ってもどうして恐れるに足りましょう」

とこともなげに申し述べた。信玄は熟々と聞いて忽ちに心解け、

「是は妙計である。急いで北條を攻めよう」

と、その侭諸将へ陣触れをし軍を出す議に一決した。時は八月中旬であった。

　真田昌幸は此のことを聞いて大いに驚き、「君を諫めて此のことを止めよう」と取る物

も取り敢えず急ぎ登城し拝謁を乞うた。信玄は、「今昌幸に対面すれば又々妨げるだろう」と逢わなかった。昌幸は仕方なく兄信綱・昌輝に対面して、

「此の度、信玄公が又々家臣の勧めによって軍を出そうとされている。さてさて、是非もない次第です。北條は、一朝一夕に攻め落とせるような者では有りません。此の度発向しても捗々しい勝利はないでしょう。併し少し地の理に叶う処があれば、小田原迄は乱入しても良いでしょう。又諸将も先日脆い負け方をしたので、此の度は恥じを雪ぐ為に手柄を上げることが有るかも知れません。某は此の度も海津に於いて上杉勢を押えるべき処ですが、少々仔細があるので小田原へ向かいますので、兄君達は海津へ赴き能くお守り下さい。若し謙信の出陣がなければ、早々お知らせ願います。某に奇計が有ります」

と言った。昌輝は、

「其の方の言う処、道理に聞こえるが理に当たっていない。我々に海津の城を守らせ、自身は小田原に向かって高名しようとは納得がいかない。そのような腰抜け役は誰になり共致させよ。我々は此の度先手に進み、先敗の恥辱を雪がない訳にはいかない」

と言った。昌幸は、

「兄君の思し召しはそのようで有りましょうが、勿々そう言う訳にいきません。又海津の城を守ることは腰抜け業との仰せですが、戦うのみが忠義と言うものでは有りません。謙

信程の強敵を防ぐのは英雄の業です。某が此の度小田原へ赴くのは人口（噂）を塞ぐ為です。その訳は、安房守は軍を嫌い尻込みする等と申す者も有りましょう。よって我が此の度こそ比類なき働きをして小田原迄切り入り華々しく合戦しようと思います。小田原迄切り入ることは容易かも知れませんが、匆々城は落とし難いこと、且つ上杉勢が後ろを立ち切って後援をする機を知らしめ、迚も北條を亡ぼすのは難しいことを君にお示しし、また諸将の眠りをも覚させようと思う為です。決して功を貪ろうとするのでは有りません。兄君には高坂氏と心を一つにして、謙信を能く防いで下さい。此の度の戦いは先に小田原へ向かった様な古き軍ではなく、鍔を割るような一戦と成りましょう。何を成すのも忠義では有りませんか」

と言葉を尽して申し述べた。信綱は、

「昌幸の言う処にも一理ある。就いては我等兄弟は謙信を喰い止めよう。其の方は必ず功を立てよ」

と言った。昌幸は平伏して、

「有難い仰せ。兄上、必ず敵を侮らずに功を顕して下さい」

と応じて立ち分かれた。

　昌幸は早速信玄に謁し、

「此の度兄両人は某に替わって、海津で上杉を防ぎます。数にはなりませんが某小田原へ向かうお先手をさせて下さい」

と言った。信玄は大いに悦び、

「其の方が来たからには、我何をか恐れよう。吉日を撰んで出馬しようぞ」

と言った。

元亀元年（一五七〇）八月二十五日に諏訪四郎勝頼を始め、真田・馬場・山縣・内藤・甘利・相木・小山田の人々都合二万五千余騎を以て揉みに揉んで瀧山の城（註①）を攻め立て攻め立て犇めいた。しかし、城将北條氏照は勇猛の大将なので能く防いだ。その為甲府勢は日々夜々討たれるばかりで捗々しい軍はなかった。真田昌幸は熟々と城を見て、

「此の城は並々では落ちないだろう。取り敢えず此処には押えを置いて早々相模川（註②）を打ち渡って酒匂川（註③）迄攻め入ろう」

と言って馬場美濃守を押えとして残し、辛津・前川を指して押し寄せ戦った。その勢いは火炎の如くであったので、北條方は「喰い止めよう」と堪えて戦ったが、遂に甲州勢に切り立てられ退くともなく相模川迄引き来たった。甲州勢は勢いに乗って追い掛け追い掛け、「小田原迄一揉みに揉んでやろう」と進む処に、相模川の前に行方銭の紋（註④）を付けた旗を押し立て、その勢八千余にて備えていた。武田方は是を見て、

「彼こそ聞こえる松尾尾張守である。何程のことが有ろうか。一駆けに駆け散らせ」と鬨を揚げて攻め掛かろうとした。すると真田昌幸は大いに制して、

「彼を侮ってはならない。松田は聞こえる智将である。殊に川を後ろに出張っているのは、背水の陣に等しい。篤と虚実を覗ってから軍を出されよ。此の度は先敗と同じことをしてはならない。迂闊にことを為されるな」

と言った。そこで、先ずは足軽を出して矢軍を始めたが双方共に進むことも出来ず、捗々しい軍もなく互いに小迫り合いをしている内に日も暮れ果てた。

　翌朝武田方の内藤修理は、

「昌幸の諫めは過っている。松田とて何程のことか有るだろう。我一戦に川へ追い詰め、日頃の手並みを見せて呉れよう」

と言って、手勢二百五十騎馬の鼻を並べて打って掛かった。松田勢の後陣が崩れるように見えたので、内藤勢は大いに勇み驀地に切って入り、

「為て遣ったぞ」

と喚き叫んで攻め入った。すると、松田の後陣が忽地先陣と変じて内藤の後ろへ廻って前後より攻め掛かったので、内藤勢は案に相違して狼狽え騒いだ。その時に松田の家臣の石弓箭之助（以前は大力の相撲取りで、後に松田の郎等となった一・二を争う勇士）が、筋

金の入った一丈（約三メートル）余りの樫の棒を軽々と引っ提げ、内藤の備えへ人も交えず打って入り、矢庭に十二・三騎を薙ぎ倒した。是を見た内藤勢は勇気を失い、道を争って逃げようとし、向かって戦おうとする者はなかった。石弓箭之助は逃げる者を打ち立て散々に薙ぎ廻った。計らずも内藤修理に出会ったので、「望む敵が来たぞ」と棒を横たえ打って掛かった。内藤は是非なく戦ったが、石弓は一声叫んで内藤の太刀を打ち落とした。内藤は大いに仰天し、馬に鞭を打って逃げて行った。石弓は大いに怒りを発し、

「内藤程の大将が後ろを見せるとは、引き返えして勝負せよ」

と呼ばわった。その声が雷の如く耳元に聞こえたので、内藤は慄え怖れて鞭を落とし危く見えた。折しも山縣三郎兵衛昌景が内藤に替わって三千余騎を従え、石弓を打ち止めようと打って出た。松田の方からも大道寺因幡が千余人を率いて、

「石弓を助けるぞ」

と喚き叫んで打って出た。

（註）

①「瀧山の城」は、八王子市丹木町にあった山城。

②「相模川」は、山梨県から神奈川県平塚市・茅ヶ崎市を流れ、相模湾に注ぐ一級河川。
③「酒匂川」は、静岡県から神奈川県小田原市を流れ、相模湾に注ぐ二級河川。
④「行方銭」は「銭紋」の一種と考えられるが、具体的にどのような紋かは分からない。

六十五　松田尾張守敗北の事並びに石弓箭之助が事

内藤修理が大いに敗北したのを山縣三郎兵衛が入れ替わって戦ったので、「山縣を討たすな」と一條右衛門大夫信龍・海老尾・白倉・依田・応戸が我先にと打って出た。小幡上総介・甘利左衛門の千五・六百余人は横鎗と成って松田の備えに突いて入り、縦横自在に突き廻った。松田は名を得た勇士なので少しも動ぜず、それぞれに下知を伝えて防いだので武田方は攻め倦んで見えた。真田昌幸は郎等根津新兵衛種行・増田五郎の両人に指図し、綱島村・鹿子木村（註①）の民家を打ち砕き筏を数百拵えさせて相模川の下流より軍勢を渡した。是に続いて諏訪四郎勝頼・武田孫六入道・跡部・今福等が我先にと川を渡って松田の後陣へ鉄砲を霰の如く撃ち掛けた。松田勢は大いに狼狽え、「如何しよう」と周章騒いで後ろを防ごうとした。しかし、前の敵を防ぐことが出来ず、今は後からも攻め立てられ途方を失っていた。信玄は遙か向こうで大声を揚げ、

「敵の後ろへは我が精兵が向かったぞ。一人も残らず生け捕りにせよ」

と鞍上に立って下知した。素より勇猛な武田勢は益々勢い強く勇気凛々として攻め立てたので、さしもの松田勢も大いに雪崩て右往左往に乱れ立った。山縣三郎兵衛は、

「それ遁すな」

と下知し、五百余騎で取り巻いた。尾張守は赤糸の鎧に白星の冑を着けて、三尺（約〇・九メートル）ばかりの大身の鎗を引っ提げ、近寄る敵を五・六人矢庭に突き落とした。此の勢いに怖れ誰一人追う者がなかったので、松田は「戦をしたがらず引き退くが肝要」と、唯突き崩し突き崩し馳せ通った。山縣は怒って、「松田と組み打ちし彼の首を取るか、我が首を彼に渡すか二つに一つの決戦をしよう」と無二無三に切って掛かった。互いに死をも恐れず秘術を尽して戦ったが、山縣は武術に勝れた勇士なので難なく松田の鎗を千段巻きより切り折った。松田は、「是は叶わない」と引き返した。山縣は勢いに乗って追い掛け、松田が已に危うく見える処へ石弓箭之助が、主人を討たせてはならぬと横合いより

討って掛かった。山縣は少しも騒がず、

「憎き奴の振る舞いである。己のせいで可惜敵を討ち洩らした。率や松田の代わりに、汝が首を取って呉れるぞ」

と怒り猛って戦った。山縣の打ち込む太刀で、石弓の持った棒は中程より切り折られた。石弓は是をこと共せずに、折られながらも猶も怒って打ち合った。山縣の太刀が鍔元よりポッキと折れたので、山縣はすかさず差し添えの太刀を抜いて打ち合ったので双方勝負は見えなかった。しかし、さしもの山縣も少し拳が草臥たのであろうか、受け太刀になる処を石弓が、「得たり」と付け入った。山縣が既に危うく見えた時に、武田方で名の高い初鹿野伝右衛門が黒皮の鎧に金の兎の前立物・香車の指し物（註②）を付け煌びやかに大山の動ぎ出た如くに山縣の馬前にスックと立って隔て、

「御免あれ。此の敵は初鹿野伝右衛門が申し請けた。山縣殿には後陣に入って、休息下され」

と言った。山縣は敵を初鹿野に渡して退き、石弓はなおも初鹿野と渡り合い火花を散らして戦った。

（註）

①「綱島村」は、現横浜市港北区にあった村。「鹿子木村」は調べてみたが分からない。

②「香車の指し物」には、「敵に向かって引かないぞ」と言う意味があるという。

六十六　相州（相模）酒匂川合戦の事並びに真田昌幸奇計の事

松田尾張守は軍術に優れた大将なので、相模川の合戦に一つの計議をなした。しかし、武田方の強敵に難なく川を渡られ前後を敵に囲まれ、山縣と勇戦して既に危うく見える処へ、石弓箭之助が主人の松田を助けようと山縣に駆け向かい勇を奮って戦ったので、山縣もすっかり労れ武者となった。今は危うく見えたので、初鹿野伝右衛門は山縣と入れ替わり、石弓と火花を散らして揉み合った。新手の勇力無双の初鹿野なので十合許り戦う中に、山縣に切り折られた樫の棒も既に手元まで打ち折れたので、石弓が是を投げ捨て太刀に手を掛ける処を、初鹿野は馳せ寄って無手と組み付いた。両方暫し捻じ合ったが、馬より下へガバッと落ちて上に成り下になり組みつ解れつ揉み合った。然るに初鹿野の力が勝っていたのであろう、終に石弓を取って押さえ首を掻き切ってスックと立ち上がった。是によって北條方が大いに敗して退くのを勝ちに乗って武田勢は散々に追い掛け難なく酒匂川迄攻め入り、

「小田原へ切り入るは今の内なり」

と喚き叫んで攻め寄せた。

　此の時北條氏康は小田原にあって安き心もなく、相模川の軍には味方利なくして引き退き、松田は敗して何方へ落ちたとの知らせをも聞かなかった。既に武田方が酒匂川迄攻め入って来たので、北條左衛門佐氏忠・同常陸之助・大道寺駿河守・北條長綱入道幼庵等を召して、「如何して此の大敵を防ごうか」と軍議を行った。氏忠が進み出て、

「松田は老功の将ではありますが、合戦の体は古風で敵が相模川の下を渡ることに気づかなかった為敗北したものと思われます。某は元より兵書は読んでありませんが倩々案ずるに、酒匂川の此方の堤の陰に精兵を埋伏させ、味方は川を隔てて防ぐならば定めて武田方の若者は馬で打ち渡って来るでありましょう。その時十分に敵を川中迄渡させ置いて、堤の陰より現れ出で弓・鉄砲の名人を選り射立て撃ち立てて、川中にて乱れる処を馬の鼻を立て並べ打ち入って進めば何かは以て堪るでしょう。仮令武田方勇なり共、どうして一溜

まりも有るでしょうか。一騎も生かしては返しません。此の儀は如何か」

とこともなげに言った。大道寺駿河守は大いに感じ、

「流石は御当家の四男（註①）、言われる処すっかり感じ入りました。けれ共、味方が万一敗し崩れることがあれば、その用心もしなくてはなりません。その時は川端に打って出て、前後に敵を受けた武田勢が右往左往に乱れる処を常陸之助殿に酒匂川の渡しより切って出給われば、武田勢を討ち取ることは袋の鼠も同前でありましょう」

と述べると一座は皆、

「妙計である」

と言った。そして、「然らば、その備えをしよう」と我も我もと打ち立った。

　此の時甲府勢が酒匂川迄出張って向かいを見れば、三鱗の旗が二流川原に飜り楯板を打ち並べて備えていた。馬場美濃守は是を見て、

「何程のことが有ろうか。川を渡れ」

と呼ばわった。長坂釣閑・跡部大炊之介・今福善九郎等は何の思慮もなく、我も我もと押し合いながら川波に馬を打ち入れて進んだ。北條方には予て備えたことなので、此の体を見て楯を打ち捨て旗の手を乱し未だ戦わない侭我先にと逃げたので、長坂・跡部は、

「然も有ろう。臆病共は武田勢の鉾先にどうして叶おうか。それ遁すな」

と川の浅深も厭わず無二無三に馬を入れ川中に至った。その時、突然一声の鉄砲が響くと斉しく、堤の陰より五百余人の弓・鉄砲の名人が立ち現われ、拳下がりに射立て撃ち立て、飛び散る矢玉は雨霰の如く面を向くべきようもなかった。長坂・跡部・今福の勢は手負・死人、その数が知れなかった。先に進んだ味方の勢は弓・鉄砲に挫がれた。後陣は我も我もと鉄砲の音を聞いて、

「疾くも先陣では軍が始まった。進めや。進め」

と押し合ったので、後へも引かれず前へも進めなかった。川中に漂う処を北條氏忠は見済まして、屈竟の兵二千五百余人を川へサッと打ち入れ攻め立てたので、武田勢は何かは以て堪ろうか。長坂・跡部は途方に暮れて戦うこと能わず。淵瀬を厭わず馬に任せて遁れようとしたので、落馬して水に溺れるのは見苦しいことであった。山縣三郎兵衛は大いに怒り、

「言う甲斐もなき者共の有様である。イザ昌景が武勇の程を見せて呉れよう」

と渦巻く波を蹴り立てて敵に渡り合い、追いつ追われつ川中にて七・八合も揉み合った。信玄は馬上で是を見て、

「危うい、危うい。山縣を討たすな。続け者共」

と下知したので、諸角九郎三郎・内藤修理・筒井紀伊守は我も我もと山縣の加勢をしよう

とした。

北條方よりも大道寺駿河守の二千五百余人が打って出、川中にて火花を散らして戦うのは目覚しい有様であった。此の時、北條常陸之助氏英（うじふさ）は酒匂川の下須賀（しもすが）の渡し場で、

「川上で鉄砲の音がするのは、間違いなく合戦であろう」

と耳を澄まして聞いていると、今戦い最中と見えて鬨（とき）の声・矢叫びの音が夥（おびただ）しく聞こえたので、

「時分は好し。信玄の本陣へ横様（よこざま）に切り入れ」

と我も我もと進む処に、こんもりとした森の陰から一つ雁（かり）の旗をサッと靡（なび）かせて五百騎ばかりが駆けて出た。氏英は是を見て、

「何者が我が勢を妨げるのか。一人も遁すな」

と馬を並べて駆け立てると、備えを左右に押し開いて大将一人が現れ出て、

「武田方に真田安房守昌幸（あわのかみまさゆき）のあるを知らないか」

と鎗（やり）を捻（ひね）って突いて掛かった。北條方からも大岡甚之丞（おおおかじんのじょう）・別木藤司（べつぎとうじ）と言う者二人が真田と鎗を合わせた。昌幸は大岡を唯一鎗（ひとやり）に刺し殺し、返す鐓（いしづき）で別木の胸板（むないた）をガッシと突き馬より落ちるのを昌幸は、

「それ、首を取れ」

と言い捨てて、又敵中へ割って入った。根津新兵衛・増田三郎・望月宇兵衛は、我先にと主人に続いて駆け入った。北條方は思いも寄らず真田勢に破られて右往左往に須賀村（註②）の方へ敗走した。真田勢が勝に乗って鬨を作り、

「敵は色めくぞ。それ遁すな、者共進め」

と短兵急に追い掛けたので、北條勢は一溜まりもなく須賀村の渡りに押し込まれ溺れ死す者数を知らず、這々の体で小田原へ逃げ帰った。

　真田方も軍を収め、須賀村に馬を立て兵粮を遣っていた。斯くとも知らず、酒匂川の渡しでは北條・武田火花を散らし戦っていた。北條方は死力を尽くして攻め掛かったので、難なく武田勢を岸に捲り上げ、

「信玄の首を取るのは此の時だ。進めや。進め」

と下知を為しつつ既に信玄の本陣を襲おうとする処に、北條方の本陣に火の手が見えて炎々と燃え上がった。氏忠は大いに驚き、「此は、そも如何に」と呆れ果てるばかりであった。

（註）

① 『三代記』には、「御当家の四男」とあるが、氏忠は北条氏康の六男というのが一般的である。

② 須賀村は、現平塚市須賀にあった村。

六十七　北條氏忠敗軍の事並びに大道寺地雷火を伏せる事

　真田安房守昌幸は北條勢の後ろから本陣に火を掛けたので、北條方は折角十分の勝利を得たが、此の体を見て大いに驚き狼狽え騒いだ。そこで武田勢は此の機に乗り勇を振って攻め掛かった。北條方は前後に敵を受け大いに破れ、後へも引かれず前へも進めず、進退茲に窮まり、九死一生の場合に至ってしまった。北條氏忠も、「今は最期」と心を決し、大道寺と諸共に大太刀打ち振り切って入り、群る敵を薙ぎ立て薙ぎ立て漸々に一方を切り破り命辛々川を渡って小田原へ引き返した。

　武田勢は勢いに乗って酒匂川を打ち渡った。先陣には初鹿野伝右衛門・山縣三郎兵衛・馬場美濃守が段々に備えを立てて渡ると、真田昌幸が威儀を正して平伏して待ってい

た。信玄は此の体を見て大いに驚き、

「其の方、如何にして敵の後ろへ廻ったのか」

と聞いた。昌幸は、

「実は北條方の用兵には、すっかり驚きました。今日の合戦では味方を深々と川中へ偽引き入れ、鉄砲で撃ち縮め色めく処を討って出散々に悩まそうとするものでした。某は敵の謀は是ばかりではなく、定めて深い謀が有るだろうと思い、此の辺りの土民に近辺の間道や川の渡し場等を尋ねました。此処から十丁余り（約一〇九〇メートル）下の須賀村と言う処に渡し場があると聞きましたので、さては北條方は此の渡りを越えて御本陣を襲うであろうと思って此方に埋伏していた処、思った通り北條勢が本陣を目掛けて来ました。そこで思いも寄らない処から駆け出て、敵の狼狽え騒ぐ処を難なく須賀村の渡しへ追い込みました。なおも追って川を渡り、敵の後ろへ廻って本陣に火を掛け後陣を開いたので此の川を易々と渡ることが出来ました」

と顔色を正して述べた。信玄は聞いて大いに悦び、

「能くも計り呉れた。敵を易々と破って、此処迄押し寄せたのは全く其の方が功である」

と賞美した。諸将は皆、真田の智慮の深いことを感じ、

「若しも真田の謀がなければ北條勢に切り破られ、更に後陣から新手を以て攻められたな

ら我々も危い処であった」

と皆々舌をまいた。


それから、小田原へと押し寄せた。中でも真田昌幸は、

「此の虚に乗じて小田原へ攻め入るぞ。進めや。進め」

と下知しながら揉みに揉んで小田原指して乱入した。


小田原では此の趣きを聞いて、市中は言うに及ばず近在・近郷に至る迄上を下へと騒動し、老いたるを扶け幼きを負うて城中へ逃げ籠もる者もあり、遠く曽根田・鴻川村（註①）辺へ我先にと逃げ走る者もあった。その騒動は釜中の沸くが如くであった。


此の騒ぎに、一色・表・伊佐・板口の枝城にいた者達は皆々小田原の城へと集まった。斯くして相模川の一戦に討ち負けた松田尾張守は、大道寺駿河守と会合して軍議を行った。大道寺は、

「此の度は敵兵が強く中々当たり難い。此の様子では、とても喰い止めることは叶わない。敵は必ず小田原へ乱入するであろう。併しながら予て上杉謙信とは交わりを厚くしてあるので、此の度こそ加勢を乞うて甲府へ乱入させれば、信玄は急ぎ帰陣するであろう。その時に我々が追い討ちすれば、必ず勝利が有ろう」

と言った。松田が、

「成る程、それも一応道理な軍慮であるが、我按ずるに酒匂川の一戦より敵兵は勝ちに乗って何の弁えもなく小田原迄攻め来たった。そして、鴻川村に陣を張って味方の防備を討とうとするであろう。その時に、陣屋に火を放って敵を皆殺しにするのは如何に」

と言った。それを聞いた大道寺は、

「実に妙計ではある。しかし、中々そのようには行かないだろう。寧ろ田島村（註②）の此方に地雷火を伏せ置いて、敵勢が是に当たって周章騒ぐ処を駆け立てれば、小田原に乱入することは叶うであろうか」

とこともな気に言った。松田は手を拍って、

「是は妙計である。一刻も疾く、その手立てをしよう」

と賛成し、一色表から離れた田島村に急いで地雷火を伏せた。

（註）

① 「曽根田・鴻川村」については、調べてみたがはっきりしない。

② 「田島村」は、現小田原市田島にあった村。「一色」についてははっきりしないが、現小田原市網一色辺りであろうか。

六十八　北條方謀計相違の事並びに真田・馬場・山縣手分けの事

甲府勢は酒匂川の一戦に勝利を得て、破竹の勢いで小田原指して押し寄せた。小田原では、「北條家の浮沈此の時にあり」と譜代・老功の臣が我も我もと馳せ集まり防禦の用意をした。中でも大道寺・松田の両人は密かに田島村の近辺に地雷火を伏せ置いて、「甲府勢が押し通るならば皆殺しにしてやろう」と計ったのは恐ろしい謀であった。斯かること共知らない武田勢は、潮の湧くが如く小田原に乱入した。昌幸が田島村の方を眺めると、妖気は炎々として日に映じ大層不審く見えた。昌幸は先陣へ使者を送って精兵を止め置いて、自から信玄の前に出て、

「小田原勢が此の度軍利なくして引き退くとは言え、大道寺・松田などは古今に秀でた英傑です。よって唯味方を深々と小田原迄引き入れるのは、一計有ってのことと思われます。怪しいのは、田島村に当たって妖気が日に映じて見えることです。きっと、敵方が地

雷火を伏せたのだと思われます」

と眉を顰めて申し述べた。信玄は大いに驚き、

「今宵田島村に陣を据えようと思っていたが、万一然様のことが有っては味方は一人も遁れることが叶わないであろう。それならば、道を替えて発向しようぞ」

と言った。真田は、

「仮令今道を変えたとしても、中々油断出来る敵ではありません。寧ろ此の道を進むのが宜しいでしょう」

と答えた。信玄は、

「斯くも怪しい道を進もうとは、如何なることぞ。君子は危きに近寄らずと言うではないか」

と不審顔で尋ねた。真田は、

「さて、それに付き某に一計が有ります。是非此の謀をお用い下さい」

と答えた。信玄は、

「その謀を早々我に教えよ」

と言った。真田は、

「畏まりました」

と答え、諸卒に命じて此の度相模川・酒匂川（註①）の一戦で生け捕った三百余人を信玄の前へ呼び出し、昌幸は信玄の膝元に寄って、

「斯様斯様」

と申し述べた。信玄は限りなく悦び、諸卒に命じて生け捕った者共の捕縛を解き放たせ、

「此の内に大将はいるか」

と問いかけた。三人が進み出て、一人は

「弓頭齊藤数馬」

一人は

「鉄砲頭窪田利平次」

一人は

「同じく武藤新吾」

と各々姓名を名乗った。信玄は彼等に向かい、

「君臣の道と言うものは、大将も諸卒も皆その主に報ずることこそ義あり信ありと言う。其の方等が人の臣として死をも顧みずに戦ったのは義である。生け捕られはしたが、決して臆病の為ではない。武運拙くして擒と成ったのである。然る上は籠中の鳥・網代の魚、殺すも生かすも皆此の信玄が心の侭である。けれども我は苟も源氏の嫡流（註②）であり、

天下の乱を治め奸賊を亡ぼして普く四海を掌中に入れようと思っているのであり、敢えて罪無き者を殺戮しようとは思わない。其の方等が主人の北條は我が敵ではあるが、其の方等には何の罪もない。嘸や故郷にある妻子等は按じ煩い、昼夜涙の乾く間もなく歎いているであろう。実に不憫の至りである。我是を思い今其の方等を免すので、故郷へ帰って無事に父母や妻子を養え」

と述べた。是を聞いて捕虜の者共は皆地に拝伏して涙に暮れ、

「敗軍の我々、おめおめと小田原に帰り他人に後ろ指を指されるよりは寧ろ斯かる仁心ある大将に降参し、犬馬の労をも尽したく存じます」

と異口同音に願った。信玄も暫し涙に暮れて、言葉なく指し俯伏いていた。すると真田安房守が側らから、

「神妙なる願いではあるが、此の陣に留まって降参すれば其の方等が忠は立たなくなってしまう。それよりは早く小田原に立ち帰って、主人の北條殿へ忠を尽くし、此の恩は戦場にて報いよ」

と言った。皆々拝伏して、

「助命の御恩、決して忘れません」

と躍り上がって悦んだ。それから真田は皆々に酒を飲ませ、頓て生け捕った折に着けてい

た鎧(よろい)・太刀(たち)・鎗(やり)・馬具・指し物に至る迄残らず取り揃えて渡し、

「早々帰れ」

と言った。皆々礼を述べて馬に打ち乗り、悦び勇んで小田原指して帰って行った。信玄は、その後、

「此の謀(はかりごと)好しとは言え、罪なき諸卒を無碍(むげ)に殺すことは不便(ふびん)である」

と落涙した。真田は笑って、

「どうして天下を治めようとする者が、斯かる小事に心を痛めることが有りましょうか。天下の為には仕方ありません」

と空嘯(そらうそぶ)いていた。

　放免された小田原勢は勇み悦び、馬を早めて帰る道すがらも唯信玄の仁心を感じつつ田島村に指し掛かった。そして此処で先一息吐(つ)こうと馬より下(お)り、側らの家屋に立ち寄って休息した。此の辺の百姓等は、此の度甲府勢が小田原へ乱入するとの沙汰を聞いて皆々近郷の山々に隠れ、一人もいなかった。皆存分に休息し、「さて小田原へ帰ろう」と立ち出(いで)て、此処を離れ堤(どて)を四・五丁（約四四〇～五五〇メートル）程過ぎた頃一声の鉄砲が雷(いかずち)の如く響くと同時に、大地から火焔(かえん)と砂石(させき)が打ち上がり、辺りは一円真っ黒く、白昼忽(たちま)ち暗(あん)夜(や)の如くに成った。彼(か)の者共は逃げる間もなく顔や手足共焼け爛(ただ)れ、見る見るうちに三百

余人一人も残らず焼け死んだ。不憫とも残酷なことであった。

是を見て小田原の松田・大道寺等は、

「さて、甲府勢が謀に落ち入ったぞ。あれ見よ」

と手を拍って笑い悦んだ。そして大道寺が、

「時分は能いぞ。者共、甲府勢の焼け残りの奴らが酒匂川へ逃げ落ちようとするので一人も遁すな」

と下知した。その為、一万五千余騎は曽我山（註③）を廻って酒匂川を指して進んだ。北條氏忠も同じく一万五千余騎を率いて、曽我山を廻って徳間井より進んだ。大将氏康父子は大いに悦び、「直ちに信玄の首を討って来るだろう」と舌を鳴らして待っていた。

一方、信玄は此の火の手を見ると同時に山縣三郎兵衛・馬場美濃守の両人の勢都合五千余騎を徳間井に向かわせると共に、真田安房守昌幸・同舎弟隠岐守の両人の勢五千余騎を曽我山の押えとした。

（註）

① 『三代記』には、「相模川の一戦で」と書かれているが、次の項では「相模川・酒匂川の両陣

にて」と書かれているので、統一性を持たせるため「酒匂川」を付け加えた。

② 「源氏の嫡流」とあるのは、武田家は河内源氏の源義光（新羅三郎）を始祖としているからである。

③ 「曽我山」は小田原市と足柄上郡中井町の境に位置する山。

六十九　真田昌幸、松田を破る事並びに謙信川中島へ出陣催しの事

真田昌幸は田島村の地雷火を難なく避け、二方向から攻め掛かる手立てをして待っていた。松田尾張守と大道寺駿河守は斯かることとは露知らず、揉みに揉んで進んで来た。先陣の松田は、思いも寄らぬ松陰に雁金（註①）の旗二流を風に靡かし数多の軍勢が整然と備えているのを見て、味方には見馴れぬ紋だぞと怪しむ折柄、若武者一騎が間近く動き出て高声に呼ばわるには、

「此の手へ向かって来られたのは、北條方で智将と聞こえる松田殿と存ずる。斯く申す

某は、武田家の家臣、真田一徳齊の三男安房守昌幸である。此の度我々を小田原へ引き入れられるには極めて謀があるであろうと存じ、先達て相模川・酒匂川の両陣にて生け捕って置いた諸卒を先陣に進ませ地雷火の先駆に致させた。北條家の方々は此の火の手を見れば、此の道へお出でに成るだろうと存じ、先刻より待ち受けていた。遅かったぞ。昌幸、松田殿へ見参し御馳走を振る舞い申そう」

と後ろの方に相図し、数百挺の鉄砲を一度にドッと撃ち掛けた。松田勢は思いも寄らぬことなので、大いに敗して後陣の方へ雪崩れ掛かった。大道寺は是を見て、

「何程のことがあろう。此の敵を打ち破って、信玄の旗本へ無二無三に切り入れ」

と轡を並べて五千余騎喚き叫んで攻め立てた。昌幸は穂先二尺（約〇・六メートル）の大身の鎗を捻って、大道寺に突いて掛かった。続いて芦塚忠八・根津新兵衛・呉服・最上・望月・増田・相木・筧の面々が勇を振るって突き入り、大道寺の備えを何の苦もなく切り崩した。その為、松田勢は右往左往に乱れ立ち小田原指して敗走した。真田は勢いに乗って終に城下迄乱入し民家に火を掛け焼き立てた。後に続いた甲州勢は、「後れて成るか」と小田原に乱れ入った。松田・大道寺は、命辛々城中へ逃げ入った。

一方、北條氏忠は徳間井を指して押し行く処で山縣・馬場の両軍に出会い、思いも寄らぬことなので一支えもせずに大いに敗して小田原指して逃げ帰ろうとした。山縣昌景は赤

皮の鎧に金銀の星冑を戴き、真っ先に鎗を引っ提げ大音声で、

「氏忠、逃げるな。素直に首を渡せ」

と追い掛けた。氏忠は馬を引き返し、

「何で逃げることが有るか。さあ来い」

と三尺（約〇・九メートル）余りの大太刀を打ち振って唯一人踏み止まって、山縣と渡り合った。山縣は大いに悦び、

「願ってもない敵だ。さあ来い」

と馬を寄せて二・三合戦った。是を見た氏忠の家人の伊津浦喜間太が取って返し、主人を隔てて打って掛かった。山縣は焦って、

「憎き奴め、其処を退け。主人こそが相手だ」

と言った。喜間太は打ち笑い、

「戦場で相手を撰ぶことがあるか。伊豆浦の手並みをしっかり見よ」

と言う侭山縣に真っ向から微塵になれと切り付けた。怒った山縣は返答もせず、太刀を鎗で受け止め、引くと見せて唯一突きに伊津浦を刺し貫いた。氏忠は目の前で家来を討たれ、大いに怒って再び山縣と戦った。しかし、山縣の勇猛にさしもの氏忠も已に危うく見えた。其処へ、北條方の六郷丹下・木曽九郎・水口隼人・渡辺忠右衛門・岩間左市等が取っ

て返し戦った。その間に氏忠は漸々(ようよう)危(あやう)きを退れ、小田原へ引き退こうとした。けれども、武田方が早くも小田原へ乱入し道々を押さえたので、小田原へ入ることが出来ずに一色の城へ入った。

　甲府勢は小田原の城下へ乱れ入って、攻め詰め攻め詰め昼夜合戦の止(や)むことがなかった。けれども堅城の上に、必死を尽(つ)くして守ったので、中々落城には及ばず、徒(いたずら)に数日を送った。

　その頃、上杉謙信は飛騨口の植松丹後守（註②）が逆心したので是を攻め、難なく一戦に植松を誅して越後に帰陣した。そして、「此の度武田信玄が小田原に乱入して北條を攻めている」との由(よし)を聞いて大いに驚き、

「然(さ)らば我は甲府が手薄なのに乗じ、川中島(かわなかじま)へ出張(しゅっちょう)しよう。そうすれば、信玄は必ず帰陣するであろう。是は一つには北條を救う計略であり、一つには信玄が帰り来るならば我、是を討って日頃の本意を達そうと計るのである」

と言った。そして、直江山城守(やましろのかみ)兼続(かねつぐ)・甘粕近江守(あまかすおうみのかみ)・杉原常陸之介(ひたちのすけ)を始め一万二千余騎を従え発向した。海津(かいづ)の城中は大いに周章(あわ)て、

「スハ、上杉勢が出張したぞ。急ぎ此の由を小田原へ注進しなければ一大事になるぞ」

と早馬を以(もっ)て此の旨を注進した。

（註）

① 「雁金」は、真田家の家紋の一つで、正式には「結び雁金」と言う。

② 「植松丹後守」については、調べてみたがはっきりしない。

七十　武田勢小田原(おだわら)退き口(のぐち)の事並びに山縣(やまがた)・馬場後殿(しんがり)の事

上杉輝虎(かげとら)入道謙信(けんしん)は軍議を廻(めぐ)らし、「信州川中島(かわなかじま)に出陣しよう」と、善光寺の渡しより御幣川(おんべがわ)（註①）を越えて出張(しゅっちょう)した。海津(かいづ)の城中では高坂弾正忠(こうさかだんじょうのちゅう)・真田源太左衛門(げんたざえもん)・同兵部丞(ひょうぶのじょう)等が、是を喰い止めようと予(かね)てから用意すると共に、早馬(はやうま)で此(こ)の旨(むね)を小田原の陣へ告げた。信玄(しんげん)は大いに驚き、急ぎ諸将を召して軍議を行った。馬場美濃守は、

「上杉は普通の敵ではありません。然(しか)るに甲府の城は今手薄です。如何(いかが)して是を防ぎま

しょう。早々帰城するのが宜しいでしょう。後殿(しんがり)は某(それがし)が如才(じょさい)なく務めます」

と言った。すると、山縣が進み出て、

「某(それがし)も共に後殿の加勢を仕(つかま)つります」

と同じた。信玄は、

「馬場・山縣両人で後殿をすれば、何を案ずることがあろうか。然(しか)らば引き取ろう」

と述べた。昌幸(まさゆき)は、

「斯(こ)う言うことに成るだろう思いましたので、北條攻めは捗々(はかばか)しくは行かないと御諫言(ごかんげん)申し上げました。とは言え十が中(うち)九まで果しながら、無解(むげ)に甲府へ帰陣するのは残念の至りです。此処(ここ)で小田原を攻め落とさなければ、再び小田原へ馬を入れることは叶(かな)いません。意気地(いくじ)のないことではありませんか」

と長嘆息(ちょうたんそく)した。信玄は大いに怒り、

「我は此の度甲府を出てより、北條家から敗軍の名を取ったことはない。然るに、再び小田原に乱入することが叶わぬとは如何なることぞ」

と詰(なじ)った。真田は涙を流し、

「謙信は尋常の大将では有りません。味方が今北條を攻めると聞き、彼(かれ)は我が軍の勢力が猛(たけ)きことを慮(おもんぱか)って、是を緩めようと打ち出たのです。然れば今此処を引き退き彼と鋒先(ほこさき)

を交えるならば、彼は待ち設けたる軍なので、その利は彼にあります。味方は既に遠征に労れ、それのみならず今甲府口へ引き退けば北條方は再び勢いを増し、三増峠（註②）に追い討ちを掛けること疑いありません。然る時は勿々通例の後殿などでは覚束ないと存じます。此の議もしもお取り上げない時は再び小田原へ打ち入る期は何時あるでしょうか」

と山縣・馬場を尻目に述べ立てた。

　馬場美濃守は座を進め、

「真田殿の一言は、甚だ以て味方に弱みを付けるというものである。合戦の世に於いて、人の下に身を屈めているならば終には幕下と成らねばならない。凡そ武門に生まれた者は、愚将であっても天下を望む。是何ぞ珍しかろうか。況してや我が君は武威盛んにして父信虎公にも増さり、民を撫育し給うこと堯・舜にも劣らない。どうして天下を平定出来ぬであろうか。今四海は瓜の如く割れ、麻の如く乱れている。天が信玄公を誕生させたのは、国家を治めさせようとの意志であろう。それなのに一度此処を退けば再び小田原に打ち入る機会なしとはどうしたことか。見てい給え、再び北條を攻めるならば、某先陣に進み氏康父子の首を君の前に供えよう」

と言った。山縣昌景は側らより、

「良くも申された。此のような心掛けこそが大切だ。仮令北條方が三増に軍勢を伏せて置いたとしても、何程のことが有るだろうか。踏み破って打ち通り、先ず甲府に立ち帰って邪魔する上杉を攻め亡ぼし、その後で北條を打ち破ろう」

と踊り上がるようにして言った。信玄は大いに感じ、

「此の両将こそ武田家の柱石である。能々後殿を致すように」

と述べた。両人は畏まって御前を下り、それから小田原の神社・仏閣を悉く放火して後に止まった。武田勢は、次第次第に後陣から引き退いた。

（註）

①「御幣川」は、長野市篠ノ井を流れる犀川の支流。

②「三増峠」は、愛甲郡愛川町にある峠。『三代記』には、「みますとうげ」とふりがなされているが、訳者が「みませ」に訂正した。

七十一　富永四郎左衛門謀計の事並びに北條方諸将手分けの事

真田安房守は深い謀があると雖も、山縣・馬場に言い消され是を告げることが出来なかった。我が陣に帰って、

「武田の運も是迄か。我万全の計議を述べたのに、皆は全く深意を知ろうとしない。斯くまで妨げられたのは残念である。此の度引き退けば、きっと三増峠で由々しき軍が有るであろう」

と歎き、仕方なく己も後陣の備えを願うことにした。

此の時、北條方は上杉の出軍を聞いて、「武田勢は必ず引き取るであろう。何としても此処で打ち取ってやろう」と考えたが評議は区々であった。時に末座より富永四郎左衛門勝邦が進み出て、

「斯かる武将方の中で物申すのは失礼ですが、老功の将たる松田・大道寺氏は何故に言葉を出されないのか。不肖の身にある某が熟々考えるのに、此の度武田勢が引き退く、その後殿は勿々普通の大将ではないでしょう。然るを浮か浮か追い討ちをすれば、敵に謀有って却って味方は多く討たれるでしょう。然るによって始めは少々足軽を以て追い掛け

させ、敵の後殿が踏み留まって戦うならば、信玄は三増峠より相模川へ引き退くでしょう。その時味方が思いも掛けない桶尻・梁原・深堀（註①）等の処々に大軍を伏せ置いて、一手は中津川・荻野（註②）を後ろに取って信玄の左右より本陣を攻め掛ければ如何に甲府勢勇成りと雖も敗れるでしょう。此の時追い討ちを厳しく掛け、津久井の城（註③）の内藤大和守方へ早馬を以て知らせ横合いより攻め立てれば、争でか信玄の首を見ないことがありましょか」

と理を尽して申し述べた。是を聞いた諸将は、「富永、出来したぞ」と闇夜に月を得たる心地がした。氏康も、

「此の謀我が心に能く適うぞ。良くも申した」

と感悦し、早々その手当をした。其処へ、此の度一色の城へ逃げ退いた北條左衛門佐氏忠が帰り来たって、

「我敗軍し当城へ引き入ろうとした処、武田勢に遮られ止んごとを得ず暫く一色の城へ引き籠っていました。夜前に甲府勢の囲みが解けたので、渇魚が水を得た心地で当城へ参りました」

と言った。氏康が、此の度の手分け方を委しく申し聞かせると氏忠は勇み立って、

「某先に敗軍してしまいました。願わくは、此の度こそ一方へ向かわせて下さい。先敗の

恥を雪ぎ度く思います」

と言った。氏康は悦んで、津久井の城へ此の度の軍議を申し遣わし、その後手分けを定めた。先ず、三増を右に見て桶尻口へは北條左衛門大夫氏勝を大将として甘縄上総介・岩城式部少輔・佐倉備後守・薄井内匠之助・富永四郎左衛門、その勢一万五千騎。粟津口（註④）へは北條安房守氏邦を大将として遠山刑部大夫・深谷内記・御湯見薩摩守、その勢一万六千余騎。深堀口へは北條左衛門佐氏忠を大将として上田暗礫齊・成田下総守、その勢一万二千余騎。横合いより中津川を後ろに取り本陣を目掛けての備えは北條陸奥守氏照を大将として川越筑前守・秩父新太郎（註⑤）・原式部・松山采女、その勢九千五百余騎であった。その備え立てに小田原勢は勇を増し、「此の度こそ武田方を一撃に打って落とそう」と小躍りして待ち掛けた。

　武田方は斯かることとは夢にも知らずに、次第次第に引き取り難なく酒匂川も打ち越して既に三増峠に掛かろうとする処へ斥候の者が駆け来たって、

「北條家の軍勢が四段に構えて、その勢五・六万騎も控えていると見えます。然れば相模川を渡ることは思いも寄りません」

と告げた。信玄は大いに驚いて、後陣の様子を確かめると、「山縣・馬場が引き退こうとした処、北條勢が少々追い討ちを掛けたので、それを踏み破り酒匂川を越えた。すると、

津久井の城主内藤大和守が大軍で遮り、合戦甚だ急にして難儀に及んでいる」との由であった。信玄は左右に敵を受け、今と成っては防ぐべき手立てもなしと沈み思案していた。

（註）

①「桶尻」は現愛甲郡愛川町、「深堀」は現相模原市南区深堀。「梁原」についてははっきりしない。

②「中津川」は現愛川町を流れる川で、相模川の支流。「荻野」は現厚木市荻野。

③「津久井の城」は、現相模原市緑区にあった城。

④「粟津口」は、現平塚市出縄の粟津神社付近かと思われるが、はっきりしない。

⑤「秩父新太郎」は、北條氏康の五男の北條氏邦の別名。

七十二　武田・北條三増合戦の事並びに真田即智手分けの事

北條勢は手配り既に整い、甲府勢を待ち掛けていた。信玄は既に三増迄来たって北條方の多勢が厳重に備えたのを見て初めて驚き、諸将も大いに仰天して、「何れより軍を掛けて此の敵を破り引き退こうか」と思案に暮れて唯後殿の音信を心配していた。

一方、山縣・馬場の軍勢が小田原を陣払いして引き退く時に、小田原の城中より佐倉太郎左衛門と言う者が五千余人を率いて追い討ちを掛けた。それを山縣は一駆けに追い散らして嘲笑い、「是式の追い討ちを掛けたとて何の恐れることが有ろうか。真田が案じ過ごせしこそ可笑しさよ」などと誇り顔にて根小屋の町に差し掛かろうとする処に、津久井の城より内藤大和守が軍勢八千余騎で急に後陣と旗本との中を取り切って、馬場・山縣に討って掛かった。後殿の精兵は大いに慌て俄に備えを立て防ぎ戦う処へ、又も北條方の松田尾張守が八千余騎にて攻め来たった。馬場は引き返して之に当たり、山縣は内藤を防ぐと雖も何れも思いも寄らないことなので、散々に追い立てられ右往左往に散乱して這々命を助かり、信玄が旗本に追い付いた。

武田方は今は四方に敵を受け、「如何して此処を切り抜け甲府へ帰ろうか」と呆れ果て

た有様(ありさま)であった。此の時隼人佐(はやとのすけ)・武田左馬之助(さまのすけ)の両人が進み出て、

「斯(か)かる時こそ真田を召され、手立てをお尋ね有って然(しか)るべきでしょう」

と言った。信玄は道理(もっとも)と思い急ぎ昌幸(まさゆき)を招し寄せ、

「如何(いか)に昌幸、北条勢は何処(いずこ)より廻って来たのか、此の難所を支えて我が帰途を遮った。斯く前後左右に敵を引き受け防ぐべき手立てが尽きた。其の方に奇計が有らば早々(そうそう)告げ知らせよ」

と述べた。昌幸は打ち笑って、

「北条勢は予(かね)て軍法に練(ね)れた智将が多いので、此の備えが必要です。然(さ)ればこそ三増峠にて由々(ゆゆ)しい軍(いくさ)が有りましょうと申しました。果たして斯くの如くです。北条方が一旦味方を小田原迄引き入れたのは、兵が少ないからでは有りません。諸方へ兵を分けたのと、上杉の後ろ楯があるによってです。然るに分けた兵が此の度の合戦を聞き皆々帰り来たって五万余の大軍と成り、此の三増迄出陣したのは領内で最も難所なので、斯く山路(やまじ)を越えて廻って来たのでしょう。何も珍しいことでは有りません。是を防ぐには先(ま)ず備えを二十五段にし、小荷駄(こにだ)を大切にして切り崩されないように本陣と共に右に押し行き大将を撰(えら)んで敵を防がせ、その隙(すき)に先ず一番に小荷駄を相模川を越えさせ、その後に信玄公、それより先陣は後陣に譲り段々に引くのが宜しいでしょう。然(さ)れども敵の備えが多いので、心得が

悪しくては敗けを引き出し本陣迄も破られるでしょう。能々注意しなくては成りません。且つ又津久井の押さえは大切です。敵の備えを見ると桶尻・粟津・深堀の内一方が乱れて見えるは正しく本陣へ切り入る備えで有りましょう。そこを心得てお手分け下さい」

と具に述べた。信玄は、

「実に其の方が奇謀能く我が心に適った。然らば備えを立てよう」

と、その手分けをした。先ず北條氏照の備えには諏訪四郎勝頼・山縣三郎兵衛・馬場美濃守・芦田下野守・跡部大炊介の五陣を以て防がせ、深堀口の北條氏忠には武田左衛門佐・五甘七郎兵衛・長根刑部左衛門・白倉喜左衛門・初鹿野伝右衛門の五備えを以て防がせ、粟津口の北條氏邦には一條右衛門大夫・武田孫六入道逍遙軒・尾曽喜市兵衛・小山田備中守の四備えを以て防がせ、樋尻口の北條氏邦の備えには浅利式部少輔信音・内藤修理・甘利左衛門の三備え（但し、此の陣には小荷駄を付け添わせた）を以て防がせた。信玄の本陣には原隼人佐・武田左馬之助信豊・真田安房守が左右に備え、津久井の城の押えには小幡上総介信定・小笠原掃部大夫の二備えにて防がせ、真田の下知を伝え、

「何れも大切の備えであるが、取り分け小荷駄を守ることが肝要である。存分に血戦（註①）せよ」

と励ました。浅利信音が進み出て、

「今日の合戦に万一我が備えが破れたならば、其(それがし)は大将に見参は仕(つかま)つりません。死に替えて、小荷駄は一番に川を渡しましょう」

と悠然(ゆうぜん)として言った。「流石(さすが)は浅利與一義遠(よいちよしとう)（註②）が末裔(まつえい)」と人々は賞し合った。浅利は此の詞(ことば)に違わず、果たして桶尻にて戦死した。


　北條方から氏照が一番に打って出れば、武田方では諏訪四郎勝頼・馬場・山縣・芦田・跡部が我も我もと討って出た。中でも跡部大炊介は手勢五百余騎にて北條方の秩父(ちちぶ)新太郎重茂(しげもち)の備えに馳せ掛かった。秩父新太郎は赤糸縅(あかいとおどし)の鎧(よろい)に大鍬形(おおくわがた)を打った冑(かぶと)を戴き、白母衣(しろほろ)を背負い大太刀(おおたち)を打ち振り出て来た。そして、大炊介は高声(こうしょう)に、

「甲府勢の中に於いて、跡部大炊介と言う弓矢取っての剛の者の有るを知らないか。汝等(なんじら)如きは相手に足らない。此の手の大将は北條氏照殿と覚えたぞ。是へ出られよ。華々しく勝負して諸人の眠りを覚(さま)させよう」

と広言を吐いて控えた。秩父新太郎は莞爾(にっこ)と笑い、

「相手に成るか成らないか鋼鉄(はがね)の程を試みて、その上で広言を吐(は)き給え」

と大太刀を真っ甲に指し翳(かざ)して切って掛かった。跡部は鎗(やり)を取って二・三合戦うと見える内に鎗を真ん中より切り折られ、「是は叶わないぞ」と馬を返して引き退いた。秩父は大いに打ち笑い、

「広言にも似ぬ卑怯（ひきょう）の振る舞い、引き返して勝負せよ。返せ。返せ」

と呼ばわった。けれども跡部は慄（ふる）え怖れ、鞭（むち）迄捨てて敗走した。是を見て芦田下野守が引き続いて秩父と戦うと雖も、同じく当たり難く引き退いた。物に堪（こら）えぬ若武者の諏訪四郎勝頼は大いに怒（いか）って赤母衣（あかほろ）を背負った侭（まま）、片鎌の鎗を追っ取り突いて掛かった。馬場・山縣等が我も我もと進め共、秩父は更に動ずる気色（けしき）もなく戦ったので、北條陸奥守（むつのかみ）は、

「それ秩父を討たすな。危（あや）うし。危うし」

と諸将に下知した。川越筑前守・松山采女（うねめ）・原式部の面々が打って出、追いつ捲（まく）りつ戦ったので、何時（いつ）果つべき勝負とも見えなかった。


(註)

① 血戦とは、血みどろになって激しく戦うこと。

② 浅利與一義遠は、平安時代末期から鎌倉時代前期にかけての武将。

七十三　御湯見薩摩守勇戦の事並びに諸将接戦の事

斯くして北條氏照と諏訪勝頼の間で軍が始まり、深堀口の北條左衛門佐氏忠・成田下総守・上田暗礫齊が打って出たので、武田左衛門佐・初鹿野伝右衛門・五甘・曽根・白倉の軍勢が駆け合わせて戦った。中でも初鹿野は例の香車の指し物を押し立て真っ先に進み、上田暗礫齊に突いて掛かった。上田は透かさず受け流し二・三合戦うと見えたが、叶わずして引き退いた。すると、成田下総守が五千余騎にて入れ替わって戦った。此の有様を見て武田左衛門佐が下知して諸軍を進めたので、北條方よりも諸将我も我もと進み出て戦い、双方の騎馬の馳せ違う音・鉄砲・鬨の声は宛ら数千の雷の如く聞こえて凄まじかった。

粟津口からは北條安房守氏邦・遠山刑部大夫・御湯見薩摩守が打って出ると、甲州方よりも武田孫六入道・一條右衛門大夫・尾曽喜市兵衛・小山田備中守が打って出て戦った。御湯見は当国御湯見の城主（註①）で古今無双の勇力なので、鋲を打ち詰めた鉄棒、その重さ十八貫（約六七・五キログラム）なるを片手に引っ提げて薙ぎ廻ったので何かはもって堪るであろうか。是が為に打ち据えられ、又は冑の鉢を打ち破られ、人馬共に死する者数を知らず。斯かる処へ武田逍遙軒が図らずも行き合った。御湯見は、「是こそ望む処の相手なり」と棒を打ち振って懸かった。逍遙軒は大いに驚いて、一合もせずに馬を返して逃走した。御湯見は大いに怒り、

「大将の身として、一合にも及ばず逃げるとは卑怯の挙動。引き返えして勝負あれ」

と呼ばわり呼ばわり追い掛けた。しかし、逍遙軒は鞭を振って後をも見ずに走り去った。御湯見は高声に叫びながらもなお追い掛けたので、逍遙軒は、「南無三宝。討たれたか」と馬より真っ逆様に落ちてしまった。是を見て、一條右衛門大夫・尾曽喜市兵衛が馳せ来たって救い助け御湯見と散々に戦った。其処へ、粟津口より北條安房守が遠山・深谷を左右に従え御湯見に力を合わせて戦った。

一方、北條左衛門大夫氏勝は甘縄上総介を先陣に進ませ桶尻口より攻め掛かった。武田方からは甘利左衛門晴義が一斉に馬を進ませ、勇を奮って馳せ向かった。是に続いて諸将も、予て真田から、「大切の備えである」と励まされたことなので勢い込んで戦った。北條方も此の桶尻は武田勢を喰い止める咽喉の地なので、

「鉄砲にて撃ち縮め、唯一時に攻め付けよ」

と佐倉備後守の五百余人に鉄砲を撃たせ、黒煙りの立った中よりドッと喚いて切って掛かった。その勢いは破竹の如くにして匆々当たり難く、甘利左衛門の勢は大に乱れて引き

退いた。その為、小荷駄の備えが危うく見えたので、浅利式部少輔信音は予て信玄の前で誓った言葉に違わず、浅黄縅の鎧に桃形の冑を戴き、浪風と名付けた荒馬に打ち跨り、二尺七寸（約〇・八一メートル）の太刀に白柄の長刀を掻い込んで、「小荷駄を助けよう」とゆらりゆらりと打ち出でた。そして、件の長刀を水車の如く振り廻して群り立った北條勢を右往左往に薙ぎ立て切り立て駆け廻った。薄井の郎等の樋口栄竹と言う者が浅利と見るより、「天晴。好き敵なり」と太刀を打ち振って切り掛かった。浅利は、「御参なれ」と唯一撃ちに切って落とした。続いて富永四郎右衛門の手の者で由利兵太・真島三平の両人が浅利に突いて掛かった。浅利はなおも屈せずして暫く戦ったが、軈て此の両人をも切って落とした。此の勇猛に北條勢は大いに驚いて、浅利に切り立てられ浮足に成った。浅利は、「得たり」と取って返し散々に戦った。此の隙に内藤は小荷駄を追い立て追い立て相模川に運ばせ、既に半途迄運んだ時に、北條上総介は「三増（註②）まで打って出て切り散らそう」と駆け廻った。内藤修理は大いに仰天して防ぎ戦うと雖も、敵は目に余る大軍なので、小勢の味方にては仲々防ぐこと能わず已に敗走しようとする処へ、鯨波の声の激しいのを聞きつけた浅利が甘利に跡を防がせ取って返す道にて甘縄上総介の勢に出会った。そして、大いに驚き、

「此処を切り散らされたら味方は惣敗軍と成るであろう。我に続いて防げや者共。死ね

や。死ねや」
と下知して、真っ先駆けて甘利の軍勢を難なく切り散らした。

（註）

①「御湯見の城」とあるが、調べてみたがどこなのかわからない。

②『三代記』には「三増町」とあるが、訳者が「三増」に訂正した。

七十四　浅利信音（のぶおと）勇戦の事並びに甘利（あまり）・浅利戦死の事

浅利式部少輔信音（しきぶのしょうのぶおと）は、「今日の合戦こそ我が存亡に係（かか）わる」と思い、さしも勇なる北条（ほうじょう）・甘縄（あまなわ）の備えを難なく駆け破って内藤修理（しゅり）に向かい、「我は是より又桶尻（おけじり）に馳せ帰って、甘利左衛門尉（さえもんのじょう）の備えを援（たす）け様（よう）と思う。就（つ）いては、早く小荷駄を送られよ」

と言い捨て桶尻へと向かった。甘利左衛門尉は佐倉・薄井・富永を相手に粉骨砕身して戦ったが、我が身は言うに及ばず、諸卒も多く疵を負い身体は自由でなかった。已に敗れようとしたので、甘利は、

「言う甲斐なき者の有様かな。唯此処にて潔く討死にせよ。おめおめ生き存え甲府に帰って誰に面を合わそうと思うのか。来たれ。来たれ」

と自身鎗を取って戦った。しかし、早心力労れ戦うべき勢いもなく、進退此処に窮まったと見える処へ浅利が帰り来たって甘利を助け、

「御身は深手を負ったと見受ける。本陣に続いて退き給え。我は踏み止まって討死にする」

と言った。甘利は笑って、

「同列（註①）が討死に為るのに何ぞおめおめと引けようか。我も共に討死しよう」

と言った。浅利は制して、

「否々死するのみを忠義とは言わない。今は某の討死の時なので、御辺には主君の先途を見届けて後にされよ」

と言った。甘利は大いに怒り、

「貴殿の命も、我が命も同じである。それなのに、某には引き退かせ、自身は死のうと

は、言う甲斐もなきことを承る。斯かることを聞く我ではない。イザ冥途のお供を致そう」

と潔く引き返した。その決心に浅利も感じ、それより両将は僅か手勢五百人で群り立ったる敵中へ偏に「北條氏晴と刺し違えて死にたいものだ」と思って切り入った。其処へ、佐倉備後守の舎弟で勇力の大将佐倉五郎清氏が甘利を目掛け切って掛かった。甘利は、「得たり」と渡り合い、暫しは勝負も見えなかった。しかし、甘利は今朝よりの合戦に大いに労れ少し請け太刀に成って蹌踉めく処を、清氏が畳み掛けて切り入り切り入り終に甘利の冑の鉢をしたたかに打った。打たれて痿む処を清氏が無手と組み着き、双方捻じ合っていたが清氏の力が勝っていたのであろう、甘利を鞍に引き寄せ難なく首を揚げた。是を見て浅利式部少輔は「今は是迄」と大音声にて、

「甲斐源氏の門葉、浅利與市義遠の末流式部少輔信音命を此処で捨て、名を後世に止めようと思う。我と思わん者は来たり給え。首を参らそう」

と呼わった。すると、薄井等（註②）の中から丸久世太郎兵衛・佐藤他十郎等が十三騎で打って掛かった。浅利信音は打ち笑い、

「優しき者の有様や。イザ此の世の暇取らせよう」

と言うも敢ず、太刀振り上げて両人を相手に打ち合った。浅利の一喝一声打ち込む太刀

に、佐藤は脆くも切り落とされた。続いて丸久世太郎兵衛と戦ったが丸久世の焦って切り込む太刀に浅利は真っ甲を切り割られ、「今は是迄なり」と必死に切り結んでいたが、数ケ所の痛手の為に終に丸久世に討たれて果てた。

甲府勢は小荷駄を難なく運び旗本が既に相模川へ引き退いた処へ、「早桶尻は破れた」と聞き大いに怖れを懐いた。時に内藤修理は身を揉んで、

「甘利・浅利の両将は忠義の為に戦死した。それなのに如何して、むざむざ遁れようとするのか。内藤修理、是にあり。返せ。返せ。返せ」

と言って自身鎗を引っ提げて戦った。是に激まされ我も我もと五百余人が踏み止まって防いだ。此の時粟津口に向かった北條氏邦は、

「スハヤ。敵兵は桶尻を破られて引き足に成ったぞ。疾く此の備えを踏み破って信玄の旗本に切り入れ」

と鞍上に突っ立って下知した。御湯見・遠山・深谷の面々が打ち入り打ち入り駆け立たので、何かは以て堪るべき。一條右衛門大夫・武田逍遙軒の備えも大いに敗したので、尾曽喜市兵衛が踏み止まって戦った。初鹿野伝右衛門も同じく取って返す処へ、御湯見薩摩守が例の鉄棒を片手打ちに打って掛かった。市兵衛が是に渡り合い戦っていたが、御湯見の力に任せて打ち込む棒に尾曽喜は真っ甲を打ち割られ、血を吐いて死んでしまった。是

によって此の手は大いに破れ、深堀口の武田左衛門佐も是に連れて敗走した。諏訪四郎勝頼の備えのみが残り、馬場・山県・芦田・跡部は、「此処を破られまい」と防ぎ戦った。然れ共敵は大軍であり、殊に秩父新太郎など一騎当千の勇士が多いので勿々当たり難く、是によって此の手も切り崩され已に総敗軍に及ぼうとした。勝頼は大いに怒り、

「此の有様では、何の面目有って我が君に対面できようか。我も共に討死するぞ」

と味方の備えを離れ、自身鎗を取って敵中に突き入り突き入り駆け廻った。是に連れ甲府勢は我も我もと取って返し命を惜まず戦った。此の間に信玄は相模川の方へ引き退いたが、御湯見薩摩守は遙かに是を見て、「是こそ望む敵なり」と鉄棒を振り立て振り立て打って入った。武田左馬之助が、「此の敵が旗本へ近付いては叶わないぞ」と八百余人にて取って返し御湯見を禦いだが、御湯見は勇を奮い何の苦もなく右往左往に切り立てたので、左馬之助は切り崩されて敗走した。真田安房守は是を見て、防ぎ難きを察し、先ず薩摩守を討って禍を除こうと馬の頭を立て直し御湯見を目がけ打ち入った。

（註）

① 同列とは、同等の地位にある者、同列の仁の意である。

② 「薄井等」の薄井は、北条家の将の「薄井内匠之助」のことかと思われる。

七十五　御湯見薩摩守戦死の事並びに武田勢帰陣の事

　真田安房守昌幸は、御湯見を旗本へ近付けまいと三百余人にて取って返した。薩摩守は是を見て、何程のことが有ろうか。踏み破って通ろうと切って入った。真田は此の時鉄砲の達人である郎等の相木荒次郎と言う者に謀を授け置いた。相木は身には雑兵の鎧を着し陣笠にて顔を隠し足軽に紛れて徘徊し隙を窺い、御湯見を唯一撃と狙っていた。御湯見は斯くとは知らずに勇を奮って打って掛かった。真田が一支えもせずに逃げ出すのを薩摩守は大いに怒り、

「汚し。返せ」

と追い掛けた。然るに足軽の雑兵が後ろに立ち現れ薩摩守の備えを支えたので、御湯見は弥々怒り鉄棒を振り上げ打って廻ると、サッと開き又犇々と立ち塞がる処に雑兵一人が近

付き鉄砲を後ろより撃って放つとに過たず御湯見が咽を打ち貫いた。御湯見はアッと言って馬より落ちた。其処へ相木が打ち寄って首を掻き切って、

「真田が郎等相木荒次郎、御湯見薩摩守を討ち取ったり」

と呼ばわった。真田安房守の備えはドッと返し、残軍を散々に追い散らした。之を見て小山田備中守・芦田下野守・一條右衛門大夫・武田左馬之助・原隼人・跡部・長坂・五甘が我も我もと取って返し防いだので、北條勢は又切り崩されて躊躇う処を、真田が、

「敵は引き色に見えるぞ。早く切り入って高名せよ」

と下知して真っ先に進んだ。是に続いて我も我もと打って入ったので、北條勢は大いに驚き狼狽え、蜘蛛の子を散らすが如く瞬く間に反昌（註①）と言う処まで逃げ走った。また氏邦・氏忠は軍に敗れて、津久井の城へと籠った。此の時に富永四郎左衛門は、「今日の備えこそは妙計なり」と心に慢じ、始めの内は大いに勝利を得ると雖も味方が遂に敗軍したのを見て大いに憤り、「所詮此の侭では小田原へは帰られない」と手勢三百余人で引き返し、一條右衛門大夫の備えに切って入り、右に突き左に当たり獅子の如くに暴れ廻った。芦田下野守の郎等の石原左金吾が、「我討ち取ろう」と四郎左衛門に切って掛かり両人は暫し戦った。石原が肩先を切付られ、馬よりドッと落ちた。是を見て芦田采女が、「天晴、好き敵なり」と鎗を追っ取りつつ突き掛かった。四郎左衛門が少しも動ぜずに太刀打

ち振るって戦うと、采女は鎗の穂先を切り落とされ太刀に手を掛ける処を、富永は手を差し伸ばして鎧の袖を掴んで鞍に引き寄せ片手に差し揚げ前の堀の深みへ打ち込んだ。下野守は目の前で我寵臣の討たれるのを見て堪え兼ね、諸卒を励まし切って掛かった。四郎左衛門は死者狂いの戦いに数ケ所の痛手を負ったので、

「富永四郎左衛門、今こそ戦死するぞ。我が最期を見置きて汝等死する時の手本にせよ」

と高声に呼ばわり、大太刀を口に啣たまま馬より逆様に落ちて死んでしまった。是によって北條勢が弥々敗走したので、秩父新太郎氏邦（註②）は手勢八百余人で後殿をした。甲府方も長追いせず、その侭帰陣したので、北條勢は這々の体にて小田原に引き退いた。


　さて、此の度の合戦は何れを勝ち何れを負けとも定め難く、臨機応変の手立て多くして、信玄は必死と心を痛め「如何であろうか」と思っていたが、真田の智略によって難なく甲府へ帰陣することが出来た。そこで、信玄は浅からず真田を賞した。そして、「川中島に出張し謙信を防ごう」との軍議を始めた。昌幸は、

「此の度君が甲府へ御帰陣されたのですから、謙信は如何して久しく川中島に止まるでしょうか。されば君自身向かわれるには及びません。何れなり共御一門の御方に旗を立て向わせれば、謙信は旗の手を見て早速越後へ帰陣するでしょう。君が甲府におられれば謙信は如何して合戦を好みましょうか。又味方も然のみ追い討ちを掛けるには及びません」

と理を尽して諫めた。そして、武田左馬之助信豊に五百余騎を差し添え向かわせると、果して謙信は、その旗の手を見て早々越後に帰陣した。そこで、左馬之助も兵を纏めて甲府へと帰った。

（註）

①「反昌」という場所については、調べてみたが位置がはっきりしない。

②『三代記』には「秩父新太郎重茂」とあるが、訳者が「秩父新太郎氏邦」に訂正した。七十一の註⑤（376ページ）でも述べたように、秩父新太郎は、北條氏康の五男の北條氏邦のことである。

七十六　客星出現昌幸諫言の事並びに信玄客星の事を陰陽師に尋ねる事

上杉謙信は智謀深き名将なので、三増峠の合戦を聞くと、「時を得たぞ」と川中島に於いて軍議をし、急ぎ其の手当てをし甲府に乱入しようとしていた。其処へ、「信玄は終に三増峠の囲みを解いて甲府に帰陣した」との由を伝え聞いた。案に相違したとは言え謙信は是を恐れず、

「我、此の度当地へ出陣したのは北條を援けるか、然なくば甲府へ乱入しようと思っていた。信玄が甲府へ帰陣するのならば、強いて合戦を好むのではない。信玄は予て我が武威を知る故、此方の分国へ乱入することは有るまい。それに無解に信玄と合戦して徒に軍労を増すことが有ろうか。早々軍を止めよ」

と言って兵を率して本国越後へ帰った。是には深い意味の有ることとかや言う。武田左馬之助信豊も真田が教え置いたことがあるので、海津の城の兵を入れ替え、その後真田源太左衛門・同兵部丞と共に甲府へ帰陣した。

然るに此の頃専らの噂には、「数年合戦止む時なく万民水火に陥り塗炭の苦しみをしている時節なのに、去年より東天に烟気を発する客星（註①）が出現し、今年の夏に至っても尚消えずに光輝明らかなので、此の上如何なる変事が起こるで有ろうか」と上下とも安き心がなかった。信玄も此のことが心に掛かっていたのだろうか、真田兄弟を御前に召して、「さて、真田。唯今招くのは余の儀に非ず。去る頃より東天に客星の現われているのは不吉成るか、吉例成るか。其の方等能々故事を考え吉凶を明白に申し述べよ」

と命じた。信綱と昌輝は、「何と答えたら宜かろうか」と顔を見合わせていた。すると、三男の安房守が、

「先年より打ち続いて国中変異多く、天変地妖止む時が有りませんでした。是は唯事では御座いません。その故は、応仁の乱より今に到る百余年の間天下は麻の如くに乱れ、上は一天の君（註②）より下は万民に至る迄一日も安き心が有りません。そして、彼に背き是に忤い法令何時しか乱れ、天下の諸侯は国郡を争い、信義の道絶え果て、互いに怨敵となって騒動止む時なく、我が国の現在の有様は実に異国にも恥ずべき次第です。然りながら、古より客星の出現する例しは少なく有りません。是れ不吉なこととは雖も、斯かることは君が仁政を行い、民を撫育し徳を脩め万事にお慎みある時は妖災も、その跡を絶つでしょう。武威が盛んだからと、それに慢じて戦う時は不吉の端緒と成りましょう。見給え。眼前の今川義元の如き英気炎々として太刀風に向かう者でしたが、その武威に誇って織田信長と桶狭間で戦い、終に一戦に打ち負け戦死してしまいました。斯くの如く我が武威に慢じて戦う時は、仮令変妖なしと雖も争でか全きことを得ることが出来ましょうか。望みが広大ならば、命数も考えるべきです。又先達ても申した如く、先ず徳川・織田と交わりを厚くし、上杉・北條を幕下と為せば四海に恐れる敵なく、よって万民を安んじ国政を正しくすることが出来ましょう。然れ共我が領内へ乱暴する者が有る時は早々是を誅

し、四海の変に応じて天下を治める謀が望ましく思います」

と落涙しながら諌めた。信玄は暫く考えていたが、

「我老年に及び、死を待つ年にして彼是思い廻らすのは、子孫の繁栄を願うからである。仮令命数に限り有る共、何で恐れることが有ろうか。命の限りは合戦し、英名を四海に残そうと思う。其の方が何程諌める共、我は聊かも聞き入れることはない」

と以ての外の不機嫌で怒りを面に顕し深殿に入ってしまった。

　信綱と昌輝は大いに昌幸を制して、

「其の方、何故に斯かる放言をしたのか」

と詰った。昌幸は大息して、

「武田家の滅亡近きに有り」

と頻りに落涙していた。弥々信綱・昌輝は恐れ驚き、昌幸を連れて帰館した。

　信玄は熟々と思案に呉れ、安倍兵庫之助（註③）と言う陰陽師を召し寄せて客星のことを尋ねた。兵庫之助は、

「古より客星の出ずることは度々ありました。偶然吉事も有りましたが、是を例とするのは誤りです。斯かる種々の天変地妖があるのは、天が凶事を知らしめているのでしょう。今君は武威盛んにして天下を治められる程の勢いですが、俚諺にも満れば缺くると申しま

す。諸事お慎みあって然るべきです。古より高家貴族が滅亡し栄枯地を替えるは凡て斯様の時ですので、身を慎み天命を守ることが大切です。今や朝廷の旧例・公武の制法悉く廃れ、神道は日に衰え異端が月に起こる、実に危うき時節です」

と憚る処もなく申し述べた。信玄は此の趣きを聞き、昌幸の諫言が今こそ心中に当たったので有ろうか。唯茫然としていたが、暫くして熟々思案し、「我仮令命数が尽きて死する共、斯く武威を近国に振るって来たのであるから、我が姿形を後世に遺そう」と運阿弥と言う仏師を召して、

「我が像を彫刻せよ」

と仰せ付けられた。予て信玄は自らの居間を毘沙門堂と名付け、中央に毘沙門天を安置していた。その前に六尺余の大鏡を据え置いて姿を映して刻ませ二十日の間引き籠もり、遂に肖像は完成した。

（註）

① 「客星」とは、突如として現れ一定の期間を経て見えなくなる彗星や新星などの恒星のこと。

② 「一天の君」とは「天下を治める君」の意で、「天皇」のことである。

③ 『三代記』には「安部兵庫之助」とあるが、訳者が「安倍兵庫之助」に訂正した。

七十七　信玄自己の像を造る事並びに真田昌幸明智の事

武田晴信入道信玄が独り熟々考えるに、「此の度客星の出現したのは真田の諌言や兵庫之助の申す処によれば、正に武田家の滅亡の時が来たのだと思われる。嗚呼天は我を亡ぼすのか。是非もなき次第である。せめて後世に我が姿を遺そう」と考え、仏師運阿弥を呼んで自己の像を彫刻させ、日を経て成就した。鏡に照して篤と見てみると、さても良く似ていた。実に生きている如くであったので、信玄の悦びは大方でなかった。仏師には数多の金銀を与え、その後彼の像を中央に直し諸将を招いて、

「我既に老年に及んだので、命数も近きに有るであろう。せめて後世に我が姿を残し置こうと、予て仏師に申し付けて彫刻させ既に成就した。然れば我なき後は各々力を合わせ、倅勝頼を弼け武田家の隆盛を謀って呉れ。又勝頼は老臣の輩が諌めることがあれば、父が命と思い慎んで之に従え。必ず身を高ぶること勿れ」

といと懇ろに遺命（註①）した。諸将等は皆拝伏し、唯落涙に及んだ。長坂・跡部の両人が進み出て、

「君のお姿を後世に遺そうとされた此の像さえあれば、君の御在世も同じです。御当家の万々歳此の上有りません」

と頻りに賞讃した。真田安房守は長坂・跡部の両人に向かい、

「各々方は君が肖像を造られたのを賞讃されるが、大いに違います。隣国の諸侯で国郡を奪われた者は今君の武威盛ん成る故、小笠原・村上・諏訪の残党等も首を屈めて、或は北條・上杉などに身を隠していますが、甲府に変があれば日頃の鬱憤を散らそうと手に唾して待つ者は、その数を知れません。若し御病死と有らば、諸国の大軍が此の虚に乗じて押し寄せ来るのは間違い有りません。然る時は我々種々の手術を廻して防戦を為しても、若し敵が乱入すれば先ず此の像を鞭打つでしょう。なまじ像を拵え却って後世に恥を残すことに成るかも判りません。実に益なきことです」

と申し述べた。長坂釣閑・跡部大炊之介は、何とも答える辞もなく閉口していた。信玄は熟々是を聞き、

「実に真田が申す処至極尤もである。我既に病死と言えば近国の諸侯競い来たって、先ず甲府に乱入し、是こそ日頃遺恨に思う信玄の像であると、必ず手足を切り離し首を落とす

であろう。敵の手足に掛けられることは残念の至りである。由なきことをした」

と太刀抜き放し已に彼の像を切り捨てようとした。真田昌幸は大いに制し、

「暫くお待ち下さい。可惜肖像を無解に切り落とされるのは本意では有りません。願わくは某に給われば有り難く存じます」

と謹んで申し述べた。信玄は、

「如何するのか」

と問うた。昌幸は、

「臣に所存が御座いますので、何は兎もあれ給わり下さい」

と乞うた。信玄も「何か仔細のあることであろう」と思って、

「然らば其の方に与えよう」

と、その侭真田に給わった。


　それより真田は暇を告げて此の木像を我が館に持ち帰り、一間の閑所に一七日引き籠った。その後で、信玄並びに諸将を我が館へ招待したので、皆々は、「何事であろうか」と昌幸の館に行って見ると、座敷の正面に不動明王（註②）を安置し、香華燈明（註③）の明らけく実に生きたるが如くの尊像であった。皆々で礼拝してから信玄公をお迎えして、「何故不動の像を祀ったのか」などと囁きながら、美酒珍肴の待遇に一同大いに興を催し、酒

が既に酣に及んでから、信玄は笑を含みながら、

「昌幸は何故に不動明王の像を祀ったのか。其の方が信仰する故なのか」

と尋ねた。昌幸は、

「君には彼を不動明王と御覧に成られましたか」

と応じた。信玄大いに笑い、

「縄を持ち、剣を携え、後ろに火炎を負うは、如何して不動明王でないのか」

と言った。昌幸は笑って、

「彼こそ先達て乞い受け奉った君の肖像です。某が工夫して、斯くの如くに致しました。不審に思われる方々は能くお聞き下さい。折角君の御彫刻された木像を打ち砕いて捨てるのは、それこそ君の思し召しを反古にすることに成ります。斯く不動に造り直せば像も捨てずに、敵兵も不動であれば罰を恐れて迂闊には手を出すことも有りません。然れば君のお姿を損ぜずに後世にまで伝えることが出来ましょう」

と申し述べた。昌幸が敢えて捨てなかったのは、斯くの如くであったので一座の諸将は皆感じ入り、暫しは言葉もなかった。

　果して天正十年（一五八二）の乱に織田父子並びに徳川氏が甲府へ乱入すると雖も、此の像の有ることを知らなかったのは、実に真田が明智と謂うべきである。よって今に至

る迄此の尊像は、甲府善光寺に残ったのだと言う。

（註）

①「遺命」は、死を前にして残した命令のことで、「遺言」とは意味合いが少しながら異なる。

②「不動明王」は、五大明王の一尊であり、真言宗・天台宗・禅宗・日蓮宗などの諸宗派の他、修験道などでも広く信仰されている。

③「香華燈明」は、仏前に供える香と花と燈明のこと。

（下巻へつづく）

堀内　泰（ほりうち　やすし）

信州大学教育学部卒
長野県下の小中学校に勤務（信州大学附属松本中学校副校長・小県東部中学校長）
元上田市上野が丘公民館長
現在、上小郷土研究会会長、東信史学会会員
主な著書等
『信州上田軍記』『信州上田騒動右物語』（ほおずき書籍）
『上田大紀行』（郷土出版社）
『〈歴史群像シリーズ戦国セレクション〉奮迅　真田幸村』『丸子町誌』『真田町誌』
『上田市誌』等の分担執筆

新訳 真田三代記〈上巻〉

2024年2月20日　第１刷発行

著　者　堀内　泰
装丁デザイン　宮下明日香
発行者　木戸ひろし
発行元　ほおずき書籍株式会社
〒381-0012　長野県長野市柳原 2133-5
☎ 026-244-0235
www.hoozuki.co.jp
発売元　株式会社星雲社（共同出版社・流通責任出版社）
〒112-0005　東京都文京区水道 1-3-30
☎ 03-3868-3275

ISBN978-4-434-33523-5